大河伝奇小説

霊《たま》の柩《ひつぎ》（上）

心霊日本編

高橋克彦

祥伝社文庫

目次

緒論 7

第一章 若き日 15

苦闘 67

霊の柩（上）

心霊日本編

東洋では神、西洋では悪魔とされる竜。
人類の文明史に残る竜の痕跡を追う九鬼虹人《くきこうじん》たちは、
トルコ・アララト山中に眠るノアの方舟《はこぶね》こそ
巨大な〈竜の柩《ひつぎ》〉と突き止め、乗り込んだ。
やがて彼らは異形《いぎよう》の竜神イシュタルの導きで、
四千年前のシュメールから縄文《じようもん》日本を巡り、
神話・伝説に語られる神々の真実を目《ま》の当たりにする。
そしてふたたび「現代」に戻るため、
津軽《つがる》山中で時を越えて旅立ったのだが……。

主な登場人物

九鬼虹人《くきこうじん》……TVディレクター。
東《ひがし》　哉期《さいご》……九鬼の部下、カメラマン。
咲村《さきむら》　純《じゆん》……同、助手。
南波弘道《なんばひろみち》……実業家宗像剛蔵《むなかたごうぞう》の秘書、元SP。
鹿角典征《かづののりまさ》……ヴァチカン法王庁直属の枢機卿。

プロローグ

十和利山《とわりさん》の麓《ふもと》に広がる原生林を煌々《こうこう》とした満月が蒼《あお》く染めている。樹海の間から覗《のぞ》かれる綺麗《きれい》な山の頂《いただ》きもその輝きで満たされていた。鹿角《かづの》は皆に休憩を命ずると、しばしその崇高《すうこう》な光景に見惚《みと》れた。星も次第《しだい》に数を増やしていた。月が中天に架《か》かれば、天の円蓋《えんがい》の裾《すそ》には星の帯が見られるに違いない。いつもの夜とおなじである。しかし、いつ眺《なが》めても心が愉悦《ゆえつ》に満たされる。鹿角は爽《さわ》やかな冷気を思い切り胸に吸い込んだ。緑の香りのする濃い大気であった。

〈自分にこのような喜びが与えられるとは〉

若い頃の自分を思うと信じられない。神の身近に仕《つか》えながら、神の祝福などとは無縁の末期《まつご》を迎えるであろうと覚悟して生きていたのである。なのに……こうして何一つ悔《く》いのない一生を遂《と》げようとしている。

鹿角は胸まで垂《た》れ下がった白髭《しろひげ》を撫《な》でつけて、神と自然の両方に感謝を捧《ささ》げた。

〈あの日から三十年が経《た》つ……〉

鹿角は片時《かたとき》も忘れたことのない仲間の名を小さく口にした。

「九鬼虹人《くきこうじん》、東哉期《ひがしさいご》、南波弘道《なんばひろみち》、咲村純《さきむらじゅん》」

こうして口にすると、彼らの陽気な笑顔がすぐに浮かんでくる。眠りに就《つ》く前に、鹿角は必ず彼らの名を口ずさみ、思い出してきたのだ。今でこそ悔いは一つもないが、一人残って十年が過ぎるまでには激しい寂《さび》しさに襲われることがしばしばあった。それを支えてくれたのは思い出である。いや、思い出と言うより、虹人によって教えられた使命感だった。

人はだれかのためにのみ生かされている。それを確信できるまでは、生きたということにはならない。その思いが鹿角を常に迷いから救ってくれたのだ。

そして今……鹿角は満足していた。なにかを果たしたという自信があった。彼に従ってきてくれた者たちは、確実に平和で豊かな村落を形成していくに違いない。神と自然を敬《うやま》い、争いのない暮らしを守っていくのだ。たとえそれが千年の間でも続けば鹿角の喜びである。四千年後にこの国がどう変わるか承知しているが、だからこそそれまでの間の平和が大切なのだ。

「おじい……考え直してくれぬか」

カンが思い余った顔で言った。カンはミトジの孫で、この一帯を預かる長《おさ》である。

「おじいがおらねば皆が困る」

「儂《わし》の好きにさせてくれ。もはや永《なが》くはない。儂には最後の務《つと》めがある」

「おじいには一万を越す子や孫がおるのじゃぞ。ここはおじいの拵《こしら》えた国ではないか」

カンが言うと、皆も泣いて頷《うなず》いた。

「神に頼まれた務め。約束なのだ」

鹿角は笑って皆を宥《なだ》めた。虹人たちが旅立った洞窟は、いまだに封じられないでいた。自身が元気でいるうちは封ぜずとも守っていられる。それでわざとそのままにしてきた。

洞窟の存在は鹿角と仲間の唯一の絆《きずな》であった。が、そろそろ体の自由が利《き》かない年齢となりはじめた。万が一、果たさずに倒れれば仲間に迷惑が及ぶ。それで鹿角は決心したのである。

「食い物は俺が毎日届ける」

カンはそう言って鹿角の手を握った。

「儂が果てたら入り口を塞《ふさ》いでくれ」

鹿角はカンに頼んだ。カンは請《う》け合った。

それから半月後。

いつかこの洞窟に現われるであろう仲間に向けてのメッセージを岩壁に刻《きざ》み終えた鹿角は、安《あん》堵《ど》の息を吐いて読み返した。

——洞窟は私が守り続ける。出口には、石を崩《くず》す道具も置いてある。この記録は、おまえたちが未来に出発して三十年後に刻んでいる。安心するがいい。私はこの上なく平和だ。私は神の意思の全《まった》きさを実感した。神はやはり、私の中に住まいしておられた。おまえたちと歩《あゆ》んだ日々を私はけっして忘れぬ。私の今の平和は、すべておまえたちが与えてくれたものだ。時を隔《へだ》てた場所に居《い》るが、私の中には神とともにおまえたちの思い出が生きている。さらばだ。四千年の間に、この文字が消えぬよう祈る。いや、たとえ消えても、私のおまえたちへの感謝の心は消え去りはしまい――

〈さらば……だ〉

鹿角はこの数日、これを成し遂げるという気力だけに支えられていた。死期が迫っていることははっきりと自覚していた。カンは必ず約束を守ってこの洞窟を封じてくれるであろう。これでたった今死んでも構《かま》わない。

「本当に感謝しているぞ」

鹿角は、虹人が目の前にいるかのように口にした。文字を刻みながら頭にあったのは、ひたすら仲間へのそれだったのである。

鹿角はよろよろと立ち上がると、もう一度メッセージを確かめて洞窟を後にした。

洞窟を出た鹿角を待っていたのは、半月ぶりの新鮮で甘い大気と星空だった。

鹿角は夜空に両手を合わせて祈った。

〈今夜召《め》される〉

鹿角には分かった。神は鹿角の残りの生を計《はか》って、この決断を促《うなが》したのである。三日でも早まっていれば、メッセージは完成できなかった。またあと半月も生きられるのなら、ほんの少しでも迷いが生じたであろう。

鹿角は洞窟の入り口に背中を当てて美しい星の運行を見守った。苦しみはない。ただ疲れを感じるだけだ。こうして眠れば神の国に到達できる。鹿角の目から恍惚《こうこつ》の涙が溢《あふ》れた。

〈………?〉

鹿角は空にひときわ輝く星を認めた。それはゆっくりと揺れていた。

〈龍の……船か?〉

鹿角はじっと目を凝《こ》らした。見間違いではない。船は眩《まぶ》しい光を発しながら空を滑《すべ》るように向かってくる。鹿角の心臓は高鳴った。船を見るのは三十年ぶりである。イシュタルたちはブトーとの約束を遂行《すいこう》して海へと潜《もぐ》っていったのだ。としたら……あれは牡牛《おうし》の一族の船かもしれない。だが、死を目前としている鹿角に恐れはなかった。

船は洞窟の前の深い茂みに着陸した。

眩《まばゆ》い輝きが放射された。鹿角の顔も光に包まれた。鹿角は微笑《ほほえ》みでそれを迎えた。

〈カヅノ……〉

不意に耳元で囁《ささや》く声がした。なんとも懐《なつ》かしい響きであった。鹿角の目が輝いた。

「イシュタルか?」

〈ここです〉

目の前の太い樹木の後ろからイシュタルが現われた。銀色に輝く気密服は鹿角を一気に昔へと引き戻した。イシュタルは小さな足取りで斜面を上がってきた。やがて、動けないでいる鹿角の傍《かたわ》らに腰を下ろすと、慈《いつく》しむように髪を撫でた。

〈役目をすべて果たしましたね〉

イシュタルはにっこりと笑って言った。

「生きた甲斐《かい》があったよ」

鹿角はイシュタルが伸ばした手を握った。

〈あなたの波動は安らぎで満たされている〉

「そうか。君のせいだろう」

本心から鹿角は言った。看取《みと》ってくれる者を特に望んではいなかった。が、イシュタルなら嬉《うれ》しい。それでこそ円環が美しく閉じられて一つに繋《つな》がるというものだ。

〈なにをも恐れていないようです〉

「それを案じて来てくれたのか」

〈ブトーが知らせてくれました〉

「…………」

鹿角の目から熱い涙が滴《したた》った。ブトーともあれきり会っていない。だが、皆がどこかで温かく見守ってくれていたのだ。人は一人ではない。その本当の意味が鹿角にはようやく諒解《りょうかい》できた。

〈あなたは今から人間ではなくなる〉

「そして？」

〈もっと自由な存在となるのです〉

「魂《たましい》として天に導《みちび》かれるのか？」

〈今の私とあなたは違う世界に生きていますが、その世界に私とあなたの区別はない〉

「それはいい」

鹿角は満足そうに頷いた。

〈もし望まれれば、また皆と会えます〉

「別れて来た皆と？」

〈肉体は殻《から》なのです。私たちはそう学びました。けれど魂は消滅することがありません。愛する者が世にある限り、魂はいつでも傍らに居ることができる。それゆえ私たちは仲間を愛し、家族を思い続けます。殻を抜け出たときに、自分もまた傍らに居られるように〉

「…………」

〈あなたは多くの人間の愛を得ています。彼らの傍らに居て見守ってやりなさい。そして……遠い未来にもあなたの役割がある〉

「未来？」

〈四千年先には、あなたを思う仲間が居る〉

「九鬼や東たちのことか？」

〈求められる限り、魂は甦《よみがえ》るのです〉

「そうあればいい。本当に」

鹿角の胸に温かなものが生まれた。だが、それは鹿角にとって最後の燃焼であった。鹿角はイシュタルと手を結び合ったまま、静かに呼吸を終えた。開いたままの鹿角の瞳には無数の星が映《うつ》って瞬《またた》いていた。

再動

1

虹人《こうじん》たちはやがて洞窟の出口に達した。

鹿角《かづの》のメッセージどおり、出口には石棒が置かれていた。東《ひがし》と南波《なんば》は石棒を手にした。

「ここを破れば、オレたちの世界ですよ」

東は言うと石棒を振り上げた。

積まれた石が次々に崩《くず》れていく。

純《じゅん》は石を運んで道を作った。

黙々と作業が続く。果たして本当に元の世界なのか？　それを考える余裕もなかった。

どれだけ時間が過ぎたのか……

東の石棒は外に突き抜けた。

純が気づいて周囲の穴を広げる。小窓が開いた。青い月の光が洞窟に差し込んだ。

虹人たちは喜びの声を上げた。

懐かしい輝きだった。

虹人は窓から月を探した。

小さな半月が見えた。

「月は元の位置に戻っている」

虹人が言うと、東はくしゃくしゃな顔をして頷《うなず》いた。純は泣いていた。

「また人生のやり直しですね」

南波だけは平静だった。

「津軽《つがる》からのスタートだった。そうして津軽に戻って来た。なにも変わっていない」

虹人は無理に自分に言い聞かせた。

新しい力が漲《みなぎ》ってくるのを覚えた。

「公衆電話でもありゃ、タクシーを呼べるんだがな」

東の言葉に全員が笑い転《ころ》げた。

「とにかく外へ出るんだ。この月明りなら朝まで待たなくたって麓《ふもと》へ下りられる」

虹人は皆を促《うなが》した。窓から入ってくる空気は生温《なまぬる》い。八月か九月というところだろうか。

「温泉と芸者だぜ。もうひと踏ん張りだ」

東は張り切っていた。

「あの月と星の位置なら九月でしょう。時間は九時を過ぎた辺《あた》りです」

虹人に続いて窓から空を確かめた南波は断言した。磁石がなくても自分の位置を見極《きわ》める方法を南波はいくつも心得ている。

「九時じゃバスも走ってねえか」

東の石棒を振る腕が鈍《にぶ》った。

「急に贅沢《ぜいたく》を言うんだから。戻れたんですよ。朝まで歩いたって文句は言えない」

「オレは順応が早いんだよ。せっかくバスやタクシーのある世界に帰れたんだ。それなら文明のありがたさを享受《きょうじゅ》せんとな。どうせ十日もしないうちに、おまえさんだって深夜までテレビを付けっぱなしにするのさ」

「また妙な飛躍を」

「飛躍じゃねえ。それが現実だ。なんならおまえさん、ここから東京まで歩いて帰るか」

東はまた元気を取り戻して作業に取り掛かった。渾身《こんしん》の一撃が石を大きく崩した。人が楽に潜《くぐ》り抜けられる穴ができていた。東は歓声を発して真っ先に外へ飛び出た。虹人たちも次々に潜った。これで本当に自分たちの世界へ戻ったのである。

皆は満天の星空を見上げて伸びをした。

洞窟の中とはやはり思いが違う。この空の下にはそれぞれの故郷があるのだ。

「ちくしょう。やったぜ」

東は小石を拾うと、真下に広がる樹海目掛けて放った。夢ではない。本物の景色だ。

「十和田《とわだ》に辿《たど》り着いたらなにをする？」

東は隣りの純に質《ただ》した。

「おふくろに電話をします」

「おまえは……夢がねえ男だよ」

がっかりした顔で東は純の肩を叩いた。

「おそらく一生に一度の夜だぞ。四千年もの昔に俺たちは行ってきたんだ。修学旅行とはわけが違う。その打ち上げじゃねえか」

「電話をしてから、ちゃんと付き合います」

「バカ野郎。ものにはケジメってのがある。まずゆっくりと湯に浸《つ》かりながら、その風呂の中で冷えたビールを飲む。すべてはそれからだ。おふくろへの電話なんぞ忘れちまえ」

「それも大した夢じゃないな」

虹人はくすくす笑った。が、この東の平常心が常に支えとなっていたのは否《いな》めない。

「風呂の中で飲むビールは旨《うま》いです」

南波も珍しく弾《はず》んでいた。

「やっぱりでっかいホテルじゃないと、鹿角のロレックスも通用しないでしょうね。民宿辺りなら盗品と疑われちまう。そもそも金無垢《むく》のロレックスの価値が分かるかどうか」

「心配ないさ。それこそ宿から宗像《むなかた》のじいさんに連絡すれば明日には駆け付けて来る」

「観光地ってのは甘くないですよ。金を見せるまではなかなか信用しない」

完全に東は現実への復帰を果たしていた。

「道の見当はつきますか？」

南波もいつもの調子で虹人に訊《たず》ねた。

「十和田湖だったら十五キロもない。おまけに下り道。三時間もあれば行き着ける」

虹人は請《う》け合った。ここから麓の迷《まよ》ケ平《がたい》までの道は、少し前に歩いたばかりだ。ただし、それは四千年前の道であるのだが、どうせ原生林を掻《か》き分けての道程《みちのり》なら一緒のはずだ。迷ケ平に下りてしまえば後は簡単だ。その高原から十和田湖に通じる広い観光道路が作られている。

「まぁ、この明るさなら山道でも危険はない……確か迷ケ平には観光客相手の土産《みやげ》物屋がありましたね」

南波は思い出したように質した。

「あるけど、土産物屋は夜に無人となる」

「戸を破って電話を借りるという方法もありますが……止《や》めましょう。たった三時間だ」

「だな。戻って最初の仕事が押し込み強盗じゃ情けない。のんびりやるさ」

虹人はそして帰還への第一歩を踏み出した。

だが、それが難渋のはじまりでもあった。

迷ケ平に下りる道は大部分が灌木《かんぼく》で遮《さえぎ》られていた。岩や地形だけがわずかな頼りだ。四人は汗だくになりながら原生林に迷い込む不安と戦っていた。ついさっき登ったという記憶がなければ、確実に道を失っている。

「どういうことですかね」

東は盛んに不思議がった。むしろ四千年前よりも古い時代を彷徨《さまよ》っている感じだ。

「当たり前さ」

虹人は気がついて苦笑《にが》いした。

「山に関しては縄文時代のほうが進んでいる。彼らにとって、山は大切な働き場所なんだ。だから歩きやすい道を拵《こしら》える。けど稲に頼るようになってから、山は次第《しだい》に見捨てられた。当然道も荒れ果てる。それがこの結果だ」

「じゃあ洞窟の入り口を封じる必要もなかったというわけだ」

「まあな。これならだれも洞窟に近づけない」

言って虹人は少し足を休めた。かれこれ三十分以上は歩いている。

「楽に勝たしちゃくれんな」

東は岩に腰を下ろして汗を拭《ふ》いた。

「まさか熊なんぞは居《い》ないでしょうね」

「居るさ。東北のマタギは専《もっぱ》ら熊を獲《と》っている。もっとも、この灌木なら熊も嫌う」

「脅《おど》かさないでください」

東は慌《あわ》てて周囲に目を動かすと、

「ここで熊に食われたらシャレにもならない。クマっちゃうな、なんて笑えやしない」

「縄文時代にゃ通じるシャレだな」

純は鼻で笑った。

「それじゃ熊本《くまもと》県てのはどうだ」

「…………?」

「シャレじゃねえよ。そのまんまだ」

東は純の脇腹をこづいた。

「クマドリ姉妹」

唐突に南波が口にした。一瞬耳を疑った東と純だったが、やがて爆笑した。

「南波さんが一番変わった」

東は照れている南波へ嬉《うれ》しそうに頷いた。

「ちょっと怖《こわ》いな。隈取《くまど》りの化粧をした姉妹が現われたらゾッとする」

「いや……今のはですね」

東は単なるシャレだと説明しようとした。

「分かってる。その先を考えただけだ」

「なるほど。歌舞伎《かぶき》の隈取りね。確かに怖そうだ。女子プロだったら有り得る」

南波もあらためて感心した。

気力を取り戻した虹人たちが、ふたたびの悪戦苦闘の末に迷ケ平と思《おぼ》しき高原に辿り着いたのは、それから一時間後のことだった。

「ここ……だよな」

茫々《ぼうぼう》と生《お》い茂ったススキの原に立って、虹人は三人を振り向いた。迷ケ平はススキの自生地として知られている。その意味では奇妙でもないのだが、問題は人が足を踏み入れた痕跡がいっさい認められないことにあった。観光地とはとても思えない。広いススキの原の彼方《かなた》を眺《なが》めても、何一つ建物は見えなかった。

「場所は間違ってないはずですけどね」

東は背後に聳《そび》える十和利山の黒いシルエットに目を注《そそ》いで確かめた。この高原には一度イシュタルの操縦する船で下りている。そのときはまだススキが茂っておらず、穏《おだ》やかな草原がずっと一面に広がっていた。

「妙なとこへ出たのかもしれない」

この肩までもあるススキの原では、右も左も分からない。その可能性のほうが高かった。

四人は山の位置を目印に、十和田湖へ通じる道路を手分けして探しはじめた。ススキに隠されているが、地面は湿原であった。うっかりすると膝まで沈んでしまう。泥に嵌《は》まったらしい東の怒鳴《どな》り声が響き渡る。そのたびに三人は笑った。

「ありましたー」

純が甲高《かんだか》い声で皆に知らせた。

「トラックの轍《わだち》の跡がここに」

「よし。これで宴会が近くなった」

東は小躍《こおど》りして純の居る場所に駆け付けた。

その轍を辿れば必ず道路にぶつかる。

「どっちに行けば十和田です？」

東は後から現われた虹人に訊ねた。虹人は迷わず十和利山に向かって左手を示した。

十分も歩かぬうちに虹人たちはススキの原を抜け出た。狭い道路だが、紛《まぎ》れもなくそれは十和田湖の方角に延びていた。

「舗装《ほそう》がされていない。観光道路とは別のものだ。どうする？」

虹人は逡巡《しゅんじゅん》した。方角は合っていても確証はない。

「道路がある以上、どこかに通じてるってことでしょう。案外、土産物屋が使っている近道ってことも。道路を外れない限り迷う心配はありません。どこかの家の私道だったら、そこで電話を借りれば済みます」

東は呑気《のんき》に構えていた。観光道路と結ばれていることも考えられる。南波も同意した。

「どうも嘗《な》めてかかっていたようだ」

虹人は皆に謝《あやま》った。

「楽しみは、先に延ばせば延ばすほど大きくなるって言いますよ」

東は気にせず歩《ほ》を進めた。

その後は順調だった。道は明らかに下り坂となって十和田湖を目指《めざ》している。ところどころで銀色に輝く十和田の湖面が見えた。息を呑《の》んでしまいそうな美しさだ。月を照らす巨大な鏡である。その鏡の縁《ふち》にはぽつぽつと民家の明りが……胸を締め付けるような嬉しい輝きだ。思えば電球の明りなど久しく見ていない。だれの足取りも速まった。

「東の言ったとおり、これは近道かもしれないな。確か迷ケ平から休屋《やすみや》に抜ける山道があったと思った。だとしたらもう三キロもない」

真《ま》っ直《す》ぐホテルや民宿の集中している十和田湖の拠点に下りて行けるのである。観光道路は湖に沿《そ》っての相当な迂回《うかい》路であった。車ならともかく、歩きの身にはきつい。

「走るぞ」

東は純に声を発して勢いよく坂道を駆け出した。純も続いてダッシュした。

「なんであんなに元気なんですかね」

南波は、見る見る小さくなる二人を眺めて呆《あき》れた。虹人も苦笑しつつ早足となった。ここまで来たらだれの気持ちもおなじだ。

四人は息を弾ませながら駆け下りた。どんどん十和田湖が大きくなる。虹人の胸から不安は完全に消え去っていた。

しかし——

駆け下りた四人を待っていたのは、失望を誘う寂《さび》しい光景であった。目の前にはホテル街の眩《まぶ》しい明りが連《つら》なっているはずなのに、民家の明り一つとてない。だが十和田湖のほとりに達したことだけは確かだった。少し先に輝く湖面が広がっている。

「参ったな」

虹人はその場にしゃがみ込んだ。

「変なとこに出ちまったみたいだ」

「湖があるじゃないですか。もうちょっとだ」

東は動じてもいなかった。いかにも東が正しい。十和田湖に手が届けば安心だ。虹人も立ち上がって東に続いた。どこまで歩いても舗装道路に出ないのがたった一つの気がかりだった。十和田湖との近さを思えば有り得ないような気がする。十和田湖はぐるっと観光道路で取り巻かれているはずであった。

その虹人の微《かす》かな気がかりは、前方に見えはじめた民家の明りの連なりで薄れた。古い建物ばかりだが、かなり大きな集落だ。

さすがに他の三人にも安堵《あんど》が見られた。とりあえずはどこかで電話を借りられる。そこでタクシーを呼んでもらえれば、三十分もしないうちにホテルで寛《くつろ》げる。自然に足も軽くなった。暗い裸電球の電信柱さえ頼もしい。

「へえ、ここは宇樽部《うたるべ》って言うのか」

電信柱に取り付けられている住居表示を、東は懐かしそうに読み上げた。

「そうか、宇樽部だったか」

虹人も頷いた。宇樽部なら休屋に次ぐ十和田観光の拠点だ。民宿の数も多い。

「宇樽部？」

ようやく奇妙さに気づいて虹人は青ざめた。十和田湖から迷ケ平に通じる観光道路は、この宇樽部から山へと上がって行くのである。つまり、たった今自分たちが駆け下りて来た道がそれなのだ。それに……宇樽部の集落を縦断する道路だとて、もちろん立派な舗装道路だったはずだ。何度か虹人はこの道を車で走っている。

〈どういうことなんだ？〉

虹人は激しい困惑に襲われた。自分たちは出発から一年後の未来に戻ったはずである。たった一年で舗装道路が消えているわけがない。となると、舗装が敷かれる前の時代ということになりそうだが……。

〈そんな……馬鹿な〉

虹人は必死でその考えを頭から追い払った。だが、この違和感はそれ以外に説明できない。

「どうかしましたか?」

南波は敏感に察して質した。

「ここは……別の世界かもしれない」

虹人は仕方なく口にした。隠してもすぐに皆が知ることとなろう。

「別の世界って……なんのことです」

東は怪訝《けげん》な顔で虹人を見つめた。

2

虹人は呆然《ぼうぜん》としてその場に佇《たたず》んでいた。

激しい眩暈《めまい》が虹人を襲っている。

〈まさか……〉

とは思うのだが、この舗装されていない道といい、目の前に点在する藁葺《わらぶ》き屋根の民家といい、すべてが虹人の想像に合致《がっち》する。

「別の世界ってのはどういう意味です?」

無言でいる虹人に東は苛立《いらだ》ちの声を上げた。

「俺たちの暮らしていた世界とは違うということさ。ここは日本で、十和田湖のほとりに違いはないが、時間がズレているようだ」

「冗談は言いっこなしだ」

「宇樽部なら民宿が立ち並んでいるはずだ。けど目の前に見えるのは貧しい民家だ。山の中に戻ったんで、すぐに気づかなかっただけさ」

「そう言われれば……」

南波は民家のそれぞれに目を凝《こ》らして、

「あの明りは電気じゃない。ランプでしょう。この電信柱の電球も自家発電です」

そもそも電信柱でもなかった。十和田鉱山という会社が立てた案内灯だったのである。

「十和田鉱山……」

虹人は思い出した。一年ほど前に十和利山周辺のロケハンをしたとき耳にした名前だった。十和田湖の近くにあった鉱山で、明治の中頃には相当に規模が大きかったらしい。その鉱山があったお陰で観光地としての十和田湖の開発が進んだ。資材や鉱石を運ぶための道路が整備され、人の行き来ができるようになったのだ。それまではほとんど一般に知られることのない秘境だったのである。が、鉱山は大正の末期には廃《すた》れてしまったと聞く。

〈となると……〉

明治の中頃から大正年間の日本に戻ってしまったことになりそうだ。虹人の困惑はさらに深まった。少なくとも戦後ぐらいなら、この世界がどういう状況にあるか多少の知識はあるのだが、明治とか大正の、しかも東北となればまったく見当がつかない。

「一難去ってまた一難とはこのことだな」

虹人は思わず溜め息を吐《つ》いた。

「イシュタルの計算に間違いがあったとしか」

虹人の言葉に東は絶句した。

「考えられるのはハレー彗星《すいせい》だ」

元の時代に戻る手掛かりとして、虹人はイシュタルにハレー彗星が現われた年号を伝えたのである。それから自分たちの現在が何年後であったか数えれば、かなり正確に計算できる。イシュタルは割り出した年号に一年を加えてタイムマシンをセットした。万が一おなじ時点に戻れば不都合がおきかねない。イシュタルは自信たっぷりであったが、そこに些細《ささい》な間違いが生じたとしか思えない。

イシュタルは虹人たちの見たハレー彗星の一つ前の接近年に照準を合わせてしまったのではないか？　たった一つの間違いでもハレー彗星の周期は七十六年なのだ。つまり基準点がそれだけズレることになる。

虹人は暗算した。来年の西暦から七十六を引けば答えが出る。

「一九一九年……」

虹人の呟《つぶや》きに皆は怪訝な顔をした。

「日本の年号だといつになるかすぐには分からないが、おそらく今は一九一九年だと思う」

「大正の八年です」

南波が即座に口にした。

「親父が生まれた年だ。数字が重なっているので覚えていた」

「大正八年！」

東と純は思わず顔を見合わせた。

「全然ピンとこねえな。その頃の日本てどうなってたんだろう」

「こうなってたのさ」

虹人が言うと、東は一瞬の戸惑《とまど》いを浮かべながら、やがて笑い声を上げた。

「なるほど、そうには違いない」

「本当に大正八年だったらの話ですがね」

南波はまだ信じてはいなかった。

「五分もしないうちに確かめられる。どこかの家を訪ねて訊《き》けば子供でも教えてくれる」

虹人は気を取り直して歩きはじめた。

「ちょ、ちょっと待ってください」

東が慌《あわ》てて虹人を呼び止めた。

「ヤバいですよ。大丈夫なんですか？」

「なにが？」

虹人は振り返った。

「未来の俺たちが迂闊《うかつ》に介在すればまずいことになるんじゃ？」

「四千年の過去の世界であれだけ好き勝手をしてきたんだ。もうパラドックスなんて信じちゃいない。そんなのは小説の中の論理だ。年号を訊くぐらいで世界は変わらないよ」

「そりゃそうだけど……必ず評判になる。こんな夜中に四人もの男が現われて、今何年だと問い質すわけにゃいかんでしょう」

「なら、どうする？」

「休屋には宿がありますか？」

「断言はできないが……あると思う。明治の後半から十和田には観光客があったと聞いた。賑《にぎ》やかじゃないにしても数軒の宿くらいは」

「だったら宇樽部は素通りするのが正解だ。宿なら深夜の客にも驚かない。新聞を見れば訊ねなくても今が何年か分かります」

それに南波や純も頷いた。

「われわれは知らない世界に迷い込んでいるんですよ。当座は状況を判断するのが先決です」

「休屋までだと、まだ一時間以上もかかるぞ」

虹人は納得しながらも口にした。

「それに、泊まる金だってない」

「金時計がある。そっちの交渉は任《まか》せといてください。日本語が通じるなら心配ない。東京に戻る程度の金は巻き上げて見せます」

「戻ってどうする？」

虹人の言葉に東はぽかんとした。

「大正八年なんだ。東京に戻っても知り合いは一人も居ない」

「確かに……参ったな」

東はぼりぼりと頭を掻いた。

「だからこそ宿に向かうのが一番です。民家ではろくな相談もできない」

南波は冷静に状況を把握していた。

「今がいつの時代であろうと、腹は減るし眠くなる。われわれにとってこれが現実である以上、データを集めるまでは手の内を晒《さら》さないのが大切でしょう。どうせ話したって信じてはくれません。警察に捕まって時間を費《つい》やしている余裕はありませんよ」

「怖くはないのか？」

むしろ笑顔を見せている南波に虹人は呆れた。南波はさらに苦笑いして、

「われわれはさっきまで四千年前の世界に居た。それに較《くら》べたら限りなくわれわれの世界に近づいた。食い物も言葉も不自由はない。ライフルを持たずにジャングルに彷徨うことよりも遥《はる》かに

安全な旅です」

「旅……」

「家族を捨てて、たった一人で外国に定住する者も多い。その覚悟さえ持てばどうってこともありませんよ」

虹人は東と純の顔を交互に見詰めた。二人も南波の言葉に大きく頷いている。

「いかにも……新しい旅か」

虹人の不安と戸惑いはなくなった。元の世界に戻れたと頭から信じていたので動転が大きかっただけなのである。どうせ戻ったところで虹人には肉親が居ない。それなら大正八年も一緒だ。辛《つら》いときに頼りになる友人たちは目の前に三人も居る。

「皆とだったら地獄にだって行けそうだな」

「もう行きましたよ。富士《ふじ》の下の黄泉《よみ》の国へ」

南波の言葉は皆に力を与えた。

「南波さんの故郷はどこでしたっけ?」

「群馬《ぐんま》の桐生《きりゅう》」

それがなにか、と南波は東の目を覗《のぞ》いた。

「少なくとも、そこに行けば南波さんの親父さんの顔だけは見れるわけだ」

「そして?」

「いや……知り合いが増えると思っただけ」

東の呑気な応答に皆は笑った。


宇樽部から休屋の間は十キロ前後もある。山道と違って平板な行程であったが、すでに三時間近くを歩いていた虹人にとって、さらなる十キロはきついものだった。どこまで歩いても目標が見えない。右手にはほとんど景色の変わらない十和田湖の水面があるので、ますます無力感が襲う。永遠に歩いたところで着かないのではないかという気がする。一人なら草原に寝転んで朝を待ったかもしれない。

「これで宿がなかったら皆に殺されるな」

「月夜の散歩だと思えばいいんです」

虹人の後ろを歩いている純が元気づけた。

「何時だろう？」

虹人は月を見上げた。

「真夜中の一時くらいでしょうかね」

南波が疲れを見せずに言った。

「砂漠を彷徨ったことを考えりゃ屁《へ》のようなもんです、水は側《そば》にたっぷりある」

「東は……どこでも生きていけるな」

本心から虹人は思った。

「死ぬほどに疲れたって、一日休めば回復します。体なんてその程度だ。根性、根性」

「根性、根性」

虹人も呪文《じゅもん》のように唱《とな》えて気力を振り絞った。舗装でないのが幸いしている。土がほどよいクッションとなっているのだ。

そして——。

四人はついに休屋の宿の明りと思しきものを発見した。大きな屋根が月明りに照らされていた。四人はさすがに小躍りした。

「間違いない。窓に明りがある」

南波が保証した。

「宴会は諦《あきら》めるしかなさそうだが……握り飯に冷や酒くらいは頼んでもバチが当たるまい」

東は大きく肩で息をつくと、その場にしゃがみ込んだ。虹人は地面に膝をついた。もう限界を通り越している。気が抜けたせいか足が一歩も前に進まない。

「もうちょっとです。布団《ふとん》に寝れますよ」

南波は虹人の肩を抱き上げた。

「握り飯だ……」

ふらふらと東が歩きはじめた。

「鬼気迫るものがあるな」

純は東を眺めて顔を綻《ほころ》ばせた。純には疲れが感じられない。空手で鍛《きた》えた体だ。

「インスタントラーメンが食いてえよ」

東は月に向かって吠《ほ》えた。

3

休屋は十和田湖の中心に向かって伸びた中山《なかやま》半島の喉《のど》口に位置している。古くから十和田一番の観光地として栄えた場所だ。この半島には十和田湖の守り神である十和田神社が鎮座していて、それが客を招いている。と言っても、多数の観光ホテルが立ち並び、レストランや土産物店が軒《のき》を連ねるようになったのは戦後になってからにすぎない。

「宿は二軒きりか……」

虹人は迷わずに十和田館と看板の掲《かか》げられている宿を目指した。もう一軒の宿の三倍も大きい。宿泊客が多ければ、あれこれと詮索《せんさく》されずに済む。

「凄《すご》い宿ですね」

門を潜ると宿の全貌が見えた。木造の広壮《こうそう》な建物だった。正面玄関のガラス戸は八枚。つまり四間《けん》の広さの入り口なのである。十和田湖は樹海の中心にあって材木には不自由しない。土地にしても只《ただ》のようなものなのだろう。それでこれほどに贅沢《ぜいたく》な宿を作ることができる。玄関屋根を支える二本の天然木は二抱《かか》えもありそうな太さだった。

「熱海《あたみ》とか伊豆《いず》でこんな和風旅館に泊まれば、一泊に軽く七、八万は取られる」

東は妙に現実的だった。

四人は軽い躊躇《ちゅうちょ》の末にガラス戸を叩いた。カーテンがかかっていてだれの気配もない。都会の宿ならともかく、こんな山の中で真夜中に出入りする客など居ない。

「今晩は。今晩は」

東は諦めずに叩き続けた。

やがて白いカーテンの向こうに温かな明りが浮かんだ。足音も近づいてくる。

「こんな遅くにどなたさんじゃ?」

カーテンが少しだけ開けられた。ランプをかざした老人の顔が現われた。東は精一杯の笑顔で応じた。老人は見知らぬ顔と知ると、ぎょっとして四人を順に眺めた。

「どうしたのかね?」

「迷ケ平で迷っちまって……夕方には着くつもりだったのに、こんな時間になった」

「どこから参られた?」

「東京」

代わりに虹人が応じた。

「戸来《へらい》から上がって道を失ったんです」

こちらから見て十和利山の向こう側となる戸来には、キリストの墓伝説が残されている。それで虹人も取材に訪れたことがあるのだ。今は新郷《しんごう》村と言うが、かつては戸来と言った。

老人は戸来と聞いて大きく頷いた。それに東京という地名が効《き》いている。老人ははじめて笑いを見せるとガラス戸を開けてくれた。

「そりゃ大変な目に遭《あ》いなさったな」

体がくたびれ果てているのはだれの目にも分かる。老人の警戒は取れた。

「荷物はないのかね？」

「一休みしているところを熊に襲われた」

咄嗟《とっさ》に南波が答えた。

「カバンや水筒なんかもそこに……」

「んだ。命あってのことだよ」

老人は目を丸くしながらも納得した。

「金は後でなんとかします。泊めてください」

「ええとも。とにかく上がりなさい」

「こんな時間で悪いけど、なにか食い物を」

東の懇願にも老人はあっさりと頷いた。

広い部屋に案内された四人は真っ先に浴衣《ゆかた》に着替えた。埃《ほこり》だらけの服で畳に寝転がっては宿に悪い。軽い浴衣姿になると東は歓声を上げて畳に横たわった。

「じわじわと感覚が戻ってきた」

東は大きな欠伸《あくび》をした。

「これで風呂がありゃ文句はねえんだが」

すでに風呂の湯は落としてしまったと聞いている。ここは温泉宿ではない。

「これ以上の贅沢を望んじゃ申し訳ない」

虹人も東の隣りに寝そべった。これで今夜は布団でゆっくり体を休められる。

「金がないと言ったのに、こんなに立派な部屋に通してくれるなんて……」

純は感激していた。

「東京の人間だからさ」

「なんでです？」

純は東に質した。

「そういう時代なんだよ。地域格差ってやつだな。東京の人間は皆が金持ちだと思っている。インドで経験済みじゃねえか。パンストや百円ライターを高く売り付けようとした純でも、大金持ちと思われた。後で必ず払ってくれると信じているんだ」

「そういうことじゃないよ」

虹人は困った笑いをして、

「嬉しいんだろう」

「嬉しい？」

「ここはまだ観光地として全国に知れ渡ってはいない。東京から来る客なんて年に何組もないはずだ。単純に歓迎してくれたのさ。わざわざ十和田湖見物に来た客をね。東北の小さな宿はどこもそうだ。高い金を取ってサービスが悪いのは中央資本の観光ホテルばかり。東は相当に毒されているみたいだ」

そこに老人が膳を持って現われた。

「この時間じゃこんな物しか」

四人は喜びの声を発した。大皿には山盛りの漬物《つけもの》。別の皿には鱒《ます》の甘露《かんろ》煮。そして他に山菜料理がいくつか並べられている。いずれも保存食には違いないが旨そうだった。

「握り飯は賄《まかな》いの者を起こして作らせております。酒もどぶろくでよければすぐに」

「どぶろく……そいつは楽しみだ」

東は漬物を指で摘《つ》まんで口に運んだ。

「この味がなんとも泣かせやがる」

南波と純も慌てて漬物に手を伸ばした。漬物はずうっと口にしていない。

「やっぱり漬物だぜ。漬物が一番だ」

そのやりとりに老人は唖然《あぜん》としていた。

四人はむさぼるように食べて呑んだ。特に梅干しの握り飯は最高だった。虹人の生涯でも一、二を争う思い出の味になるかもしれない。酸《す》っぱさと溶け合う温かな米の味わいに涙が出そうになった。

「結局、日本人なんだな」

海外旅行に梅干しやインスタントラーメンを持って行く人間を虹人はどこかで馬鹿にしていたが、梅干しほど故国に戻ったという実感を与えてくれる食べ物はない。

「この鱒は十和田湖で捕《と》れたやつですか」

今頃になって東は訊ねた。

「養殖だ。十和田湖には魚が棲《す》んでいなかった。確か和井内貞行《わいないさだゆき》という人物が鱒の養殖に成功したんじゃなかったかな。この辺りのレストランはほとんどが鱒料理。この辺りと言ってもわれわれが暮らしていた時代のことだけど」

「そいつは惜《お》しいことをした」

東は悔《くや》しがった。

「もっと早い時代に到着していたら鱒の養殖で大儲《もう》けできたのに」

純は大笑いした。

「無理だよ。和井内貞行は何十年もの苦労を重ねて成功させた。それに、彼の生存中は商売になるほど売れなかった」

「しかし、虹人さんはなんでも知っていますね。神話や伝説はともかく、鱒の養殖についてまで詳《くわ》しいとは思わなかった」

南波はあらためて思った。

「たまたまだ。十和田文化圏は俺のテリトリーじゃないですか。これまでに何度か来ている。鱒しか自慢の食い物がないから自然に覚える。ついでに言うと十三湖《じゅうさんこ》のしじみもね」

「そうそう、ずいぶん食いましたね。しじみラーメンには驚かされた」

東は懐かしそうに言って、

「味噌《みそ》ラーメンてのはこの時代にあるのかな」

「また商売の話かい」

「笑ってる場合じゃないですよ。この世界に頼れる者は一人も居ない。戸籍もないからまともな職にもつけんでしょう。なにか工夫《くふう》しないと生きちゃいかれない」

「この前、シュメールでも聞いた」

純は取り合わなかった。

「あっちとこっちじゃ違う。あっちは夢物語の域を出ねえが、ここは日本なんだぞ。力を合わせ

りゃ、なんだってできる。全員が味噌ラーメンの味を知ってる。簡単なこったよ。鱒の養殖より
は遥かに現実的だ」

「確かに」

純も真面目《まじめ》な顔に戻して認めた。

「最初は屋台でも仕方がない。そのうち味が噂《うわさ》となってチェーン店の希望者が殺到する」

「味噌ラーメンが浸透したのは昭和四十年代の前半だ。ここが大正八年なら五十年も間がある。

それまで貧乏に耐えられるかい」

「だから、今作れば先取りってことで」

「時代というのは違うと思うんだ。モノはあっても時代がそれを受け入れるかどうか決める。コーラは戦前から日本に輸入されていたけど、日本人が好んで飲むようになったのは東京オリンピックの少し前辺りだ。ハンバーガーやフライドチキンも、日本で普通に食べるようになる二、三十年も前から存在を知られていた。もっと分かりやすい例を挙《あ》げればナタデココ。十年も前に輸入して大々的に売り出しても、だれ一人飛び付かなかったと思う。味噌ラーメンもおなじだ」

「結構厳《きび》しい世の中なんだな」

東は虹人に頷きながらも眉《まゆ》をひそめた。

「大正時代で俺が知っていることと言えば、せいぜい関東大震災くらいのもんですよ。地震じゃ
金儲けができん」

「関東大震災か！」

虹人の顔に緊張が走った。

「あれが間もなく日本を襲う」

「いつでしたっけ？」

純が身を乗り出した。

「大正十二年九月一日。あと四年後だ」

言って虹人は皆と顔を見合わせた。

「だんだん時代が見えてきた」

東は沈黙を破るように、

「ってことは浅草六区《あさくさろっく》の全盛時代でしょう。あの地震で浅草十二階《じゅうにかい》が倒壊している。この山に居るんで見当がつかなかったけど、東京は賑やかなはずです。やっぱり東京に戻るのが面白《おもしろ》そうだ。浅草オペラも見れる」

「すっかり東は定住する気らしい」

「戻れるアテはありますか？」

東の言葉に虹人は押し黙った。

「タイムマシンは消えちまった。イシュタルが異変に気づいてくれりゃ可能性はありますけどね……気づかなかったと見るのが正解だ」

「なんで？」

純は食ってかかった。

「あの洞窟にあった鹿角の文字さ。あれは鹿角が三十年後に刻《きざ》んだものだ。もし俺たちの異変に気づいていたら、あんな呑気なことは書くまい。間違いが起きたからその洞窟を出るなと刻むに決まってる」

うーむ、と皆は唸《うな》った。言われて見ればそのとおりである。鹿角はわれわれが無事に元の世界へ戻ったと信じて疑ってはいないのだ。

「根性を据《す》えてかかるしかねえぞ。俺たちにゃタイムマシンは作れっこない。としたら、ここで暮らす工夫をするのが先だろうが」

「それで味噌ラーメンのことを？」

「だよ。俺は順応が早い性質《たち》でな」

東は純に言って漬物を頰張《ほおば》った。

「まずいことになりましたね」

さすがに南波は腕を組んだ。どこかでイシュタルの救出を頼みにしていたに違いない。それは虹人とて同様だった。

「予言ってのは金になりませんかね？」

東は思い付いたように訊ねた。

「どんな予言だ？」

「だから、関東大震災。大正十二年の九月一日と細かな日時まで分かっている。こいつを当てればだれだってわれわれの予言能力を信ずるでしょう。信者が殺到する。後は太平洋戦争とか原爆のことを小出しにするだけで食っていけますよ。予言者だったら未来のことを口にしても不思議には思われない。一石二鳥とはこのことだ。もともと虹人さんには素質がある。神さまにも詳しい。下手《へた》な商売をあれこれ考えるよりは絶対だ」

「新興宗教をやれってのか？」

「大震災が起きるまでにマスコミを通じて予言を浸透させるんですよ。信じた者は救われる。人助けにもなる。この時代だって予言者は居るんでしょう？」

「もちろん」

「大震災を予言した人間は？」

「居たと思ったが……正確な日時を発表したわけじゃない。後で付き合わせると関東大震災のことを示していたんじゃないかと想像されるだけだ」

「それで決まり」

東は指を鳴らした。

「こっちは外《はず》れっこないんだから日本中の話題になる。宗教法人は税金の心配もない。いよいよ運が向いて来た」

東は手放しではしゃいだ。南波と純も戸惑いながら笑いを浮かべていた。

〈予言者か……〉

またシュメールとおなじ役割だ。虹人だけは一人、気が塞《ふさ》いでいた。

4

虹人は爽《さわ》やかな風と小鳥の囀《さえず》りで目覚めた。が、まだ目は開けたくない。この心地《ここち》好さにもうしばらく浸《ひた》っていたい気分だ。さわさわと枝を揺らす音を聞きながら虹人は布団の中に体を丸めていた。なんと心が満たされていることだろう。頬をくすぐる風がさらに幸福を増加する。頭を軽く動かすと籾殻《もみがら》がかささと乾いた音を立てる。今日は運動会の日だったろうか？　いや、秋の遠足だったたか、と目を瞑《つぶ》りながら虹人は考えていた。風に運ばれて味噌汁の匂いが伝わってくる。もうすぐお手伝いのカヨが起こしにくる頃だ。それまでは死んでも起きてやるもんか。

虹人は布団に潜《もぐ》った。とたとた、と遠い廊下をだれかが歩いている。懐かしい笑い声が聞こえた。この声はだれだったかな？　ああ、東と純のものだ。東？　なんで東が俺の家に居る？

虹人はぼんやりと思った。

ここはどこだっけ？

頭が混乱してきた。

虹人は目を瞑ったまま、考え続けた。

どうしても自分の家のような気がするのだが、壁の色とか間取りが思い出せない。

虹人は布団から頭を出すと目を開けた。

まったく見知らぬ部屋だった。

虹人の胸は高鳴った。

十和田湖の宿だ、と思い出すまでに、たった三、四秒程度のものだったに違いないが、虹人には数分以上にも感じられた。虹人は溜め息を吐いた。きっと夢の中で自分は少年に戻っていたのだろう。その感覚がしばらく続いていたのだ。虹人はまた目を瞑ると甘酸《あまず》っぱい感傷に身を任せた。カヨのことや、子供の頃に暮らした家を思い浮かべる。カヨの優しい声や笑いが甦《よみがえ》って幸せな気分になった。

虹人はようやく気を取り直した。

布団の中で伸びをする。

昨夜の疲れがまだ溜まっていたが、気持ちは完全に平静に戻っている。

半身を起こして見渡すと、三人の布団は空《から》になっていた。太陽はもう高くなっている。時間は分からないが、八時近くと見当がついた。東たちが気を利《き》かせて虹人を放っておいてくれたのだろう。

枕元には灰皿とたばこの朝日《あさひ》のずんぐりとした函《はこ》が並べられている。腹這《ば》いになった虹人は、朝日を一本抜き出すと紙の吸い口を潰《つぶ》してマッチで火をつけた。深く喫《す》い込むと、やがてじわじわと体に浸透した。軽い眩暈がする。たなびく煙にさえ豊かさを感じた。

「あ、おはようございます」

そこに純が元気な声をかけて入ってきた。

「ぐっすり寝てたようなんで」

「そっちは?」

「バリバリですよ。やっぱりシュメールとは違う。東さんも張り切ってます」

「もう朝飯を済ませたのか?」

「南波さんは虹人さんが起きてからと言って……俺と東さんは先に。申し訳ありません」

「なにも」

虹人は微笑《ほほえ》んだ。

「東さんは納豆《なっとう》と生卵で五杯も食いました。われわれが食っていた卵とはまるで違いますね。なんだか懐かしい味がする」

「高いぞ。この時代の卵はまだ貴重品だ」

「そうなんですか」

「冷蔵庫が普及してないからな。俺の子供の頃はもっぱら病人の見舞い品だった。パック売りするようになったのはせいぜいこの三十年くらいだろう。それまではバラ売りで、二個とか三個と言って買ったもんだよ」

「そういえば記憶に残っている」

「それを聞いたら急に腹が減ってきた」

虹人はたばこを揉《も》み消して起き出した。


広い階段を下りて玄関ホールに出ると、帳場の中で一人の男と話し込んでいる東と南波の姿が見えた。虹人と純は帳場の戸を開けた。

「おはよう。いい天気だな」

虹人が言うと東は笑顔を見せて、

「こちら青森の成田《なりた》さん」

口髭《ひげ》の太った男を引き合わせた。

「二日前からこの宿に滞在しているそうです。林業で大儲けしている悪い人」

東の紹介に成田は爆笑した。

「九鬼虹人と言います。よろしく」

勧《すす》められて虹人は椅子《いす》に腰を下ろした。

「昨日は酷《ひど》い目に遭ったらしいですな」

成田は人のよさそうな目でたばこを差し出した。虹人の知らない外国たばこだった。喫ったたばかりだったが虹人は一本を抜き取った。成田はマッチを探す虹人を遮って銀製のライターを得意気に差し出すと火を点《とも》した。

「ダンヒルですよ」

東が説明した。へえ、と虹人は感心した。成田は虹人にライターを渡して見せた。幅広だが、いかにもダンヒルに違いない。しかもマニアには垂涎《すいぜん》のオイルライターである。と言っても、この時代ではそれが当然なのだが。

「凄いですね」

「ま、取り寄せるには苦労しました」

成田は虹人から取り返すと、自分もたばこを口にした。この様子では、ライターを見せるたびにたばこを喫っているのだろう。

「ダンヒルと言っても、こっちの人間にゃ分かって貰《もら》えなくてね。さすが東京の人たちだ。東さんは見ただけで言い当てた」

虹人は苦笑した。

「金時計を売って欲しいと頼まれましてね」

東の言葉に成田も頷いて、

「見る目は持っておるつもりです。なにしろ金無垢の外国時計となると、最低でも千円は下らぬもんでしょうが……もし本当に売ってくださると言うなら、いくらでもご相談に乗ります。金は青森にあるんで直ぐにというわけにもまいらんですが」

「千円……」

　と言われても虹人にはピンとこない。

「この宿の宿泊料が四人で三円六十銭だとか」

　東が先回りして教えた。となると十日で四十円弱、つまり四人で二百五十日を寝泊まりできる金額となる。もちろん田舎《いなか》の宿だから単純に比較はできないが、相当な額であるのは虹人にも理解できた。

「ま、妥当《だとう》な線だとは思うけど」

　東は余裕を見せて続けた。

「とても青森まで足を延ばす暇はない。こっちは今日にでも東京へ戻るつもりだ。信用して貰うために時計を見せただけなんだ。無銭飲食と疑われりゃ親に申し訳ない」

　皆は笑った。

「だったら古間木《ふるまぎ》で金を調達します。どうせ東京に戻られるなら途中でしょう。あそこには私と付き合いのある人間がいくらでも。千円くらいなら半日もあれば揃《そろ》えられる」

　成田は本気らしかった。

「手放しちまうと、それで終《しま》いだからなぁ」

　東は腕を頭に組んで焦《じ》らした。

「千百円、いや千二百円だったら？」

成田は食い下がった。

「どうします？　これもなにかの縁ですかね」

東は虹人に訊ねた。

「いいんじゃないか？　荷物を全部失った。なにも食わずに東京へ戻ることはできない。時計はまたいつか手に入る」

「じゃあ、ここの勘定《かんじょう》と古間木という場所までの旅費を別にして千二百円でどうかな」

東の申し出を成田は即座に了承した。その顔を見ると、まだ安かったのかもしれない。それでも虹人は安堵を覚えた。金があればとりあえずはなんとかなる。


部屋に戻ると四人はにやにやした。

「まったく見事な駆け引きだった」

南波は呆れた顔で東に言った。

「またインドみたいなもんじゃないですかね。頑張ったつもりでも、二、三千円の上乗せにすぎなかったりすりゃ泣けてくる」

「今度は確かだろう。四人の宿代が三円六十銭と言うんだから二百円の上乗せとなると、とんでもない額になる。東の手柄だよ」

虹人も褒《ほ》めそやした。

「けど、あいつの口振りなら、もともと二千円くらいの価値がある時計のようだった。東京に持っていきゃ倍には売れたかも」

「反対さ。東京なら輸入が簡単だ。田舎だからこそ高く売れたと思う。それに、あの成田氏はことのほか外国製品が好きらしい」

「あんな男といきなり出くわすなんて、偶然てのも恐ろしい」

虹人に頷きながら東は言った。

「この時代は地方の金持ちのほうがスケールが大きい。金があっても遣《つか》い道が限られていたんだ。この宿に滞在していたのも偶然じゃないよ。十和田湖周辺は特に林業が盛んだった。その上、宿が少ない。皆がここに泊まる」

虹人の説明に皆は納得した。

「しかし……千二百円てと、どのくらいになるんですか？」

東は虹人に質した。

「この宿が一人……九十銭だろ。俺たちの時代に直せば四千円前後だろうな」

「そんなに安くはないでしょう」

「観光地とは違う。立派な建物だけど、山の中の宿だ。食い物だって普通。きっと民宿に毛が生《は》えた値段さ。高くても五千円かな」

「すると……だいたい一円を五千円と見て、十円が五万。百円は五十万で、千円が五百万……あれ、どっかで計算違いしたか？」

東は首を捻《ひね》った。

「そうですよ。間違いないです。千二百円なら六百万になる」

純が断定した。

「あの時計が六百万だと！」

東は絶句した。新品で買ったとしても三百万前後だったはずである。

「この時代ならおかしくない。金無垢の腕時計を持っている人間なんて、数えるほどしか居なかったんだ。騙《だま》したわけじゃないぜ」

虹人も驚きを隠して付け足した。

「まったくいいものを土産にくれたもんだ。鹿角のお陰で当分は困らない」

東はどっかりと胡座《あぐら》をかいた。

「金はできたし、あとは知恵を出し合って左団扇《うちわ》の暮らしを目指すだけですよ。東京へ出たら、どこかの宿に籠《こも》って未来の年表でも拵えますかね。四人も居れば相当に詳しい年表ができるに違いない。世界大戦の勃発《ぼっぱつ》とか原爆の予言をすりゃ信者がごまんと増える」

「原爆なんて……三十年近くも先のことだ。東はすっかりこの時代を生き抜く気らしい」

虹人は笑うと南波を朝飯に誘った。

「妙なことになりましたが――」

階段を下りながら南波は言った。

「暮らしやすい時代のような気もしますね。ちっとも違和感がない。故郷に帰った気分だ」

「仲間が居るからです。たった一人でこの時代に放りだされたら違っていた」

「なるほど、そうかもしれません」

二人は帳場とは反対側の食堂へ向かった。

暗い廊下にはいくつかの額が飾られてある。十和田鉱山の写真もいくつかあった。この宿と繋《つな》がりがあるのだろう。虹人はゆっくりと眺めた。

〈ん？〉

虹人の目は一枚の額で止まった。墨書《ぼくしょ》を額に入れたものだ。上手《うま》くはないが味はある。

――神はこの地に現われり――

墨書にしては奇妙な言葉だ。虹人はしたためた人間の名を探した。どこにもない。代わりに、予言者、と大きく記《しる》されてあった。聖書からの引用だろうか。そう思ったが、それなら予言者と記してある部分に押された印判の意味が分からない。小さくて字も掠《かす》れているが、明らかに人の名前のようだった。

虹人につられて南波も額を覗いた。

「それは宮崎《みやざき》先生の揮毫《きごう》でございます」

通りかかった帳場の老人が教えてくれた。

「宮崎先生と言うと？」

「ご存じありませんだか。東京で活躍なさっておられる予言者の先生です」

二人は思わず顔を見合わせた。

「この十和田を気に入ってくだされて、これまで二回も足を運んでくれました。もっとも二年前は奥さまの骨を抱いてのことでしたがの……奥さまの墓がこの十和田にあり申す」

「宮崎……虎之助《とらのすけ》でしたか？」

虹人は墓と聞いて思い出した。十和田湖の景勝を世間に広めた恩人として大町桂月《おおまちけいげつ》とともに名前だけは残されている。妻の墓もそのままのはずだが、虹人は見ていない。

虹人が名を言ったことで老人は喜んだ。

「すると……」

虹人は額に目を戻して、

「これは宮崎虎之助の予言というわけだ」

「さよう。この地はいずれ神の恵みによって栄えると申されました」

当たっている、と虹人は思った。

「近いうちに神が現われるともおっしゃられました。先々のことを教える神さまのようで」

南波はぐいと虹人の浴衣の袖《そで》を引いた。先々とは、もちろん未来のことである。それは虹人を言い当てているように南波は感じた。

〈予言者か……〉

南波のように虹人は受け取らなかったが、宮崎虎之助への関心は動いた。この当時は著名であっても、歴史にほとんど名をとどめていない男なのである。十和田湖のロケハンがなければ存在すら知らなかった男だった。その男と、望めば実際に対面できる時代に虹人は居る。それをしみじみと実感した。


「そういう人間がこの十和田に……」

食事を終えて戻った虹人から宮崎虎之助のことを耳にした東は、またまた偶然が重なったと唸った。純も目を丸くしている。

「で、どの程度の能力だったんです？」

「分からない。霊能力者を集めた事典やオカルトの研究書にも、まったく掲載されていないんじゃないかな。少なくとも俺は読んだ記憶がない。ただ、前に十和田の観光課から貰った資料では、存命当時はかなり有名な人物だったらしい。雑誌の『白樺《しらかば》』に十和田湖礼讃《らいさん》の紀行文を寄せていたと思った。それを考えても社会的な地位を得ていたはずだ」

「その雑誌って、武者小路実篤《むしゃのこうじさねあつ》ですか？」

「そう。発行部数はともかく、志賀直哉《しがなおや》とか有島武郎《ありしまたけお》らも同人に加わって、新しい時代を創造する文化人の雑誌と評価されていたんだから、もし宮崎虎之助がいかがわしい人間だったら掲載が有り得なかっただろう」

「なるほど……武者小路実篤って、そんなに古い人間だったんだ。なんだか見知らぬ土地で幼馴《な》染《じ》みと出会ったみたいだな」

東は相変わらず見事な比喩《ひゆ》をする。

「やっぱり、東京は結構賑やかそうじゃないですか。こんな山ん中にいるんで、とんでもなく古い時代に迷い込んだ気がしただけだ」

「ですね。武者小路実篤と聞いたら、私も身近な思いがします。『友情』は読みましたよ」

「南波さんが『友情』を?」

「中学のときの宿題です」

それでも虹人にはおかしかった。

「ちくしょう、VTRがあればな」

東は悔しがって、

「それで運良く元の世界に戻れりゃ大変な騒ぎになる。実篤や志賀直哉の若い頃を記録しておいたり、関東大震災をカラーで収録できたら、国宝級の映像だぜ。日本の財産だ」

「金になる、と言うと思った」

純のからかいに東は、

「カメラは俺の仕事だ。欲が先行すりゃ、ろくなものにならん。そこは承知さ」

珍しく真面目に応じた。

「そうか……」

虹人は別のことを考えていた。

「武者小路実篤で思い出したが、この時代だったらとてつもない男が居る」

「だれです？」

「大本《おおもと》教の出口王仁三郎《でぐちおにさぶろう》」

さすがに皆がその名を知っていたと見えて、あんぐりと口を開けた。

「王仁三郎は関東大震災を予言した。あの男がこの地続きに生きているんだよ」

「なんで武者小路実篤と出口王仁三郎が繋がるんです？」

東は怪訝な顔で質した。

「いわゆるシンパだったのさ。彼ばかりじゃない、芥川龍之介《あくたがわりゅうのすけ》や倉田百三《くらたひゃくぞう》なんかも王仁三郎の信奉者だった。神による世の中の建て直しを予言した王仁三郎の主張は、軍国主義と対立する。そこに文学者たちが共鳴を覚えたんだろうな。当時の先鋒《せんぽう》的な文学はロシア共産主義の影響を強く受けていたからね。実篤のはじめた『新しき村』も、理想主義と言うよりは共産主義に近い」

「だったら宮崎虎之助を武者小路実篤が支援していても不思議じゃないってことか」

「実篤よりも有島武郎だな。彼はアナーキストたちのスポンサーとして有名だ」

東に虹人は続けた。

「われわれの時代では予言は主義と無関係になっているけど、軍人主導の世の中、つまり独裁政権の下《もと》では危険思想と一緒なんだよ、遊びじゃない。命懸《が》けの戦いなんだ」

「…………」

「東のせっかくの提案だが、予言者になるのは危ない。予言が的中すればするほど当局から睨《にら》まれる。王仁三郎もそれで何度か牢獄にぶちこまれた。われわれの時代のように呑気なものじゃないんだ。下手《へた》すれば死刑になる」

「本当ですか！」

「関東大震災を予言することは、すなわち帝都の崩壊を示唆《しさ》することになる。天皇が現人神《あらひとがみ》であるこの時代では、不敬罪に問われても仕方がない。神の住まいする都が壊滅するわけはないだろ。それを口にしただけで軍と警察が大挙して踏み込んでくるぞ」

東たちは重い溜め息を吐いた。

「王仁三郎の凄さはそこにある。十分にそれを承知の上で、世の建て直しを予告した。われわれが中途半端に取り組んでもかなわない」

「確かに……ここは軍国主義の時代だ。よほどの覚悟がないと予言者などという仕事は勤《つと》まらない」と南波も暗い顔で頷いた。

「覚悟もそうだけど……俺たちがそれをしないということは歴史がすでに証明している。関東大震災クラスの大予言を俺たちがこれから口にしたとしたら、必ず歴史に記録されているはずなんだ。しかも日時まで当てたら大変な騒ぎとなっている。だが、そんな連中は存在していない。つまり俺たちは予言と関わりなく生きたという意味になる」

うーん、と東は唸りを発した。

「ひょっとしたら、俺たちは日本で暮らさなかったのかもしれないな」

「どういうことです？」

虹人の奇妙な言い方に純は眉根を寄せた。

「俺たちの生きた痕跡が、日本の歴史には見つけられないということだよ。未来を知る人間がここには四人もいる。どんなにそれを隠して生きたとしても、どこかでボロが出そうなものだ。俺や純はともかく、この東が市井《しせい》の人間を貫《つらぬ》き通せると思うかい？　この時代に出現して半日もしないうちに味噌ラーメンのチェーン店を作ろうとした男だぜ。そのうちビートルズの結成でもしようなんて言い出しかねない。ちょうど男が四人だしな」

「有り得る」

純は大きく首を振った。

「軍人には逆《さか》らわなくても、なんらかの形で存在が突出してしまうと思うんだ。しかし、そういう奇妙な男たちの記録も見た覚えがない。となると、日本ではなく外国で暮らした公算が高くなる」

「外国にはそういう記録が?」

東は膝を乗り出した。

「あるかどうかさえ俺たちが知らないということだ。だからこそ可能性がある」

「…………?」

「たとえば大正時代におけるエジプトの歴史とかルーマニアの歴史を、俺たちはどれほど知っている? ここにいる四人が頭を絞《しぼ》ってみたところでレポート用紙一枚も満たされやしないだろう。そういう国にならら、あるいは俺たちの痕跡が残されているかもしれない。いや、もっとはっきり言うなら、俺たちが気儘《きまま》に生きていかれるということだ。なにをしても歴史を変える結果とはならない」

「まさか! それはわれわれが知らないだけで、その国の連中はちゃんと知っていますよ」

「未来のその国の連中が、だろ」

虹人は東に笑って、

「簡単には理解して貰えないかもしれないが、俺は歴史というものを自分中心に捉《とら》えている。興味のない人間にとって人類の歴史さえ、ないも同然だ。その人間が歴史を学んだ瞬間から歴史は誕生する。たとえばスーダンという国がある。今の俺にとってスーダンはほとんど白紙に近い歴史の国だ。それでもスーダンは存在している。なにかのきっかけで俺がスーダンの歴史書を読む。存在は一緒なのに、その瞬間からスーダンは俺にとってシュメールと同等の国になるかも……」

皆は理解できずに虹人を見つめた。

「俺たちがこうして存在している以上、この現実は俺たちの歴史なんだ。本当はいくらでも自由にしていいのかもしれない。しかし知識が邪魔《じゃま》をする。大正時代の日本をなまじ俺たちが知っているだけに、それが足枷《あしかせ》となる。ところが、白紙に近い知識しか持っていない国なら、それが歴史に抵触《ていしょく》するものかさえ判断ができない。だから気儘に生きられる。アフリカの片隅でパチンコ屋を開いたとしても、勝手なんだ。もし、幸運にも元の世界に戻ることができて、そのときにアフリカの歴史を読み返して見たら、きっとわれわれが暮らした国の歴史に、かつて奇妙な遊戯が流行したことがあるという事実を見出《みいだ》すだけだろう。乱暴な理屈を言うなら、ある国に暮らしていて、ここにいる四人が、その国の支配者の名前を記憶していなかったなら、われわれが支配者になることだって可能なんだ」

まさかそこまでの確信は虹人になかったけれど、それに近い歴史観を抱いているのは嘘《うそ》ではなかった。おなじ本をおなじ順序で読んだとしても、人の感じ方はそれぞれ違う。歴史は不変のはずなのに、人間の数だけ歴史が存在しているのである。

「要するに、知らない国に行けば、余計なことに縛《しば》られずに生きていかれるってことですね」

東はなんとか納得した。

「それまでは傍観者でいるのが正解ってわけだ。観光客になって楽しんでいればいい」

「とりあえずは盛岡《もりおか》か仙台《せんだい》辺りに立ち寄って、もう少し様子を見よう。いきなり東京だとカルチャーショックが強過ぎる。図書館を訪ねて情報を仕入れてからじゃないと心配だ」

虹人の意見に皆は賛成した。

「盛岡ぐらいの都市だったら洋食のレストランもあるに違いない。ひさしぶりにとんかつが食えそうだ」

東はまた呑気なことを言った。

「とんかつがこの時代にありますか?」

純は虹人に訊いた。

「あるさ。明治の中頃には大人気を得ている。そうだな、盛岡ならきっと食べられる」

虹人は保証した。

「分厚《ぶあつ》い衣《ころも》のとんかつにビールだ」

東の心はすでに食い物に向けられている。

「ビールもありますか?」

純がまた虹人に問い質す。

「もちろん。ないのはピザぐらいのもんだろう。いや、それだって東京中を探せば見つけられるかもしれないな。一般に流行していないだけのことだから」

虹人にも楽しみが増えはじめた。

懐旧

1

「今日中に盛岡どころか古間木にさえ辿《たど》り着けないってのか」

出発時間の相談をしてきた東と南波から聞かされて、虹人は啞然《あぜん》となった。古間木とは青森県の三沢《みさわ》市の旧称と分かった。太平洋岸に隣接した市で、確かにだいぶ離れていそうだが、それでも車を使えば一時間はかからなかったはずである。しかもそれは曲がりくねった山道が多いせいで、実測は六十キロ前後のものだろう。そこに一日で行き着けないとは信じられない。江戸《えど》時代とは違う。

「奥瀬《おくせ》ってとこまで徒歩で行くしかないようです。地図を見させて貰《もら》いましたが、われわれの世界では十和田湖町と思えました」

南波が補足した。

「そこまで何キロの徒歩になるんだろう？」

「軽く三十キロはありますよ。ほとんど道なき道のような口振りだったので、順調にいっても十時間」

「勘弁《かんべん》してくれよ」

虹人はがっくりと肩を落とした。

「今から出発すれば到着は夕方。奥瀬の側《そば》に蔦《つた》温泉というのがあって、今夜はそこに泊まります。明日は早朝に荷馬車を仕立てて古間木へ。それだって八時間は覚悟しないといけないらしい。場合によっては古間木泊まりになりますね。真夜中近くに盛岡に着けば、かえって面倒です。それに汽車の本数が限られている」

「やっぱりとんでもない時代に迷い込んだみたいですよ。十和田から盛岡まで三日がかりだなんて、呆《あき》れた話じゃないですか」

東は溜め息と舌打ちの両方をした。

「他の方法はないのか？　秋田県の方に向かって大館《おおだて》に出れば花輪《はなわ》線が盛岡に通じている」

「まだ全線は開通していなかった。それは私も訊《たず》ねてみました。鉄道開設の予定はありましたが」

南波もそこは抜かりがなかった。

「じゃあ、まさに陸の孤島というわけだ」

「どうします？」

眉《まゆ》をしかめた虹人に東は質《ただ》した。

「どうって……歩くしかないだろうさ」

「もう一日休息を取るかどうかということです。昨日だって歩き詰めでしょう」

「皆に任《まか》せる。疲れはすっかり取れた」

虹人が言うと南波は頷《うなず》いて、

「無理をしても今日は出発したほうがよさそうですね。幸いに天気がいい。奥瀬に辿り着いてしまえば、あとは馬車です。多少天候が崩《くず》れてもなんとかなる。成田さんが一緒なので道に迷う心配もない。観光気分でのんびりと行きましょう。奥入瀬《おいらせ》渓流を辿る道です。それに子《ね》ノ口《ぐち》まではここから船で行ける」

「だったら少しは楽だな」

虹人に元気が戻った。

「じゃあ成田さんにそう言って来ます。十五分後の出発で構《かま》いませんね」

東は念押しして階下へ向かった。

「虹人さんも案外とタフですね」

純はにやにやと笑った。

「これじゃ十和田湖が観光地にならないのも当然だ。盛岡に三日か……」

さすがに虹人は先行きを思って嘆息した。車のありがたさをつくづくと感じる。高速道路を走れば、盛岡と十和田湖はわずか二時間前後のものだったはずである。

「でも、今夜は温泉ですよ」

体力に不安のない純は張り切っていた。

「それと、例の件ですが」

南波が思い出したように言った。

「紹介状がなくても平気だそうです。東京に居《い》る限り訪ねて来た者には必ず会うとか」

十和田に関わりの深い予言者宮崎虎之助に虹人は一度会いたいと思った。そこで宿の主人に橋渡しを頼んだのだ。

「住所と電話番号を控えています。上京の日時を決めてからでも大丈夫でしょう」

「上京……か」

純は苦《にが》笑いした。古臭い言い方だが、今の時代なら正《まさ》しく似合いの表現だ。

「盛岡から東京は何日くらいかかりますかね」

純は大真面目《まじめ》な顔をして虹人に訊《き》いた。

「せいぜい十五、六時間てところだろう」

「なんだ、その程度ですか」

「東北本線で乗換えなし。駅のある町に出るまでが大変なんだ。古間木にさえ着いてしまえばどこにでも簡単に行ける。もっとも南波さんが言ったように汽車が何本も走っているわけじゃない。時刻表を見ないと分からないが、東京行きなんて日に二、三本しかないに違いない。それを逃せば一日を無駄にする」

「古間木で着る物を買わなきゃいかんですね」

南波の言葉に虹人も同意した。アウトドアの軽装のままだ。この格好で町を歩けば人目を引く。目立たぬようにしないといけない。

「この時代なら洋服はまだ高いんでしょう。古着屋があれば助かる」

「われわれは六百万もの大金を手にした金持ちなんだぜ。洋服代くらいなんとでもなるさ」

虹人は南波に微笑んだ。


虹人たちは九時過ぎに宿の近くから子ノ口行きの遊覧船に乗り込んだ。遊覧船と言っても定期的なものではない。客の需《もと》めに応じて動かす船だ。しかも屋根のない平船なので、雨の日は運行を見合わせる。

これに乗れたのは幸運だと虹人は思った。お陰で湖を陸路で迂回せずに済む。子ノ口は奥瀬までの中間地点なのだ。歩く苦労がないばかりか、三時間近くの短縮になる。これだと四時頃には奥瀬に着けると成田は請《う》け合った。それでも七時間前後の旅だ。

虹人は船縁《ふなべり》に頬杖《ほおづえ》を突きながら湖面に映《うつ》る紅葉を楽しんだ。南波が言うように観光気分で行くのが正解だろう。

「こんなに綺麗《きれい》な湖でしたかね」

十和田湖は鏡面のごとく穏《おだ》やかだった。湖を囲む山々もしんと静まり返っている。神秘の湖と宮崎虎之助が絶賛したのも分かる。人が足を踏み入れていない山の静謐《せいひつ》さだ。

「まるで極楽を絵にしたみたいだ」

東は重ねた。それに純も首を振る。

「俺たちゃ、やっぱりなにかを失ったんですよ。便利にはなったけど、取り返しのつかないことをしたような気がするな。こんな景色を見ようと思っても、どこにもない」

「そうだな。休屋には土産物屋《みやげ》が軒《のき》を連《つら》ね、カラオケスナックが夜中まで営業していた。桟橋の周辺にはゴミばかり……十和田湖がそうなんだから琵琶《びわ》湖とか富士の山中《やまなか》湖なんかもっとひどい。明治に撮影された山中湖の写真を見たことがあるが、まるで水墨画《すいぼくが》の世界だったよ。だから外国人が日本に憧《あこが》れたんだ。上海《シャンハイ》のように日本は外国に蹂躙《じゅうりん》されずに済んだけれど、当事者のわれわれが日本を駄目にした。それをしみじみと感じる」

虹人の実感だった。自然を守ることがすべてに優先する、とまでは考えたことがない虹人であったが、この圧倒的な自然の豊かさを目にするとそれがぐらつく。

「茶はいかがです」

操舵室《そうだ》から成田が熱い湯気の立った土瓶《どびん》と湯呑《の》み茶碗を運んで来た。純が手伝って茶碗を回す。船長が煎餅《せんべい》を配分した。舵《かじ》を固定したので当分はこのままで行ける。

「成田さんはしょっちゅう十和田湖に？」

「年に三度は。この景色が好きでね」

成田は虹人の茶碗に茶を注《つ》いだ。大会社を経営している割には気さくな男である。

「申し訳ないな。こっちの都合で予定を変更させて……明後日《あさって》まで居るつもりだったとか」

「構わんですよ。時計のほうが大事だ。これを逃せば二度と手に入らん品物です」

「古間木ははじめてですが」

南波は成田の注ぐ茶に頭を下げながら、

「確かあそこにも大きな温泉がありましたね」

「温泉？　いや、そんなものは」

成田は否定した。

「駅の近くだったはずだ」

自衛隊時代に三沢基地を訪れたついでに何泊かした覚えが南波にはあった。古牧《こまき》温泉と言って日本でも有数の巨大温泉と聞かされたのだが……。

「浅虫《あさむし》の勘違いでしょう」

成田は笑った。後で知ることになるのだが、この時代にまだ古牧温泉は開発されていない。

「とんかつを食わせる店は？」

東の関心はそっちに向いている。

「東京とは比較にならん味だが、もちろん」

「だったら盛岡まで我慢するか。せっかくならベストの状態で食いたい」

「ベスト？」

成田にはすぐには通じなかった。

「一カ月以上も食ってない。どうせなら旨《うま》いやつを食いたいってことさ。まずいやつを口にすりゃ胃袋に申し訳ねえ」

「盛岡だって似たようなものだ。銀座や浅草のとんかつとは違う。銀座の煉瓦亭《れんがてい》の特大とんかつを知れば、どこも田舎《いなか》の味でね」

成田はなかなかの食通と見える言い方をした。ときどき東京にも行くのだろう。

「銀座の煉瓦亭か……くそ、懐《なつ》かしいぜ」

東は舌嘗《したな》めずりをして、

「あの店はそんなに古いのかい」

うっかりと口にした。

「もうかれこれ三十年近くにはなるはずだ。上京の折りには必ず立ち寄っている」

成田は気づかぬふうで応じた。

子ノ口には一時間足らずで到着した。

ここにも割合に大きな旅館がある。虹人たちはそこの売店で、山の中では珍しいというラムネを成田から振る舞われた。一本七銭だから虹人たちの金銭価値では三百五十円。相当に高い。まだ普及していないのだろう。だが、これは死ぬほどに旨かった。炭酸の爽《さわ》やかさが喉《のど》を弾《はじ》けて通り抜ける。

「コーラってのは、いかになんでも発売されていないんでしょう？」

東が小声で虹人に訊ねた。

「横浜だったら輸入品であるんじゃないのか。大正にはもうアメリカじゃ一般化している」

「金さえありゃ、ほとんどおなじ生活ができるってわけだ」

「けど、きっとバカ高いぞ。このラムネの五倍はするに違いない。一本千五百円か」

「なるほど。それじゃラムネで我慢するしかない。一日に三本も飲めば五千円。稼《かせ》ぎが追いつきません。われわれはとてつもなく贅沢《ぜいたく》な暮らしをしていたってことか」

「この時代の人から見ればね。ビールだっておそらく二千円以上はする。ここの売店にないってことは高級品だからさ」

「今なら一本五千円でも惜《お》しくはないが……毎日となりゃきついな。ビールで破産しちまう。舌が馴《な》れてしまった分だけ辛《つら》い」

「その代わり、カズノコとか鯨《くじら》が安い。松茸《まつたけ》もそれほどじゃないだろう。もしも戻れたときのために食いだめしておくんだな」

「カレーはどうです？」

「あれは大衆料理として古くから定着した。毎日でも食えると思う」

「それを聞いて安心した。カレーとかとんかつは俺の命の支えですからね。ないならまだしも、あるのに貧しくて食えないんじゃ死にたくなる」

「もう腹が空《す》いたのかい」

東はやたらと食い物の話をする。

「さっき生卵で五杯食べたと聞いたぞ」

「これから六時間も歩くってのに、途中にゃドライブインの一軒もない。早くこんな場所から抜け出したいですよ。砂漠なら我慢もできるが、東京にはなんでも揃《そろ》っている」

「カフェもあるしな」

虹人はむしろ旨いコーヒーに飢《う》えていた。

「戻れる当てか……」

東は軽い溜め息を吐《つ》いて、

「そいつがありゃ、なんでも頑張れる」

「金儲《もう》けだってね」

虹人はからかった。

「竹久夢二《たけひさゆめじ》の作品を大量に買い占めて戻れたら、余生を安楽に過ごせるさ」

「虹人さんでもそんなことを考えますか」

東は嬉《うれ》しそうに笑った。

「ああいうものなら、持ち帰ったところで歴史を変えはしない」

「大正ロマンか……あがた森魚《もりお》の世界だな」

東は無意識に「赤色エレジー」を口ずさんだ。いかにも相応《ふさわ》しい唄《うた》だった。

要は気の持ちようであるのを今ほど納得できたことはない。虹人は二時間を歩いても足に疲れを感じなかった。心臓が高ぶるくらいの美しい渓流と緩《ゆる》やかな下り坂が続いているせいでもあるが、それよりも浅瀬を渡ったり岩場を越えたりと変化のあるものが関係している。濡れた岩に足を滑《すべ》らせて腰近くまで渓流に嵌《は》まると皆が笑い転げる。それが逆に心を解放する。彷徨《さまよ》い歩いた昨夜とはまるで異なる。こんな調子なら十時間も歩けそうだ。

「弁当にしましょうや」

成田が先を行く東と純を呼び止めた。

「一時を回った。腹が減ったでしょう」

成田は太い倒木に腰を下ろしてポケットからたばことライターを取り出した。虹人と南波に勧《すす》める。虹人も成田と並んで渓流を眺《なが》めながら一服した。心地《ここち》好い汗が流れる。

「奥入瀬渓流は最高だな」

車でしか通っていないので、本当の美しさを知らなかっただけなのだ。岩に当たって砕《くだ》ける水の一粒一粒に紅葉の色が滲《にじ》んで見える。無数の落葉が水面《みなも》を燃やすようにゆったりと流れて行く。木洩《こも》れ陽《び》がその葉の色を川底に投影する。赤と黄に染まった川だ。

「いやぁ……凄《すご》いですね」

東が戻って来て唸《うな》った。

「ここに一生住みたいくらいだ」

「一番いい季節なんですよ。もう少しすれば雪で閉ざされてしまう」

それでも成田は得意そうな顔をした。

「宣伝が足りんですな。東京に戻ったら知人の方々に是非《ぜひ》ともご推奨《すいしょう》ください。ご連絡があればいつでも案内させますから」

そう言って成田はリュックサックを開けるとカメラを手にした。蓋《ふた》を開けると蛇腹《じゃばら》のレンズが飛び出す懐かしい形式である。

「へえ、コダックか」

レンズ周りに刻《きざ》まれている文字を読んで東は大きく頷いた。

「成田さんはなんでも持ってるんですね」

虹人はおかしくなった。この当時の田舎大尽《だいじん》の典型のようでもあるが、ダンヒルのライターといい趣味は悪くない。いや、むしろこの時代はそういう一流品しか輸入されていなかったのだろう。船の中で見させて貰った銀製の彫刻入りの懐中時計はウォルサムだった。

「チーズ……とは言わねえか」

カメラを構える成田を前にして、虹人と肩を組んでポーズを決めた東は口を濁《にご》した。虹人たちは必死で笑いを堪《こら》えた。

「はい、笑って」

成田の言葉に皆は爆笑した。

その夕方、虹人たちは蔦温泉の熱めの野天風呂で疲れを癒《いや》していた。東と純は子供のように湯のかけっこをしている。虹人は風呂の中で手足を伸ばし恍惚《こうこつ》に浸《ひた》った。温泉どころか風呂に入るのさえひさしぶりである。

「ラルサでサウナに入って以来でしょう」

虹人に質されて南波は答えた。

「すると、だいぶになるな」

「あとは行水《ぎょうずい》と汗を拭《ふ》き取った程度です」

「日本はいい。おなじ国に戻れただけで幸せだ」

虹人は湯で顔を洗った。涙が溢《あふ》れたのを南波に悟られぬためだった。

「プアビはどうしてますかね」

ラルサと口にして南波は思い浮かべた。ウルの町で別れを惜しんだのは、時間で言うとつい三日前のことだが、目まぐるしい変転のせいか遠い昔のような気がする。

「今頃は無事にモヘンジョ・ダロに向かっているに違いない。利口な子供だ。父親の跡《あと》を継いで立派な指導者に育つさ」

言いつつ虹人は妙な気分になった。今頃、などと言っても、プアビの生きている時間は四千五百年前の時代だ。

〈とっくの昔に死んでいるのか……〉

どうも時間の感覚が摑《つか》めない。自分がこうして湯に浸っているのが不思議である。

〈時間と言うより、他の国と思うのが〉

自然な気がする。四千五百年前という名前の国の中でプアビは今日も元気に走り回っているのだ。自分たちだって大正八年という国にたまたま迷い込んだにすぎない。そうとでも思わないとプアビが哀《あわ》れであろう。

「鹿角だって張り切ってやってますよ」

東が虹人の真向かいに腰を下ろした。

「こうなるとあいつの選択のほうが確かだったかもしれねえな。あいつは自分から望んで残った。俺たちと立場が違う。鹿角の野郎、俺たちがこんな苦労をしてるとは思わずにのんびり暮らしてやがるんでしょうね」

「結構東さんは面白《おもしろ》そうに見えるけど」

「俺は苦境にめげない性質《たち》なんだ。ここで嘆《なげ》いたって仕方なかろう。俺が言うのは、ここが望みの転任地じゃねえってことさ」

東は純の揶揄《やゆ》を一蹴して、

「それでもまあ時代が近い分だけ救いはあるがな。学習すりゃなんとか生きていけそうだ。これが鎌倉《かまくら》時代とか奈良《なら》時代ならお手上げだ。右も左も分からねえ」

「確かに」

南波もいまさらながらに気づいて頷いた。

「今夜は成田の大将とじっくり呑んで皆で勉強会と洒落《しゃれ》込みますか」

「それは止《よ》したほうがいい」

東に虹人は首を横に振った。

「四人ともに今の総理大臣の名前を知らなかったり流行《はや》りの唄を知らなければ必ず不審に思われる。成田さんは一応好人物と見たが、きっとわれわれに薄気味悪さを感じるさ。それだけならいいが、万が一警察に通報されでもしたら厄介《やっかい》だ。ここは余計なことを口にせず、ただ彼の話に頷いているのが安全だ。情報は盛岡で得られる。とにかく大きな町に出て人に紛《まぎ》れ込むまでは我慢が大事だ」

「ですね。自分らだけの判断で対応するのは危ない。状況を充分に把握してからでないと」

南波も慎重だった。

「あの大将だったら話せば分かってくれそうな気がしませんか?」

「分かって貰えばどうなると言うんだ」

虹人は珍しく厳《きび》しい目をした。

「成田さんがタイムマシンを調達してくれるとでも？」

「…………」

「われわれが未来の人間だという証拠がどこにある？　レーザーガンだって持ってやしない」

「未来の歴史をこと細かく説明すれば」

「明日はなにが起こる？　明後日は？」

「そりゃ……そこまでとなると」

「関東大震災は四年後だ。そんな先のことを言ってもだれ一人信じやしない。次の場所の相撲《すもう》は何勝何敗でだれが優勝するとか、日常的なことを誤りなく言い当てれば少しは信用してくれるだろうけど、無理な相談だ。政党の名前さえきちんと言えない俺たちをだれも認めてはくれないよ」

うーん、と東は唸った。

「それに……おそらく成田さんは軍部とも繋《つな》がりがある。この時代の金持ちはたいてい軍隊と結び付いている。下手《へた》にボロを出せば警察どころの騒ぎじゃなくなるぞ。それでなくたっておかしな連中だと成田さんはどこかで疑っているに違いない」

「あの大将が？」

東は苦笑いした。切れる男には見えない。

「俺たちが四人だから、わざと知らないフリをしているだけかもしれない。時計を欲しがっているのは確かでも、大事な日程を変更してまでとなると……俺には自信がない」

「なにか企《たくら》んでいると言うんですか！」

信じられない顔で東は絶句した。

「思い過ごしでなきゃいいがね。あれこれと質問してこないのが不思議なんだ。普通だったら東京での仕事とか、なんのために十和田へやって来たのかと聞きたがる。ましてや俺たちは山の中で熊に襲われたと主張してるんだぜ。ここでは珍しいことでもないんだろうが、それでもあまりにも奇妙な対応だ。信用したフリをして古間木まで連行するのが彼の目的じゃないかと疑ってもみたくなる」

東は純と顔を見合わせた。

「その割には親しそうにしていましたよ」

東は溜め息混《ま》じりに、

「いつから疑っていたんです？」

「あれだけの金持ちなのに、伴《とも》も連れずに十和田までの山道を辿るなんて大した男だ。見掛けよりは強靭《きょうじん》で、しかも親の跡を継いだんじゃなく立身出世した男と見た。そういう人間なら頭の回転が早い、おぼっちゃんとは違う」

「人の好《よ》さは見せかけにすぎないと？」

「人の好さで立身出世する者もいる。そんな意味じゃない。頭が切れる男と言ったんだ。真夜中にふらりと現われた文無しの四人組が、分不相応な外国の金無垢《むく》の腕時計を持っていることについて不審を抱かないほどバカではないはずだ、とね」

「…………」

「俺が彼の立場にあれば、きっと警察に一報する。が、肝腎《かんじん》の四人組は一刻も早く十和田を出発したがっている。としたら行動を共にして機会を窺《うかが》うしかないだろう」

「当たってほしくない推理だな」

東は顔をごしごしと洗った。

「けど、そんな気もしてきた」

「この奥瀬には警察官がいます」

南波が言った。

「うっかりすると踏み込まれますね」

「それは大丈夫でしょう。山の中で取り逃がせば面倒になる。どうせ警察官だって何人もいない。われわれが金を必要としていることを彼も承知だ。古間木が危ない」

なるほど、と南波も同意した。

「古間木で逃げるとなると金はどうします。もし推理通りなら簡単には貰えない。金がなければどこにも行けなくなります」

「余裕を取り戻すと、余計なことを考える。ここは運を天に任せて成田さんを信用してみるか。

そのほうが気が楽になってきた」

虹人は東の心配をよそに笑った。

「古間木に着くまでに方針を定めましょう。こっちがその目で見れば、彼のほうもボロを出すかもしれません。本当に危なそうなときは金を諦《あきら》めて逃げるしかない。四人で知恵を絞《しぼ》ればなんとかなります」

南波の言葉に皆は力づけられた。

「ん?」

東は鼻をひくひくさせた。懐かしい匂いがどこからか漂《ただよ》ってくる。

「カレーの匂いじゃねえかよ」

東は子供のようにはしゃいで立ち上がった。

そこに成田が顔を覗《のぞ》かせた。

「今夜はカレーライスか」

「皆さんが食べたがっていたようなので、宿の主人に言いつけました。そろそろ飯ですよ」

東と虹人は思わず顔を見合わせた。それは二人だけで話したことである。成田はどこかで聞き耳を立てていたのだろう。

虹人には成田の笑顔が不気味に思えた。

2

奥瀬から古間木までは、およそ三十キロ。と言っても馬車を用いての旅なのでのんびりとしたものだ。早朝に出発すると午後早くには到着できる。虹人たちは遠足気分で馬車に揺られていた。途中の三本木《さんぼんぎ》までは小さな馬車だったが、そこからは通称がたくり馬車と呼ばれる定期便の客馬車に乗り換えた。十人以上が乗れる大型の馬車だ。道も多少は整備されているのか揺れも少なくなった。馬車の中は昔の汽車とおなじ雰囲気である。

「ここまで来れば着いたも一緒ですよ」

成田はホッとした顔で水筒に詰めているウィスキーを皆に勧めた。皆は一つのキャップで回し飲みした。ウィスキーが腹に染《し》み渡る。

「西部劇みてえだな」

東はくいっとキャップをあおって、

「ストレートのウィスキーなんぞ、ひさしぶりだぜ。近頃じゃ山登りのときでも水割りだ。昨夜の酒も旨かったし、どうもこっちの暮らしのほうが性《しょう》に合っているらしい」

「田舎で自慢できるのは酒ばかりでね」

東の失言にも気付かぬように成田は笑った。

「何時の汽車に乗れるかな……」

虹人は三本木で書き留めてきたメモに目を走らせた。午後に古間木を出る上り列車は四本あるのだが、そのうちの二本は尻内《しりうち》（現在の八戸《はちのへ》）止まりで盛岡までは行かない。残り二本のうち、後のほうは盛岡到着が深夜となる。となれば宿を探すのが面倒だ。いや、前のほうとて盛岡に着くのは夜の九時過ぎである。理想的なのは二時半発の尻内行きに乗って、そこから四時発の上野《うえの》行きの急行に乗り換えることだ。それだと七時前に盛岡に入れる。

「二時半のやつは無理でしょう」

成田は首を横に振って、

「一時には古間木に着きますが……千二百円の調達には時間がかかる。次に出る五時の汽車がやっというところでしょうな。下手をすれば七時半のやつになるかも……どうせなら古間木に一晩泊まって、明日の朝の汽車にしたらどうです？」

「盛岡に友人が居るんです。そいつを頼ればなんとでもなる。それもあって早いうちに着きたい。時計の金は後でも構わない。当分は盛岡に滞在するつもりです。宿を決めたら連絡しますよ。そこに送金して貰えれば、今は当座の金だけで充分です」

「時計を預けて行くと？」

「成田さんは信用に値《あたい》する人でしょう？」

虹人が笑って言うと成田は頷いて、

「そりゃ、青森で私のことを知らぬ者はいないはずだが……それでいいんですか？」

「証文《しょうもん》を書いていただければ」

「もちろん書きますよ。それなら話は簡単だ。二、三百円なら一時間のうちに用意できる。皆さんは駅前で昼飯でも食っていてください。残りの金はすぐに宿へ送りましょう」

成田は請け合いつつ、

「盛岡の知人と言うと、どういう方です？」

虹人に質した。

「花巻《はなまき》で大きな店を開いている人の息子さんでね。盛岡高等農林の研究科で土性調査をしている」

虹人が言うと、東たちは不安そうな顔をして互いを見やっていた。そんな話はむろん初耳であった。

「花巻ならまんざら知らない町でもない。なんという店です？」

「質と古着を扱っている宮澤《みやざわ》商店」

「ああ」

成田は納得した顔で頷いた。

「息子さんの名は賢治《けんじ》」

「なるほど、花巻の宮澤さんのお知り合いでしたか。それなら最初からそう言ってくだされればよかったのに」

成田はなぜか安堵《あんど》の色を浮かべた。

「宮澤さんをご存じですか？」

虹人はボロを出さないように訊ねた。

「先代の喜助《きすけ》さんとは何度か……盛岡で軍と業者の集まりがありましてね。あの方は軍と無縁だったが、ときどき顔を出されていた」

「巨人ですね」

虹人の言葉に成田も同意した。成田の顔から警戒が薄れたのを認めて、虹人は内心で溜め息を吐いた。まさか成田が宮澤喜助と面識があるなど想像もしていなかったのだ。が、思えば当然かもしれない。質屋と古着屋と言えばなんとなく小さな店を頭に描いてしまうが、宮澤賢治の祖父である喜助がはじめた店は京都や大阪から大量に仕入れた衣類を廉価《れんか》で販売する、今でいうディスカウント商店なのである。販路は岩手県全域に及び、その名は東北一円に広まっていた。それを一代で成し遂《と》げたのだから、まさに巨人であろう。

「そうですか、あそこのお孫さんが盛岡の高等農林に……」

成田は繰《く》り返した。

「祖父《じい》さんに似て夢みたいなことを本気で考えている青年でね……人造宝石が作れないものかと熱心に研究している」

成田は聞いて爆笑した。東たちも苦笑した。彼らの顔にも安堵が広がっている。いきなり宮澤賢治の名を虹人が口にしたので、どうなることかとはらはらしていたのだ。

「まったく、肝《きも》を冷やしましたよ」

古間木に到着して、駅前の小さな食堂に陣取ると東は真っ先にそれを言った。成田は人力車に乗って金策に向かっている。

「最初はなんのことだか分からなかった。まさかあの宮澤賢治の話だとはね」

「それくらいしか思い付かなかったのさ。うろ覚えなんで確証はないが、大正の十年頃までは盛岡に暮らしていたような気がする。高等農林とかを口にすれば成田氏が信用するんじゃないかと思ってね」

「盛岡の高等農林と言うと？」

南波が質した。

「岩手大学の前身。賢治はそこで鉱物の研究をしていた。きっと今日だって暗い研究室の中で顕微鏡を覗いているに違いない」

言って虹人は軽い興奮を感じた。思い付きで口にした名前だったが、せっかく盛岡に何日か滞在するのなら、なんとか会ってみたい気がする。もちろんこの時点では無名の存在だが、どんな人間なのか興味がある。

東は運ばれてきたとろろ飯に歓声を上げた。白菜の漬物《つけもの》とみがき鰊《にしん》が食欲をそそる。てんぷらや丼《どんぶり》物もあるのだが、長時間馬車に揺られていたせいで胃の調子が悪い。

「お、きたきた」

「あの口振りでは、やはり疑っていたらしい」

南波は成田のことを言った。

「宮澤賢治の名を出したのは正解でしたよ。そんなに大きな店ならだれでも知っているでしょうが、息子が高等農林の研究室に居るとか、人造宝石作りに熱中してるなんてことは、よほど親しくないと知らない。成田氏もあれで信用したはずです」

「でも、時計を預けて大丈夫ですか?」

純は心配そうに言った。

「仕方ないだろう。俺たちは一文無しだ。これじゃ汽車にも乗れない。と言って、この町で待つのは危ない。後は賭《か》けだ。もし成田氏が三、四百円を調達してきたら、それで我慢するしかないかもな。下手に欲張って軍に連行でもされれば厄介だ」

「せっかく千二百円の値をつけたのに……勿体《もったい》ねえとは思うがよ、ここは虹人さんの言うとおりに運ぶのが安全ってもんだ。俺たちゃ戸籍もねえんだぞ。わずかの金で全部をフイにしたくねえ。盛岡まで行ってから態勢を立て直す。なに、この四人の知恵がありゃ、金儲けなんぞ楽にできる。ひょっとしたら成田だって律義《りちぎ》に残りの金を送ってくるかもしれねえ。そう信じるしかなかろう」

　東も虹人の考えを支持した。

「四百円だと……二百万ですか」

　南波は計算して、

「それでも損はしない。当分はなんとかなります。このとろろ定食だって八銭だ。少なくとも二カ月は暮らして行けますよ」

「甘いんじゃねえかな」

　東は店の品書きを眺めて眉をひそめた。

「この田舎町の食堂でも天丼は十五銭する。東京辺りで三食を外食すりゃ、一日五十銭は覚悟しないと……それに酒だって飲む。合わせて一円だと一人月に三十円が消える。四人で百二十円ですよ。宿代まで入れたら簡単に二百円を越す。せいぜい一月《ひとつき》半保《も》っていいとこじゃないですか」

「東京に出たらアパートを探すさ。そうして自炊すればいい」

「なんだかみみっちい話になってきた」

　東の言葉に皆は苦笑した。

「タイムマシンで現われた未来人が、とろろ飯を食いながら安アパートを借りる相談なんてのは洒落にもなりゃしない。ＳＦ小説なんかを読んでると、未来人はいつも優雅な生活をしているもんですけどね」

「なんの準備もせずに迷い込んだからな」

虹人はしみじみと口にした。

「これで鹿角のロレックスがなかったら、たちまち飢え死にだ。情けねえ話だぜ」

「いつの世でも生きて行くのは大変だ。が、食べるだけならなんとでもなる」

南波は笑顔で言った。

「戸籍がなくても肉体労働なら必ず雇主《やといぬし》が居る。そんなに案じることはないでしょう」

「未来人が飯場《はんば》で一生を終えるなんてのも、それはそれでいいかもしれんなぁ」

東は本気の顔で南波に頷いた。

成田が満面に笑みを浮かべて戻ったのは、それから三十分後だった。成田は古ぼけた鞄《かばん》を手にしていた。

「なんとか頭を下げて千円調達しました」

成田は鞄を虹人に手渡した。

「これで譲って貰えませんかね」

虹人は思わず東たちに目を動かした。

「よく右から左に千円が揃ったな」

東は目を丸くした。

「証文を書くのが面倒だったものでね」

成田は鞄の蓋をそっと開けて見せた。いかにも一円札がびっしり詰まっている。

「手を打ちましょう。汽車の時間が迫っている。二百円は短時間で集めた大将へのご祝儀ってことで」

東の言葉に虹人も頷いた。東は腕からロレックスを外《はず》すと成田に手渡した。成田は重さに相好《そうごう》を崩しながら礼を言った。

「花巻に行くのでしたら、宮澤さんに成田がよろしく言っていたと伝えてください」


汽車がホームを離れると四人は握手しあった。千円とは思いがけない収穫である。

「成田の野郎、いいやつだったじゃないですか。俺なら三百円ぐらいで、後は証文を書く」

「いや、足元を見たのさ」

虹人は東に首を横に振って、

「宮澤の人間と知り合いだと分かって、いい加減な扱いができないと見たんだろう。証文を書けば、結局千二百円を払わなければならない。それより現金を見せて少しでも安く買い取ろうとしたんだ。それで必死になって金を掻《か》き集めてきたに違いない」

「あの名前を出したのは大正解だったですね。確かに証文が宮澤商店に渡れば踏み倒すわけに行かなくなる。虹人さんの手柄ですよ」

東は駅前で買ってきた饅頭《まんじゆう》を皆に配りながら上機嫌だった。千円あれば最低でも三ヵ月はのんびりと遊んで暮らせる。

「尻内に着いたら急行への乗換えには十五分しか余裕がないですけれど、どうします？　盛岡まではは三時間近くもかかる。車内販売ってのがあるのかな」

東は虹人に訊ねた。

「ある。車内販売どころか洋食を食わせる食堂車が連結されている」

代わりに南波が応じた。南波は古間木の駅で求めた時刻表を展《ひろ》げていたのである。

「へえ、こんな時代から食堂車がね」

虹人も意外な顔をして時刻表を覗いた。

「値段も書いてあります。夕食は一円五十銭」

「そいつは高い！」

東は呆れた。東たちの金銭感覚では七千五百円。一流レストラン並みの値段だ。

「汽車に乗ることがそもそも贅沢なんだ」

南波は皆に巻末の料金表を示した。

「尻内から盛岡までの乗車料金が急行券も含めて二等で四円五十銭もかかる。二万二千五百円だ。われわれの時代なら、新幹線で東京から広島辺りまで行ける。それを思えば一円五十銭の夕食も大したものじゃない」

「だったら東京までいくらかかるんです」

東は不安そうに質した。

「盛岡から……ざっと十四円だな。三等で行くなら八円くらい」

「十四円てと、七万円か。大旅行だ。車中で飯を二回食うとなりゃ十七円に膨《ふく》らむ。四人で七十円近くですよ。冗談じゃない。たかだか盛岡から東京に出るのに三十五万もかかるんじゃ先が思いやられるぜ。千円で喜んじゃいられねえ。あっと言う間になくなる」

「この時代の二等車はわれわれの感覚だとグリーン車だからな。三等で行くならその半分だ。それに、高いのは汽車ばかりだから、そんなに心配することもないだろうが……確かに東の言うとおり、ちょいと驚きだ」

虹人は南波から時刻表を受け取って自分でも確かめた。計算に間違いはない。

「どうせがたごと揺られてのディナーなんて高《たか》が知れている。食堂車で食うより尻内の駅前で酒と食い物を仕入れましょう。代議士とか金持ちがめかしこんでいる食堂車で気詰まりな思いをするより、ずっといい」

東の意見に純も賛成した。

「大金持ちになったり、貧しさを痛感したり、今日は気持ちがやたらとぐらつくな」

虹人は東をからかった。

「思えば汽車が高いのは当然なんだ。これには莫大《ばくだい》な資本が投入されている。それに、もし汽車がなければ盛岡から東京まで半月以上もかかる。宿代や食事代を足せばとてつもない金額になるはずだ。それがたった十円前後で済む。この当時の人間にとっては、そういう感覚なんだ。新幹線が当たり前の俺たちにとってはいかにも高く感じるけどね」

「なるほど」

東は納得した。現に十和田湖から古間木まで徒歩と馬車で二日を要している。これが汽車で二時間に短縮されるなら一万円を払ったとて惜しくはない。

「なにかで読んだが、東北線が仙台までしか通じていなかった頃、盛岡に勤務が決まった役人たちは仙台から馬車を利用したらしい。仙台まではわずか十時間なのに、そこから先に三日もかかったと嘆いている。そうなると金の問題じゃなくなる」

「となると東京の人間が東北観光をするってことは、外国旅行並みの贅沢だったたってわけだ」

純は頷きながらも、

「としたら、東さんが金無垢の時計を持っていても特に不審には思われないってことですね。そもそも金持ちと見られていたんでしょう」

「あるいはな。それは言える。暇潰《つぶ》しに旅行するような時代じゃない」

「その判断は、もう少し様子を見てからにしましょう」

南波が虹人に耳打ちした。南波の目は、やはり古間木から乗車した六人の男たちに向けられていた。いずれも屈強な者たちである。

「なにか？」

「おそらく成田に使われている連中です」

「……………」

虹人はそっと男たちを窺った。言われてみると、連中もこちらを気にしている。

「軍や警察に任せれば、時計を自分の物にできなくなる。それであの連中を頼んだんでしょう。時計を手にした後に金を取り戻せば損はない。成田にとってわれわれの素性《すじょう》など関係がなかったってことですよ。虹人さんが言ったように、われわれはどう見たってまともな人間じゃない。普通ならあれこれと詮索《せんさく》する。それをしないのは、成田もまた、まともな人間じゃないってことだ。証文を書きたがらなかったのは、万が一われわれを取り逃がしたときに面倒になるのを恐れたに違いない」

「そうか……そういうことだな」

「きっと尻内でなにか仕掛けてくる。まさか盛岡までは来ないでしょう」

「だったら駅から出ないほうが安全だな」

「いや、早めにケリをつけたほうがいい。数は多いが大した連中じゃない。わざと駅から出て誘えば乗ってきます」

「ですよ。こっちには純という喧嘩《けんか》の天才がいる。純一人で四人は相手にできる。後は南波さんと俺とで片付けます」

東は軽く請け合った。

「刃物を持っているかもしれんぞ」

虹人は逡巡《しゅんじゅん》した。

「そんな程度のことは、これまでに何度も切り抜けてきたじゃありませんか」

南波はおかしそうに笑った。虹人も苦笑いした。マシンガンの銃弾の雨を幾度も潜《くぐ》り抜けてきたと言うのに、いまさら田舎やくざの刃物を恐れてはいられない。

「虹人さんだってスサノオとやり合った男だ。それを思い出してください」

「あれは……たまたまだからな」

虹人は頭を掻いた。

「捨て身になればたいてい勝ちます。あのときの虹人さんはまさにそれだった」

南波の言葉に東と純も頷いた。


虹人たちは尻内の駅に着くと、すぐに外へ出た。やはり六人の男たちがついてくる。南波は目《め》敏《ざと》く鉄道の資材置き場を見付けると、そちらに足を向けた。急行が来るまで時間があまり残されていない。十分かそこらでケリをつけないと汽車に乗り遅れる。男たちは誘われていると知って足早になった。

広場で虹人たちは待ち構えた。

「気がついていたのかよ」

リーダーらしい男がせせら笑った。

「それなら話が早え《はえ》。その鞄を置いて行け」

「成田から頼まれたのか」

南波は顔色一つ変えずに質した。

「そんな男は知らねえな。大事そうに抱えているからにゃ、値打ち物と睨《にら》んだ」

「六人がかりで鞄を狙《ねら》うのは妙だな。十円やそこらじゃ汽車賃にもなるまい」

「どうしても怪我《けが》してえってことか」

男は懐《ふとこ》ろから短刀を取り出した。他の五人も抜いて身構えた。

「たかだか千円が惜しくて人殺しを雇うとは、成田も大した男じゃなさそうだ」

南波が言うと男は一気に踏み込んできた。南波は素早く左に躱《かわ》して男の腹に思い切り蹴りを入れた。ぐえっ、と男は身を縮めた。その首筋に手刀を決める。男はあっけなく地面に広がった。

瞬時のことに他の男たちは動転した。そこを純は見逃さなかった。純はダッシュして地面を蹴った。男たちの頭よりも高く跳ぶ。純の蹴りが一人の顔面を襲った。男は二メートルも後ろに弾かれた。着地した純は間近の男の腹と喉に突きを入れた。悲鳴を発する余裕もなく男は崩れた。純の背後から一人が襲う。が、純は難なく回し蹴りで防いだ。膝を蹴られた相手は転がった。すかさずみぞおちへの蹴りで仕留める。純は疲れも見せず振り返った。残りは二人しかいない。

短刀を握る二人の腕はぶるぶる震《ふる》えていた。無理もない。素手《すで》の男に三人がほとんど戦う暇もなく倒されたのである。

「俺にも見せ場を残してくれよ」

東がにやにやとして純を制した。

「もっとも、大将があんなざまじゃ、てめえらの腕も知れたもんだがな」

リーダーらしい男はまだ伸びている。

「てめえらも運が悪い。まだ人を殺したことがねえんだろ。短刀の先が据わってねえぞ」

二人は完全に東に呑まれていた。

「時間がない。早く駅へ戻りましょう」

純は笑って東を急《せ》かした。

「と言ってるぜ。根性があるならかかってこい。喧嘩の仕方を教えてやる」

東が一歩踏み込むと二人はわっと叫んで逃げ出した。気合い負けである。

その間に南波はリーダーらしい男に活を入れていた。男はなんとか気が付いた。

「成田に言っておけ。これ以上妙な真似《まね》をすれば許さんとな」

男は何度も頷いた。南波は落ちている短刀を全部拾うと、積まれている枕木の山の中に放り投げた。男は唖然として見上げていた。

3

上野行きの急行の二等車に乗り込んだ虹人たちは、間もなく食堂車に向かった。酒や食い物を仕込む時間がなかったからである。

「立派なもんですね」

空《あ》いている席に腰を落ち着けた東は、そこよりも食堂車の奥に連結されている一等車の内装の見事さを覗き見て溜め息を吐いた。新幹線のグリーン車など比較にならない豪華さだ。映画で見たオリエント急行を彷彿《ほうふつ》とさせる。茶やビールを楽しむらしいラウンジも設《もう》けられていて、ゆったりとしたソファが置かれている。座席も一つずつに分かれたリクライニング。あれなら三等の五倍の料金も仕方ない。専用の車掌室まで隣接している。

「東京に行くときは一等にしましょう。一生に一度の贅沢ですよ」

料金が高過ぎると怒っていたはずの東だったが、ころっと考えを変えた。

「この当時の汽車はヨーロッパの文化をそのまま移入したもんだからな。椅子《いす》や天井の照明もたいてい輸入品だろう」

虹人の説明に皆はなるほどと頷いた。

広い車内に客は一人も見当たらない。

　それでたまたまドアを開け放していたのだろう。虹人たちの視線に気付いて食堂車のボーイがドアを閉めた。東は苦笑いした。しかし、この食堂車とてなかなかのものだ。洒落たフランス料理店という感じがする。

「近頃じゃ食堂車がめっきり見当たらなくなりましたね。新幹線も立ち食いのビュフェだし、すっかり旅が味気なくなった」

「長時間の列車が少なくなったのと、駅弁の発達と、日本人の酒好きのせいじゃないか」

　虹人の言葉に皆は笑った。まったく、どうして日本人は列車に乗るとすぐに酒を飲みたがるのだろう。他にすることがないという理由よりも、条件反射のような気さえする。

「確かに昔は、ビールばかりで食堂車に何時間も粘《ねば》っている客をたくさん見かけた。あれじゃ商売にならん」

「それは別の事情もある」

　南波に東は言った。

「盆とか正月に、指定券のないやつがちゃっかりと食堂車に居座ったんです。そこならゆっくり座って行ける。それで他の客が迷惑する。まぁ、俺もそういう口だったけど……学生の頃、仲間と一緒に九州旅行に出かけて、熊本から博多《はかた》まで食堂車に居続けた。二人でビールをおちょこで飲むみたいにチビチビ口に運んでね。三本くらいで四時間近くを保たせたかな。ウェイトレスは露骨に嫌な顔をしてましたが、指定は満席だから仕方ない」

「それなら食堂車を廃止したくもなる」

南波は口許《くちもと》を緩めた。

頃合を見てボーイがメニューを運んで来た。

どうせ決まり切ったものだろうと虹人は考えていたのだが、品数の多さに驚いた。南波の言っていた洋定食一円五十銭というのは、あくまでも代表メニューだったらしい。

「じっくり考えさせてくれ」

側に立っているボーイを東は追いやった。

「こりゃあ、迷いますね。なんだか嬉しくなってきやがった。全部食いたいくらいだ」

東は舌嘗めずりをした。

「しかし、さすがに高いようだな」

虹人は値段を検討していた。別にケチで言っているのではない。自分たちの時代と比較するのが面白いだけだ。

たとえばコーヒーは八銭である。古間木で食べたとろろ定食も八銭だったので多少高いような気もするが、ビールに目を転じると大瓶が三十銭。その上にはビーフステーキ二十銭とあるから、いかにビールが贅沢な飲み物であったか如実《にょじつ》に知れる。と言いつつも、ローストチキンは二十五銭。ビーフステーキより高い値段だ。ビーフステーキとは名ばかりで、本格的なものではないのだろうか。あるいはフランス料理が主流で、ビーフステーキなど料理のうちに入らないと低く見られているせいかもしれない。よく見るとハムエッグも二十銭。ハムと卵が高級品だったことがこれで分かる。いやいや、サンドイッチが二十八銭もする。この辺りから値段の感覚があやふやになってきた。虹人は迷いはじめた。

「ビール二本にビーフステーキと野菜サラダ、それに食後のコーヒーを頼めばいくらになりますかね」

東は自分で言って計算すると、

「一円八銭てと……五千四百円か。ま、そんなもんでしょう。俺たちの世界ならビーフステーキは三千円近くする。それでビールの高さが帳消しだ。純もそうしろ。ビール二本にハムエッグとサラダで五千円も払うんじゃ無駄遣《づか》いだ。ステーキと組み合わせるのが利口なやり方だぞ」

「ビールよりも安いステーキなんて……まずかったらだれが責任を取ります?」

純は逆《さか》らってチキンカツレツに決めた。これは三十銭。

「私は魚のフライにします」

南波が指差した。一番安い。十五銭だ。

「あ、俺もそれにしよう。ゴムみたいなステーキを食わされたら泣けてくる」

東はあっさり撤回した。

「だったら俺はビールとサンドイッチだ。どうせなら東はステーキにしろよ。それぞれ違う物を頼めばこの時代の味を確かめられる」

「なるほど。そしたらコロッケも追加しましょう。ステーキがまずかったときの保険だ」

ようやくメニューが定まった。

東は白服のボーイを呼ぶと、

「とりあえずビールの大瓶を六本に、ステーキ、チキンカツ、魚のフライ、コロッケ、そしてサンドイッチを一つずつだ」

ボーイは六本ですかと念押しした。どうやら足りなくなったら頼むものらしい。

「すぐに足りなくなるよ」

東はそのまま下がらせた。

「とりあえずビールってのが、やたらと懐かしかったですよ。胸にじんときた」

純の言葉に虹人も大きく頷いた。


「最高だぜ」

ビールにはコクがあった。苦味の中にほのかな甘さが感じられる。甘さと言っても砂糖のそれではない。喉の渇《かわ》きがたちまち癒される。東は立て続けに三杯を飲み干した。

「まるで生ビールみてえだな。冷えてないから飲みやすい。これなら五本はいけるぞ」

それに皆も首を振った。

「成田さまさまだ。あいつのお陰でこんな贅沢ができる。いや、鹿角さまさまか」

「本当だ。鹿角があの時計をくれなかったら、今頃十和田湖の宿で奉公していたかも」

「奉公は古い。けど、そうでしょうね」

東は虹人に笑いながら頷いた。

「盛岡に着いたらどうします?」

南波が質した。

「宿に何日か落ち着いて、今の状況を頭に入れるのが先決です。興味のある部分を手分けして当たるのが一番だ。マイクロフィルムのある時代じゃない。図書館の新聞を眺めるのだって大仕事だな。それは俺が引き受ける。南波さんは町を歩いて今後に役立ちそうな道具とか洋服とかを揃えてください。東と純は巷《ちまた》の情報集めとわれわれのサポートだ。必要に応じて図書館も手伝って貰う」

「情報集めと言っても、どんなふうにすれば」

純は自信がなさそうに言った。

「金儲けに繋がりそうなことだよ。なにがあって、なにがねえのか分かりゃ、次の展開に通じる。不便だと感じたら、そいつが狙い目だ。と言っても、テレビは作れねえけどな」

「声が大きいぞ」

他の客がぽつぽつ席を埋めはじめた。虹人は東に注意した。そこに料理が運ばれた。

「こいつは豪勢だ」

東は歓声を上げた。想像以上に本格的な料理だった。ステーキも旨そうに焼けている。早速《さっそく》、東はナイフで切って頬ばった。

「お、これ、お勧めですよ」

肉汁がじわっと口の中に広がる。とても二十銭とは思えない。脂身《あぶらみ》も少なくて上等な肉だった。東はフォークで刺して虹人にも試させた。虹人にも納得できる味である。

「これだよ。これ」

東は純と向き合うと、

「安いのはステーキを食う習慣が広まってねえからだ。もちっとソースを日本人向きに工夫すりゃ、商売になるかもしれんぞ。牛肉が安いんなら大儲けできる。日本で最初のステーキ専門店ってのは記録に残ってますかね」

次に虹人に訊ねた。

「調べたことはないが……きっとあるだろうな。それでも戦後になってからだろう」

「盛岡辺りでちまちま商売していりゃ目立たない。歴史を変えるほど大袈裟《おおげさ》な問題じゃないでしょう。どうせやるなら食い物屋ってのがいいですよ」

「戸籍がなくちゃ店は借りられない。当分は無理な相談だ。適当なスポンサーを見付けてアイデアを貸す程度の仕事しかできないさ」

虹人の言葉に東はがっくり肩を落とした。

「アパートだって簡単に借りられるかどうか分からん。楽観は禁物だ」

「シュメールとは大違いだな。あっちじゃ戸籍なんて面倒なことをだれも言わん」

東は大きな溜め息を吐いた。


「ここが……本当に盛岡ですか？」

駅前の広場に立って東は信じられない顔をして見渡した。盛岡には新幹線が通じてから仕事で何度か来ている。その面影《おもかげ》がまるで見られないのである。建物がまばらにあるばかりで、原っぱがずうっと広がっている。電信柱の電球がやたらと侘《わび》しい。

「町の中心を汽車が通ると煙が回るし、商売の差し障《さわ》りになる。それで駅は町外れに作られることが多かった。盛岡もそうだ。繁華街は北上《きたかみ》川を渡って、ずうっと先にある」

虹人の説明に東は得心した。

「にしても、ひでえ田舎だ。こんなに真っ暗じゃ夜遊びする気にもなれねえや」

「今夜はゆっくり休もう。あっちに旅館がある。駅前の旅館なら怪《あや》しげな客にも馴れている。すべては明日からだ」

虹人は広場の右手に見える看板を目当てに進んだ。『岩手館』という名の大きな二階家である。前を歩く四人の親子連れもそこを目指《めざ》しているらしい。虹人は彼らのつましい身形《みなり》を眺めて寂《さび》しい思いに襲われた。東の言うとおり、駅前の侘しさが関係している。旅館とてひっそり静まり返っていた。

虹人たちを自転車が追い越した。

暗さを振り切るように陽気な唄を歌いながら遠ざかる。その唄には聞き覚えがあった。

「あれは、なんでしたっけ」

南波も知っていた。

「森山加代子《もりやまかよこ》の歌った『パイのパイのパイ』の元唄ですよ。こんなに古い唄だったんだ」

虹人は覚えている部分を口ずさんだ。

「ラメチャンタラギッチョンチョンデ、パイノパイノパイ、パリコトバナナデ、フライフライフライ」

「知ってる、知ってる」

東もあやふやながら繰り返した。

「東の歳《とし》でよく知ってたな」

「確か、なにかのコマーシャルソングになりました。でなきゃ、姉貴のレコードかな」

「急に元気が出てきた。そんなに遠い時代じゃないって実感したよ」

虹人は笑顔を見せて旅館の扉を開けた。

通された部屋は二階の八畳間だった。ここに四人が寝るとなると狭い感じだが、他は塞《ふさ》がっていると言う。もっとも円《まる》い小さなテーブルと鏡台しかないのでスペースはある。

「一人四十銭なら文句も言えんでしょう」

南波は気にもしていなかった。

「ここは下宿もしているようです」

帳場の料金表を見たらしく東が言った。

「一ヵ月前払いで四円から八円とありましたがね……飯もついているのかな」

「四円なら食事は別だろう」

「でしょうね。二万円で飯を食って一ヵ月も泊まれるわきゃないか。けど素泊まりにしてもアパートを借りるより安いんじゃないですか。それこそ戸籍の面倒もないわけだし……東京でもきっとこういう宿屋を探せますよ。布団《ふとん》はあるし風呂にも入れる」

「なるほど。それなら東京に早めに向かってもなんとかやっていけそうだ」

虹人にも自信が生まれた。

「しかし不用心な宿だな」

隣りの部屋との仕切りは襖《ふすま》である。東はトランクを反対側の小さな床の間に置いて、

「風呂には交替で行くしかなさそうだ」

そっと隣りの部屋に聞き耳を立てた。

さっきの親子連れが入っているはずだ。が、物音はしない。階下の食堂で夕食をとっているの

であろう。

「今のうちに風呂に行きませんか」

東は虹人を誘った。汽車の煤煙《ばいえん》で顔や首筋がざらざらしている。

「どうぞ、お先に」

南波と純は二人を促《うなが》した。


体を簡単に流すと、東は広い木の浴槽にざんぶりと肩まで浸《つ》かった。七、八人は楽に入れる大きさである。

「このアンバランスがたまりませんよ」

壁も板なので浴室には木の香りが漂っている。東はざぶんと顔を湯に沈めて髪を濡らした。暗い裸電球が気持ちを落ち着かせる。

「名もない宿なのに、風呂は一流の宿並みじゃないですか。この時代は木の風呂が当たり前なんだろうけど、ポリバスに馴れたわれわれから見ると贅沢なもんだ。やっぱり風呂は木に限る。湯の滑《なめ》らかさが違いますからね。この風呂に入れるなら、ここに永逗留《ながとうりゅう》してもいい」

「他の宿はもっと立派かもしれない」

虹人も浸かって大きな伸びをした。

「この時代に馴れて、上手《うま》く立ち回れば、とてつもない贅沢を味わえるんじゃないかな。純の食ったチキンカツにしても地鶏でしょう。われわれの世界ではやたらと高くつくものが、こっちじゃ手軽に手に入る。ま、ビールは別ですがね。その代わり日本酒が安い。きっと土地も只《ただ》みたいなものなんだろうし、要は考え方だ。無農薬の野菜に無添加の食品で毎日を過ごそうとしたら大変です。なのにこちらは当たり前ときている。ちょっと儲ければ都心に庭付きの豪邸を建てるのだって不可能じゃない。やり甲斐《がい》のある時代だ」

「東の性格が羨《うらや》ましいよ」

虹人は本心から言った。

「なんだか、帰れないような気がするんです」

東は真面目な顔で口にした。

「シュメールのときは、まったく違う世界なんで実感が湧《わ》かなかった。けど、ここは別だ。確固とした世界って気がしますよ。どこにも揺るぎがない。だから自分に言い聞かせている。こっちのほうが俺にとって面白い世界だと」

「帰りたいか？」

「まぁ……シュメールと違って覚悟がなかったからなぁ。でも、半々ですか。戻ったところでなにが面白いわけでもないし」

「この時代にだってイシュタルの仲間たちが介在している。もし、その連中とコンタクトが取れれば、あるいはタイムマシンをもう一度作動できるかもしれない」

「本当ですか！」

「ファチマの預言を知っているだろ」

「ええ。確か何人かの子供たちの前にマリアが姿を見せたやつでしょう。そして未来の予言をしたとか」

「あれは一九一七年のことなんだ」

「は？」

「大正六年のことさ。今から二年前の出来事だ」

言われて東は戸惑《とまど》った。

「ファチマの奇跡で一番有名な事件は、七万人が目撃した『太陽のダンス』というものだ。太陽がいきなり左や右に動いて、空から眩《まぶ》しい光線が発せられた。神の奇跡を示した後に天使が姿を見せた。オカルト研究者のほとんどは、これをＵＦＯのなせる仕業《しわざ》と見做《みな》している。俺もそう思う。と言うことは、その船にイシュタルやスサノオの仲間が乗っているってことだろ。タイムマシンは彼らの技術なんだ。だったら、けっして不可能なことじゃない」

「そういうことですか……」

「そういうことだ」

虹人は確信を持って頷いた。

「俺が自ら預言者と名乗る宮崎虎之助に興味を抱いたのもそれだ。大本教の出口なおだって神とコンタクトをした形跡がある。彼らに接近すれば、もしかして……」

「イシュタルの仲間に会えるかもしれないってことですね」

見る見る東の顔に希望が広がった。

「さすが虹人さんだ。それは考えられる」

「日本が駄目ならポルトガルのファチマに行く。そうやって神の手掛かりを追う」

「ちくしょう、興奮してきやがった」

東は湯で顔を乱暴に洗った。

「どこにだって行きますよ。戻れるかどうか知らないが、それで張り合いができた」

東は涙を溢れさせた。目的がはっきりと定まった喜びであった。

4

盛岡に滞在して四日が過ぎた。

虹人たちも次第《しだい》にこの時代に馴れつつある。なんと言っても言葉の通じるのが一番の理由だった。田舎町に取材にきたと思い込めば、さしたる違和感がない。虹人たちの暮らしていた時代だとて、この盛岡より遥《はる》かに文化程度の低いところがいくらでもある。テレビが見られるかどうかの違いだけなのだ。

虹人たちは毎日手分けして情報の収集に努《つと》めた。虹人は図書館通い。南波は今後に役立ちそうな道具の調達と東京行きの準備を整えている。東と純は町をぶらぶらして時代感覚を身に着けながら、時に応じて虹人と南波のフォローに回る。宿も駅前から翌日には町の中心に位置する似内《にたない》旅館というところに移っていた。ここだと図書館まで歩いて七、八分。最大の繁華街である肴町《さかなまち》や八幡町《はちまんまち》も目と鼻の近さにある。

朝早くからずうっと図書館に詰めて新聞や雑誌に目を通していた虹人は夕方の四時に宿へ戻った。宿にはすでに皆が顔を揃えていた。

「映画を見に行きませんか」

虹人を待っていたように東が言った。

「紀念館《きねんかん》ってとこでチャップリンをやってます。評判がよかったんで再映だとか」

「チャップリンか……懐かしいな。なにを上映してる？」

虹人も笑顔で質した。

「『犬の生活』」

「なるほど。見逃せないな」

「そうくると思って宿の飯は断わった。まだ早い。映画を見た後で西洋料理と洒落込みましょう。チャップリンを見ればきっとステーキだとかビールが飲みたくなる」

それにも虹人は嬉しそうに同意した。

「どんな映画なんです？」

純が東に訊ねた。

「見てねえのか。代表作だろうが」

東は純と向き合った。

「映像の世界でおまんまを食いながら、チャップリンも見てねえとは呆れるね」

「チャップリンはよく見てる。タイトルだけを聞いてもピンとこないだけだ。『モダン・タイムス』とか『独裁者』だったら直《す》ぐに分かりますけど……」

「それなら思い出すさ。もっとも、はじめて見るほうがずっと面白いかもしれん」

「映画か……その手もあるな」

虹人は一人頷いて、

「日本映画はほとんど時代劇ばかりなんで参考にならないと思っていたけど、洋画は違う。そのままの世界を知ることができる。考えたらチャップリンが頑張っていた時代なんだ」

「時代劇だけってのは、珍しく虹人さんの認識不足だな」

東は得意気に言うと部屋の隅《すみ》に置いてある自分のバッグを引き寄せた。妙な話だが、虹人たちが盛岡に到着して翌日、真っ先に買ったのはそれぞれの鞄だった。不思議なもので、物をしまう鞄がないと、歯ブラシ一つ買う気にもならない。

東はバッグから数冊の雑誌を取り出した。

「ふうん……『キネマ旬報《じゅんぽう》』か」

　虹人は薄い雑誌の表紙を眺めた。

「昼に買ったばかりです。たまたま入った古本屋でこいつを見付けたときは胸がわくわくしましたよ。それで映画が見たくなった」

「この雑誌は今でもありますね」

　南波もさすがに『キネマ旬報』の名前は知っていた。

「こんなに古くから発行されていたとは……」

　南波は軽く溜め息を吐いた。

「偶然には違いないが、今、われわれがいる大正八年から日本映画が大変身したんです」

「大変身？」

　虹人は首を傾《かし》げた。

「虹人さんが言ったように、日本の初期の映画はたいてい歌舞伎をそのまま映画に直したようなやつだった。女優もいない。メロドラマでも女は全部女形《おんながた》が演じていた。けど、それでは日本映画が世界のマーケットに進出できないと考えた男がいる」

　東は雑誌の頁《ページ》を捲《めく》って探した。

「これこれ、帰山教正《かえりやまのりまさ》という男です」

　東は皆にその頁を開いて示した。そこには夏に公開されたばかりの『深山《みやま》の乙女《おとめ》』という作品の映画評が掲載されていた。短い文章であるが、監督である帰山教正の実験的手法を高く評価していた。が、どういう内容の映画なのかは分からない。

「実験的とありますが……当たり前のことをやっただけです。女形を廃して女性の役は女優にやらせ、日本人の日常をドラマ化した。逆に言うなら、それまでの日本映画がいかに日常から離れていたかということだ。どうせ無声映画ってことで、俳優たちもストーリーとは無縁なセリフを言っていたらしい。演技なんて、どうでもよかったんですよ。説明は弁士と画面の文字がしてくれる。その改革を帰山が行なった。カットを細かく割って、表情を大きく映せば文字や弁士の説明がなくたって意味が通じる。そのためにはシナリオをきちんと作成して、俳優たちにそのとおりのセリフを言わせる必要がある。信じられない話だけど、帰山が試みるまで、日本じゃシナリオが中心じゃなかったんですね。監督と役者の段取りで全部が進められていたらしい」

「ずいぶん詳《くわ》しいな。東がこれほど映画通だとは思わなかった」

虹人は感心した。

「ついさっき読んだんです。帰山の談話なんかが他の雑誌にも掲載されていた。今後は日本映画が世界に通用する時代になるだろうと結ばれていたが……その予測は残念ながら外れたようだ。帰山の意欲は買うけど、総予算が五百円とあった。五百円ですよ。われわれの感覚なら二百五十万。これで世界に通用する映画を作れるわけがない。帰山の功績は女優の素晴らしさを認識させたことと、シナリオの大切さを知らしめただけだろうな」

「この映画はどこかで見れるのかい？」

虹人は興味を抱いた。

「東京だったらきっと見れるでしょう。盛岡じゃ、残念ながら公開の予定がないらしい。まだマイナー映画の扱いだ」

「最近、評判になった映画はなんだ？」

虹人は重ねて質した。

「なんと言ってもグリフィスの『イントレランス』でしょうね。東京ではいまだにロングランを続けています」

「『イントレランス』か……」

虹人は大きく首を振った。と同時に日本映画の貧しさをあらためて感じた。その作品についてのエピソードを思い出したからだった。

グリフィスはハリウッドの撮影所内に、ほぼ実物大に近い古代バビロンの城壁のセットを完成させ、ワンシーンのために六千人のエキストラを用いたと伝えられている。あまりの数のせいで全体の把握ができなくなったグリフィスは気球に乗り込んで空中から指図《さしず》をしたとさえ言われているのだ。これを今の時代に完全にリメイクするには少なくとも二百億はかかるだろうと計算されている。そんな超大作がアメリカで作られていた時代に、日本ではスモークを焚《た》いて姿を消すだけの忍術映画が全盛だったのだ。無声映画のヒーローであった尾上松之助《おのえまつのすけ》は一週間に一本の割合で作品を完成させていたと言うから、どんなレベルのものであったかだいたいの予想がつこう。いや、人気絶頂の頃は年間に八十本以上もの映画に主演した。となると、四日程度で一本仕上げていたことになる。いかに二十分前後の短編が主体とは言え、質より人気を優先しているのが明白だ。映画の改革が求められるのは当然の推移であろうが、これがこの時点でようやく女優の導入を実現し、シナリオの必要性に気づいたというのでは、あまりにも情けない。『イントレランス』と同時代だと東から聞かされなければ、映画の改革に少しは頷けたかもしれないが、まだまだ程度が低過ぎる。

「とてつもない入場料です」

東はニヤニヤして言った。

「『イントレランス』のことか？」

「十円だそうです」

「まさか！」

皆は絶句した。十円は五万円に相当する。

「オペラとか芝居とは違う。嘘《うそ》でしょう」

純は信じなかった。

「本当だ。別の雑誌に広告が載《の》っていた。きっとプレミアショーだと思うが、帝国劇場《ていこく》で十円の入場料ながら大盛況だったと書いてあった。眉唾《まゆつば》ものだけど、ロンドンでは三十円の料金で半年も連続大入り満員だとさ。超一流の弁士たちを何人も取り揃えて、フルオーケストラで演奏をしているんだろうな」

「三十円なら……十五万ですか」

純は呆れて首を何度も横に振った。

「これから見るチャップリンはいくらだろう」

南波は料金の高さに逡巡を浮かべた。

「二十銭。『イントレランス』だけが特別ってことです。われわれ庶民には手頃な娯楽だ」

東の返事に南波は苦笑した。

「まてよ……」

東はぱちんと指を鳴らして、

「映画の世界ならどうですかね？　こんな凄い改革をした監督なのに、帰山教正の名前をだれも知らなかったってことは、後世にほとんど評価されていないってことでしょう。虹人さんはこの時代の監督の名前を何人挙《あ》げられます？」

「まったくと言っていいほど知らないな。牧野省三《まきのしょうぞう》とか衣笠貞之助《きぬがさていのすけ》なんかは、まだ活躍していないんだろ？」

「と思います。四、五冊の映画雑誌に目を通しただけですが、二人の名前は一度も見なかった。だったら、この雑誌から何人か挙げてみましょうか」

東は雑誌を捲って手当たり次第に監督の名を見付けては読み上げた。小口忠、田中栄三、井上正夫などなどだ。

「勉強不足で、だれのこともピンとこない」

虹人は笑って答えた。

「監督でさえこの調子だ。カメラマンの名前なんかもっと知られていない」

「だから？」

純は東の顔を見詰めた。

「仕事の心配をしてるんだよ。この世界は実力勝負だ。腕さえありゃ戸籍がどうのと面倒なことを言わん。よく考えてみろ。俺たちの得意な仕事はなんだ？　虹人さんは番組の構成と演出を手掛けていた。俺はカメラで、おまえさんは音声。しかもバリバリの現役だったんだぞ。こんな幼稚園みたいに遅れた世界じゃ、どんなアイデアだって出せる。アメリカ帰りだとでも言って映画会社を訪ねれば即座に雇ってくれるさ」

「なるほど」

虹人も大きく頷いて、

「確かに狙い目かもしれない。大正時代のカメラマンの名前なんて、だれも覚えていない。つまりは介入できる余地があるということだ」

「俳優とおなじに芸名を使えます。それに映画だったら、ちょっと未来の知識をひけらかしたとこで問題は生じない。あのメリエスも、百年も前に月旅行をテーマにした作品を発表している。ただの想像力とごまかせますよ」

「よさそうだな」

南波も目を輝かせた。

「と言って、私にはなにも手伝えないが」

「いやいや、名監督と名カメラマンのお抱え運転手という地味で大事な役目がある」

東は南波をからかった。

「無声映画の上にカメラも別物だ。果たして東の腕が発揮できるかな」

虹人は真剣な顔で言った。

「スペースシャトルのパイロットが軽自動車の運転をするようなもんです。扱いさえ覚えれば三日もしないうちに使いこなせる。露出や絞りの原理は昔も今も変わらない。少なくとも味噌《みそ》ラーメンを作るよりは自信がある」

「それならチャップリンよりも日本映画のレベルをこの目で確認する必要があるな。明日からは集中的に勉強してみよう。やれそうだったら、それに越したことはない」

虹人の言葉に皆は笑顔で同意した。

「これほど人気があるのに、チャップリン映画の真似をした日本映画の話は聞きませんね。どういうことだろう？」

東は小首を傾げて虹人に訊ねた。

「作られたかもしれないが、役者の力量不足が関係してるんじゃないか？　チャップリンの味はだれにだって出せない。演出の善《よ》し悪しよりも、そっちが重要だ」

「すると日本の役者を使って『黄金狂時代』とか『街の灯《ひ》』をリメイクしても無駄な努力ってことですかね」

「リメイクって……まだチャップリンはそれを作っていないはずだ。今やっている『犬の生活』は相当に初期の作品だ」

「だからヒットするんじゃないかと。佐渡《さど》の金山なんかを舞台にすりゃ面白いかも」

「なんか……危ないことを考えてるな」

虹人の溜め息に純と南波は爆笑した。

「日本映画にできる範疇《はんちゅう》の中でのアイデアじゃなければ、歴史を歪《ゆが》める恐れが出てくる」

「残念だな。われわれの経験を生かしてシュメールを舞台にしたインディ・ジョーンズ物みたいなやつを作れば、世界と勝負できるのに」

本気で東は悔《くや》しがった。

「純を役者に転向させてカンフー映画を作るって道もあるか」

直ぐに東は新たなアイデアを出した。

「ま、映画会社に雇われてからの話にしよう。どうも東は先走り過ぎるとこがある」

虹人は苦笑して切り上げた。

5

自分でも信じられないくらい虹人は『犬の生活』に笑い転げた。何度か見ているのに、今日ほどおかしく感じたことはなかった。館内が一体となっている。それが伝わって素直に笑いへと導《みちび》く。あの南波でさえしばしば噴《ふ》き出していた。ズボンの後ろに押し込んで隠した犬の尻尾《しっぽ》が、尻の破れ目から飛び出して、いかにもチャップリンの尻尾に見えるシーンとか、向き合って酒を飲んでいる強盗の片方を殴《なぐ》って気絶させ、それを気取《けど》られぬように二人羽織《ににんばおり》の要領で場を繋ぐ絶妙な演技に劇場内が沸《わ》き上がる。

爆笑に次ぐ爆笑だ。二階の桟敷《さじき》席が落ちてこないかと心配になるほど揺れが生じる。見回りに来ているらしい警官までもが職務を忘れて腹を抱えている。弁士の声さえ聞こえなくなる。剽軽《ひょうきん》な子供が席から立ち上がって犬の真似をしながら場内を駆け回る。それがさらに笑いを誘う。

エンドマークが映されたときは笑い過ぎて疲れすら覚えた。目にうっすらと涙が溜まっていた。涙を流すほどおかしかったのはひさしぶりだ。虹人はしばらく席を立てなかった。

それぞれ興奮を胸に秘めながら四人は映画館を出た。冷たい風が頬に心地好い。

「チャップリンがこの時代に生きていることを神に感謝したい気分でしたよ」

レストランを目指して歩きつつ東が言った。

「自分のことさえ忘れて笑った。チャップリンは凄《すげ》えや。圧倒されちまった」

「それよりも客のほうだ」

純も興奮を隠さずに口にした。

「叫んだり手を叩いたり。無声映画って、セリフがないからおとなしいもんだと思ってた。あんなに騒がしいなんて……映画をよっぽど楽しみにしていたんですね」

「私の子供の頃も似たようなもんだった」

南波が微笑みを浮かべて続けた。

「映画館はいつも満杯で、立ち見の客が脇や後ろばかりか客席内の通路にまで溢れていた。鞍馬《くらま》天狗《てんぐ》なんかが登場すると拍手が起きたり、応援の声が上がったりで喧《やかま》しかった。あの頃を思い出した。娯楽に飢えてたんだな」

「ビデオが変えたんですよ。小さな画面を一人で眺めて、高倉健《たかくらけん》に、よ、日本一と叫んだって面白くもなんともない。映画の楽しさの半分以上は今日のような一体感でしょう」

虹人の言葉に南波は頷いた。

「どんなに面白い映画だと聞かされても、少し待てばレンタルビデオでゆっくり見られると皆が知っている。わざわざ電車に乗って遠くの映画館に足を運ぶ者は少なくなった。映画関係者は面白い作品を並べれば映画が復興すると思っているみたいだけど、もう無理だ。唯一《ゆいいつ》、可能性があるとしたら立体映画かな」

「そうですか？」

「一度流行《はや》って廃《すた》れたものだから映画会社も企画に乗せないんだろうが、いろいろな博覧会とか遊園地で一番人気を集めているのは立体映画です。どこも人の列が取り巻いている。飛び出すという素朴《そぼく》な面白さは今だって飽《あ》きられていない。それに大画面の効果が最大限に生かされる。テレビのサイズではあまり奥行きに差がなくなる。どうしても映画館に出かけて見るしかない。どんどん立体映画が作られて、その常設館が増えれば少なくとも倍近くの映画人口を取り戻せるんじゃないかな。もっとも、それには立体眼鏡《めがね》の研究が先決だろうけど……三十分以上も見続けると目が疲れる。それじゃまともなドラマは作れない」

「立体映画はいつ頃に発明されたんです？」

純が口を挟《はさ》んだ。

「凄く古い。映画の発明とほぼ同時に開発された技術じゃないかと考えられている」

「ホントですか！」

「すでに立体写真は普及していた。映画の祖と言われるルミエールが大画面に蒸気機関車などを投映して大喝采《かっさい》を浴びたのは有名な話だが、実を言うとそれが立体映画ではなかったかと推測されているのさ。だから皆が仰天《ぎょうてん》したんだ。当時の記録を読めば、迫り来る蒸気機関車のあまりの現実感に皆が怯《おび》えたらしい。小さな画面ではあったけど、動く写真という意味ではルミエールの前にもたくさん作られていた。大画面にした程度でそんなに驚くわけがないだろう。同時に発表された他の作品も、記録だけを頼りにするなら、妙に立体映画的な内容だ。馬車が観客の方に向かって進んで来たとか、塀《へい》の取り壊《こわ》しとかね。そんなのが動いただけで大評判になると思うかい」

「しかし……簡単に作れますかね」

東も疑わしい目で言った。

「できる。作品はどれも一分ちょっとの短いものだった。カメラ二台で撮影してフィルムをそれぞれ青と赤に染めればいいだけだ。手彩色《てさいしょく》のカラー映画を拵《こしら》えるよりは遥かにたやすい作業だっただろう」

「手彩色のカラー映画？」

「それも映画の発明と同時に行なわれたものだ。メリエスの映画にたくさん見られる」

虹人は純に説明した。

「フィルムの一コマごとに色を塗る。あんまり手間がかかるんで次第に廃れた。けど、映画の初期にカラー作品は珍しいものじゃない」

「なんだか眩暈《めまい》がしてきました」

純は呆れ果てていた。

「百年も前からカラーと立体の映画が完成されていたなんて……」

「立体のほうは推測だぜ。なにかの研究書で目にしただけだ。現物は残されていない」

「立体写真が一般的でしたら、それほど飛躍した推測でもないでしょう」

南波は虹人の話を信じた。

「俺も不安になってきたぜ。そんな調子じゃ俺が貢献できる部分が少ない。ひょっとすりゃ合成技術も相当に進んでいるかもな」

「二重焼き付けによる合成だったらメリエスが盛んに試みている。目新しくないぞ」

虹人は東に笑って、

「東お得意の構図の妙で勝負するのが無難だ。この日本映画界だって、そういう情報や技術を持っているはずだが、それを使わないのは予算の関係に違いない。われわれの金銭感覚で言うと三百万ぽっちで映画を拵えている。本格的なSFXを駆使する余裕がない。また、それで大儲けしているんだから、たとえ東が進言したって話に乗らないよ。五円のキャラメルが百円で売れてるのと一緒だ。なにもわざわざ五十円のキャラメルを作る必要がない。それを作っても千円で売れる保証はないからな。薄利多売で会社が満足してる」

「けど、悲しいじゃないですか。日本て、こんな昔からそうだったんだ。チャップリンの映画を見て、意欲を掻き立てられる映画人なんてのは一人もいなかったんですかね」

「いるかもしれないが……映画は企業が拵えるものだ。きっと甘くはないぞ」

「馬鹿野郎ばっかりですよ。映画を見ていないんだったら話も分かりますがね。世界の水準を承知しつつ忍術映画しか作らねえなんて……やばいな。こんなことじゃ会社に入っても直ぐに喧嘩をはじめちまいそうだ。われわれはなまじ『エイリアン』とか『未知との遭遇』を見てるからギャップがあり過ぎる。裏の土手でちょこちょこっとチャンバラ映画を撮《と》ってこいなんて言われた日にゃ、そいつをぶん殴ってしまいたくなる。未来の知識はプラスになるどころか欲求不満の原因になりかねん」

「かもしれないな。いっそのことハリウッドをターゲットにするか。なぜか分からないけど、この時代はアメリカの映画界で活躍している日本人が多い。確か早川雪洲《はやかわせっしゅう》もこの時代だったはずだ。アメリカならアイデアを重視してくれる。もし、元の世界に戻れないと決まったら、それも一つの方法だ」

虹人が言うと皆は暗い顔で笑った。その一言《ひとこと》が皆を現実に戻したのである。

「ちくしょう。この先、どうなりやがる」

東は察して陽気に笑うと、

「今夜は宴会といきましょう。秀清軒《しゅうせいけん》のフルコースは特上で二円。ビールをたらふく飲んだって四人で十五円。たまには憂《う》さ晴らしをしませんか？」

「就職のメドもついたことだしな。せっかく本格的なレストランがあるのに、カレーとトンカツしか食べたことがない。勘定奉行《かんじょうぶぎょう》の南波さんさえ許してくれれば……」

「どうぞ。私もたまにフルコースが食べたい」

南波は虹人に笑いで応じた。

店の間近に辿り着いていた。東は意気揚々として門を潜った。脇を流れる中津川《なかつ》の川面《かわも》が店の賑やかな明りで照らされていた。

四人は川に面した二階の小部屋に案内された。個室とは違うがテーブルが三つだけの静かな部屋だ。フルコースと先に注文したらここに通されたのである。昼にカレーやトンカツを食べるときとは扱いが異なる。

「なにを緊張してるんだ」

落ち着かない表情の純に気付いて東はニヤニヤした。

「二階はずいぶん立派だ」

純は壁に飾られた油絵やシャンデリアに目をやると小声で言った。

この建物は西洋のロッジ風に設計されている。部屋には暖炉まで据《す》えられて春のような暖かさだった。ここにいる限り時代の古さが感じられない。半分を上に持ち上げる落とし込み式の窓といい、壁のレンガといい、すべてが洋風に徹底されている。

一階のホールはもっと簡素だが、この店の雰囲気がなにやら懐かしく、虹人も昼食の他に図書館の帰りに立ち寄ってコーヒーを何度か飲みにきていた。

「あんまりはしゃぐと店のボーイに侮《あなど》られるぞ。こういうところは客を見抜くんだ」

東は開け放したドアの近くに立っているボーイのことよりも、奥のテーブルに一人腰掛けている客を気にして純に言い聞かせた。虹人もその客が最初から気になっていた。会ったことがないはずなのに、どこか見知った相手のような親しみを感じる。

客は坊主《ぼうず》頭の青年である。色白でおっとりとした印象を受ける。こんな高級レストランに一人でやってきて、しかも常連のような扱いをされているからには役人か金持ちとしか思えないのだが、それにしては質素な服装だ。そのアンバランスが注意を促《うなが》すのである。それに青年のテーブルにはパンとスープと野菜サラダしか置かれていない。

職業柄、人間観察には自信を持っている虹人にも、どういう男なのかちょっと想像がつかない。

その青年のほうも、後からどやどやと入ってきた虹人らが気に懸《か》かるらしく、ときどき上目遣いにして盗み見ている。

「お、きたきた」

虹人たちのテーブルにビールが四本運ばれてきた。グラスに注がれたビールを一気に飲み干して席が盛り上がると、青年はこちらに興味を失った様子で傍《かたわ》らの風呂敷包みをテーブルに上げて解《と》きはじめた。虹人はビールを口に運びながらそれとなく見守った。

風呂敷から取り出したのは何枚かの浮世絵だった。青年は一枚を手に取って眺めた。遠目にも広重《ひろしげ》の作品と知れる。それがまた青年の若さと似合っていない。ますます虹人の興味がつのった。と言うよりも、その存在に思い当たるものがある。

虹人はしげしげと横顔を見詰めた。浮世絵に見入っている青年には、人を拒《こば》む厳しさが少しも感じられない。ほわっと受け入れるような大きさがあった。

虹人は椅子から腰を浮かせて立ち上がった。

「広重だね。綺麗に色が残っている」

虹人が言うと青年は戸惑いを見せた。が、直ぐに微笑《ほほえ》んで頷いた。東たちは怪訝《けげん》な顔をして虹人を見上げていた。

「よかったら見せてくれないか？」

「どうぞ」

青年は虹人をテーブルに招いた。

「なるほど。『名所江戸百景』か」

虹人はテーブル上に展げられている三枚に目を注《そそ》いだ。浮世絵に詳しいわけではないが、これが『東海道五十三次』と並ぶ広重の代表作である程度のことは知っている。ブルーや花の薄桃色が目にも鮮やかだ。

「こんなものが盛岡で買えるわけだ」

「そんなに高くはないです」

青年はそれでも嬉しそうに応じた。虹人をよほどの浮世絵好きと見たに違いない。

「へえ……本物ですか」

東もやってきて広重を覗き込んだ。

「これなら五十万はしそうだな」

うっかりと口にした東の値段に青年は苦笑した。東はどぎまぎした。この時代の五十万は二十五億に該当する。

「五十万両さ、五十円」

冗談に見せ掛けて東は重ねた。

「三枚で一円五十銭でした」

青年はにこにことした顔で答えた。

「それは安い。俺にだって買える」

東は目を丸くした。この店のフルコースより安い値段である。それで本物の広重が三枚。

「言いたいことは分かってるよ」

虹人は東の脇腹をつついた。

「どうせ買い占めて大儲けを企んでるんだろ」

言われて東は苦笑いした。

「だけど、君のような若い人が浮世絵を買うなんてのは珍しいな」

虹人は青年の真向かいに腰を下ろした。

「親父にも叱《しか》られてばかりで困ります」

青年は打ち解けた様子で、

「学校を出ながら、店の仕事もそっちのけで、こんなものに熱中しているとは、ぐうたらだと。親父のほうが正しい」

「九鬼虹人と言う。せっかくだ。あっちで一緒に呑まないか？」

「酒はどうも……」

「菜食主義みたいだし、誘いは迷惑だったか」

「いや……そんなことは」

青年は虹人に謝った。

「盛岡の人かい？」

虹人はさり気なく質した。それでもすでに半分以上は察しがついていた。

「花巻です。今日は家の仕事を頼まれて、学校がずっと盛岡でしたから……ああ、自分は宮澤と言います。宮澤賢治」

と聞いて東はあんぐりと口を開けた。虹人は東に素早く目配せした。余計なことを言うなという合図である。耳にした南波と純も思わず椅子から腰を浮かせた。

〈やはり、そうだったか……〉

虹人は出会った喜びを押し隠しながら、おっとりとした賢治の顔を見詰めていた。

6

たかだか二十三の田舎育ちの若者でしかないのに、どうして彼はこんなにもゆったりとして人を温かくさせるのだろうか、と虹人はずっと考えていた。自分たちはビールを飲み、彼は紅茶を何度もお替わりしながら、他愛もない雑談を交《か》わしているに過ぎない。いや、彼はただ頷いているだけのほうが多い。にも拘《かかわ》らず彼の温かさが席を包んでいる。

宮澤賢治という先入観があるせいだ、と最初は思っていた。彼がこれから果たすであろう大きな仕事が虹人の頭の中にすでに刻まれている。しかも、それは虹人が多感だった若い頃に確固として植え付けられたものだ。そのイメージでつい接してしまう。だから、たとえ無言でいても彼の背後に広大な銀河を想像してしまう。と思っていたのだが、ほとんど賢治を読んだことのない純までもが、なにやら豊かな思いに満たされているらしいと気づいて虹人は内心で首を傾げていた。この席では宮澤賢治が最年少である。経験で言うなら大きな隔《へだ》たりがある。自分たちは世界を巡《めぐ》り、四千年もの過去にさえ足を踏み入れた人間たちなのだ。気圧《けお》されるということは考えられない。

〈圧倒されてるのとは違う〉

虹人はその思いを追いやった。純はただ気持ちがいいのだ。広々とした湯に体を浸して手足を伸ばしているという感じなのだろう。口数が少なくても、賢治が自分たちとの同席を楽しんでいるのが伝わる。だれの話にも微笑みを見せながら耳を傾ける。美青年とは言えないが、目に優しさと輝きがある。春の日溜《ひだま》りのような印象を覚えた。

その心地好さに誘われてか、皆が陽気になっていく。東はことに気に入ったらしく、いつもの軽口を言い続けて虹人をはらはらさせた。

「花巻って温泉で有名なんだろ？」

東は賢治が直ぐに頷くと、

「明日はそこに行って骨休めでもしますか」

虹人に言ってにやにやとした。

「なんだ、怪しい笑いだな」

「念願の芸者遊びはどうです？」

「芸者なら盛岡にだっている」

「料亭だと落ち着かんでしょう。やっぱり温泉芸者のほうが庶民的でよさそうだ」

「芸者はともかく、温泉はいいね」

「賢治君も招待するぜ。親がかりのような暮らしじゃ気詰まりで辛いよな」

東は賢治の脇腹を肘《ひじ》でつついた。

「いつまで岩手のほうに？」

「さあ……虹人さん次第だ。俺たちゃ鞄持ちみたいなもんだから」

「そろそろ東京に戻ろうかと思っていた」

虹人は東に呆れた顔をしながら口にした。

「私も去年の暮れから春まで東京の雑司《ぞうし》ヶ谷《や》町に暮らしていました」

「へえ……暮らしたことが」

虹人は記憶を探《さぐ》った。長い滞在だとしたら病気に罹《かか》って入院した妹の看病に出掛けたときのことであろう。

「職探しかなんかかい？」

東がビールを飲み干して訊いた。

「人造宝石の店を開きたかったんですけど」

ああ、と東は頷いた。そのことは前に虹人から耳にしている。

「人造宝石は珍しくないですか？」

簡単に頷いた東に賢治は問い返した。

「たとえばどんなやつだ？」

虹人はすかさず割って入った。

「模造の真珠や鉱物を合成して作れます。それに絵の具の製造も考えていたのですが」

賢治は自分で言って苦笑いした。

「ダイヤなんかも人造で？」

「ダイヤは無理です」

東の言葉に賢治は慌《あわ》てて首を横に振って、

「人造でなくても宝石と呼びたいような石がこの世にはたくさんあるんです。皆さんはご覧になったことがないでしょう。山に転がっているつまらない石でも、薄く切って顕微鏡で覗けば花のような模様を中に秘めている。それを多くの人に見せたかった」

「なんか、哲学的な話だ」

東はそれでも大きく頷いた。

「そういう生涯でありたいと思って……」

「宝石となって輝くよりも、か……」

終始聞き役に回っていた南波が呟《つぶや》いた。

「二十三になって抱いた思いは、もう変わらない……きっとそういう人になれる」

「だといいですね」

賢治はにっこりと微笑んだ。

「若い人に会うとたいてい訊いているんだが」

虹人は真っ直ぐ賢治を見詰めた。

「神秘体験とか予言についてどう思う」

もちろん、いつも訊いているわけではない。単純に賢治の考えを知りたかっただけだ。賢治は山の精霊と会話をする話をいくつも書いているし、電信柱に足が生《は》えて歩いているといったような幻想的な絵を描いている。仏《ほとけ》への信仰を若い頃から貫《つらぬ》いた男でもあった。

「この夏に不思議な体験をしたばかりです」

賢治は大真面目な顔をして言った。

「椅子に腰掛けてぼんやりと窓の外を眺めていたら、なんとなく心がもっと上の方に動きました。窓に首を伸ばして見上げたら、錫《すず》色をした空の上に大きな人が浮かんでいて、深い眠りに就《つ》いているように見えました。見覚えのあるような、見知らぬ人でもあるような……考えたのですが分かりません。でも、その大きな人を眺めていると、なにか気持ちが清められていくような気がしました。その人の体は、まるで優しさと静かな愛ばかりで作られているように思えました。しばらく見詰めているうちにその人の姿は雲と重なって空に混じっていきました。母がそこに現われたので、不思議な人をたった今まで見ていたと教えましたが、母は笑っていました」

虹人たちは顔を見合わせた。

「次の日の新聞に、盛岡の学校での恩師が亡《な》くなられたという記事が載っていました」

「君の恩師？」

「はい。石丸《いしまる》先生と言って、私が一番に好きな先生でした。不思議な人を空に見た翌日のことだったので、母は気味が悪いと……父親もそんな怪しい話を人に言うなと叱るし……」

賢治はくすくす笑った。

「その先生の顔とは違ったのか？」

東は質した。

「たぶん。それだったら見て直ぐに分かります。でも仏になると違う顔になるのかも」

「まぁ、本当なら神さまとか仏さまのお姿を見たとしか考えられんな」

東は唸った。あの宮澤賢治の体験だけに、背後には深い意味があるように思えてしまう。

「君自身の未来を見たとも言える」

虹人は素直に感想を伝えた。

「俺には君こそが優しさだけで作られている人のような気がするよ。やがて君はそうやって多くの人たちに愛される」

虹人の言葉に賢治は耳朶《みみたぶ》を赤く染めた。なんと応じていいか分からないのだろう。あるいはファチマで預言を授《さず》かった子供たちのように賢治もまた神に選ばれた代弁者なのかもしれない、と虹人は感じていたが、それはわざと言わなかった。自覚した預言者ばかりが神の申し子ではない。そうとは一生気づかずに神の愛や魂の尊《とうと》さを説《と》く者がいる。その出来事が神との触れ合いだったとしても、賢治の場合は紛れもなく後者である。

賢治とは気持ちよく別れた。賢治は弟たちが厄介になっている下宿を訪ねると言って中津川の土手をそのまま歩いて行った。虹人たちの宿は橋を左に曲がった方にある。

「イシュタルの仲間はやっぱり今の時代にもちゃんといるんですよ」

橋の真ん中で立ち止まると、東は町の明りを映している川面を眺めながら言った。

「まさか宮澤賢治にあんな奇妙な体験があったなんて……虹人さんは知ってましたか？」

「初耳だった」

虹人も手摺《てすり》に凭《もた》れて川の音を聞いた。

「例の『銀河鉄道の夜』だって勘繰《かんぐ》りたくなってきた。そのうち賢治のところにコンタクトしてくるんじゃないですかね。そうしてUFOに乗せられた経験を基《もと》にあの話を書いた」

南波や純は肩を揺すって笑った。

「あり得る」

虹人は頷いた。

「なにかに誘われるようにして賢治はよく真夜中に高い山へ登ったそうだ。星明りを頼りに朝まで彷徨ったらしい。そのときに山の精霊たちの声や木々の歌を耳にした。臨死体験に似た輝きも描写していたと思った。仏との一体感を常に意識していた人間でもある。彼本人には自覚がなかったかもしれないが、神に選ばれた一人という可能性は強い。UFOは飛躍だろうけど、神によって見せられたヴィジョンが影響を与えていたとも……賢治の興味は特に星へ注がれている」

「だったらわれわれも花巻に移り住んで彼から目を離さずにいれば……そのうち」

「よしましょう」

虹人は南波の考えを押し退《の》けた。

「宮澤賢治に深く関わることは歴史を歪める危険性に繋がります。それこそ賢治は隅々まで研究対象にされている人物だ。そこに未来を持ち込むのは避けたほうがいい」

「…………」

「彼はあのままでいいじゃないですか。本物の彼に会えたということで満足しましょう」

「確かに……こっちの身勝手だった」

南波は直ぐに頷いた。

「余計なことを考えないうちに明日にでも東京へ乗り込むか」

虹人は決心を固めていた。

「いればまた会ってみたくなる。この時代についての勉強も、あとは東京での実地研修のほうが早く身に付きそうだ」

「ちくしょう」

悔しそうに東が指を鳴らした。

「どうせ花巻温泉に行けると思って、色紙《しきし》を頼むのを忘れたぜ」

「そんなことを考えてたのか」

虹人は噎《む》せ返った。

「記念ですよ。若い頃の賢治の色紙だ。家宝として孫子《まごご》の代までの自慢になる」

「それを言うならスサノオとも会ったぞ」

「神さまの色紙だなんて、いったいだれが信じるって言うんです？　しかもシュメール語とか、そんなもんでしょう？」

「いかにも」

虹人たちは爆笑した。

「賢治のものなら骨董屋《こっとう》で高く買ったと説明すればすむ。わざわざタイムマシンの話を持ち出さなくても筆跡鑑定で保証される」

「どうも怪しいなぁ」

純はにやにやとして、

「果たして本心はどうだか。縄文土器《じょうもん》のときもこっそり埋めといて後で掘り出そうって相談を持ち掛けた人だもの」

「縄文土器は物にすぎん。心のこもった色紙とはわけが違う」

「それならスサノオの色紙も一緒でしょ。東さんさえ知っていればおなじだ。東さんは近頃、完全に信用を失ってますからね。やたらと金儲けばかり考えてる」

「さっき南波さんが言ったとおりだ。二十三くらいで人ってのは決まっちまうな。その頃、俺は金儲けしか頭にない制作会社に半分アルバイトみたいな格好で雇われてた。どうやったら経費を浮かすかってことだけを叩き込まれたよ。そいつが今も抜けねえ。虹人さんに拾われなかったら金の権化《ごんげ》になってたぜ」

「それでセコいアイデアしか出ないわけだ」

純はからかった。

「色紙を両脇に抱えてタイムマシンに乗り込む姿が見えるようだ」

「ほざいていろ。キリギリスは最後に働き者のアリさんに負けるのさ。一円を笑うやつは一円に泣く。塵《ちり》も積もれば山となる。早起きは三文《さんもん》の得。犬も歩けば棒に当たるってんだ」

東は純を圧倒した。

「戦場にあっても金目の物を拾うくらいの根性がねえと厳しい世の中を渡って行かれない」

「宮澤賢治とはだいぶ違う人間だってのが分かったよ」

虹人は笑い転げた。

7

翌日の夕方、虹人たちは宿を畳んで上野行きの急行に乗った。午後からの急行はこれ一本しかない。これに乗ると朝の七時に上野へ到着する。十二時間半の長い旅だ。一生に一度の贅沢で上京の折りは一等寝台にしようと話し合っていたのだが、四人は普通車両の座席に腰を下ろしていた。しかも三等車であった。なにしろ寝台はとてつもなく値段が高い。上段でも上野までの一等料金に急行券、それに寝台使用料を足せば一人三十円もするのである。虹人たちの感覚に直せば十五万だ。四人で六十万もかかる。三等車料金の五倍近かった。二倍程度なら抵抗もないのだが、たった一人の寝台車料金で四人が東京まで行けると知ってはさすがに逡巡した。まだ金は八百円も残っているのだが、働き口の当てのない状況では諦めるしかなかった。眠れないようなら徹夜すれば済む。東京に着いてから宿を探してゆっくり休むほうが遥かに安上がりというものだろう。

「ハワイやグアムよりも高いってことですね。二等寝台でも二十円てんだから恐れ入る。昔の大人《おとな》たちが東京見物は一生に一度の贅沢だって言ってたのも分かりますよ。新幹線が高いなんてぼやいていた頃が懐かしい」

東は溜め息を吐いた。

「しかし、節約した気分にはなる」

南波の言葉に皆は頷いた。

「一等寝台に乗ったと思いましょう。そうすれば百円近くも儲けたことになる計算だ」

「南波さんまで東に似てきた」

純に言われて南波は苦笑いした。

「たった十二時間ちょっとの我慢だ。それで百円使わずに済むなら毎日だって平気だぜ」

東は言うと鞄からウィスキーの瓶を取り出した。

「十二時間となりゃ一本じゃ足りそうにない」

「売り子が回ってくる。それに食堂車の営業は九時までだ。心配ないよ」

汽車はやっと動きはじめたにすぎない。

「条件反射なんですかね。汽車に乗ると酒がやたらと飲みたくなる」

東は虹人に応じた。

「だったら今のうちに食堂車に行くか」

「荷物はどうします?」

東は小声で虹人に訊ねた。

「それより弁当を買ってくるほうが安心でしょう。俺と純とで行ってきますよ」

虹人はなるほどと首を振った。車両は結構混み合っている。盗まれてから悔《く》やんでも仕方がない。

「ついでに酒もたっぷり仕入れてこよう。どうせ今夜は徹夜になりそうだ」

「俺は寝ますよ」

腰を浮かせた純が言った。

「そういう野郎だよ、おまえさんは」

東は純の腕を捩《ね》じり上げた。

五時間も経《た》つとさすがに時間を持て余す。真夜中なので売り子もこない。あちこちで寝息が聞こえる。徹夜で頑張るはずの東は虹人の目の前で鼾《いびき》をかいていた。ウィスキーと酒をあれほど飲めばだれでもそうなる。

「眠れないですか？」

隣りの南波は目を瞑《つぶ》っていただけらしい。虹人が退屈そうにしているので背筋を伸ばした。純も目を覚まして窓の外を眺めた。窓には夜露が滴《したた》っている。薄暗い車内灯が純の顔をガラスに青白く浮き上がらせている。

「夜行列車って何年ぶりかな」

虹人は二人が起きたのを幸いにたばこを口にくわえて火をつけた。

「きっと十年以上は乗っていない」

「東京に着いたら、まずなにをしますか」

南波が訊いた。

「われわれの知っている東京と変わっていない場所を見たいな。それで本当に実感が湧く」

「たとえばどこですかね」

「上野公園を歩いて西郷《さいごう》さんの銅像でも見ますか？　国立博物館もおなじはずだ」

「西郷さんはいい。あれほど見慣れているものは他になかなか思いつかない」

南波は子供のように笑った。

「建物は変わっていても東京の道筋は江戸の頃から一緒だと聞いたことがある。すぐに順応できるんじゃないかな」

「だったら気が楽だ」

「南波さんはどこか行きたいとこが？」

「特に。私は無趣味な男ですから」

すべて虹人に任せると南波は言った。

「不思議な気分がしますよ」

純がぽつりと呟いた。

「東京に戻っても、だれ一人知り合いがいないなんて……盛岡はそれが当たり前だったんで、ちっとも寂しく感じなかった」

虹人は何度も頷いた。仕事があって、家族や仲間がいてこそ自分の町である。今の東京は、どんなに西郷隆盛の銅像があっても自分の町とは違うのだ。宮崎虎之助という帰還への手掛かりがなければ、訪ねる必要のない町であるとも言えた。

〈その宮崎虎之助だって……〉

さほどの手掛かりとは言えない。藁《わら》にもすがる気分で無理やり自分に言い聞かせているだけだ。盛岡の図書館に宮崎虎之助の書いた『我が新福音《ふくいん》』があるのを見つけて、心躍《おど》らせながら目を通したが、ひどく失望させられた。宮崎虎之助は自らをキリストと釈迦《しゃか》に続いて神より出現を命じられた史上三番目の預言者であると断言している。が、肝腎の証拠をなに一つ示していない。明治三十六年の九月のある夜に月島《つきしま》海岸にて天啓を授かったと主張しているのだが、その説明はすこぶる曖昧《あいまい》で具体性に欠ける。金星がひときわ輝きを増して頭上からオーロラに似た光のカーテンが降り注いだという短い文章が、わずかにリアリティを感じさせるだけであった。

神とのコンタクトはたいていこうしてはじまる。しかし、コーランもマホメットが神と遭遇する場面をおなじように描写しているし、モーゼが神の啓示を受ける場面の聖書の記述もほぼ同様である。どちらも読んでいるらしい宮崎虎之助なら、その場面を捏造《ねつぞう》して書くことは簡単に思える。神からどんな言葉をかけられたか、いっさい明らかにしていないのも奇妙であろう。ただひたすら、神の命令によってこの世を迷いから救う役割を与えられたと主張している。冷静に考えれば信用に値しない内容なのである。

それでも、わずかの望みは明治から大正という時代である。この時代ならキリスト教に対する認識がまだまだ低かったはずだ。素朴な一般を対象として記述を行なう際に、そのレベルに合わせたということはあり得る。その目で読み直せば、真実ゆえに余計な証拠など示す必要がないという自信が行間に強く感じられてくる。

なにしろ、只事《ただごと》ではない自信家なのだ。序文に、自分はキリストや釈迦よりも偉大だと断言している。キリストの存在にとらわれすぎて本当の神を見失っていると叫び、釈迦にすがることによってむしろ滅《ほろ》びを招きつつあると断ずる。その過《あやま》ちを正すために神は新たに宮崎虎之助を遣《つか》わしたと言うのだから凄《すさ》まじい。ここまで言い切った者は世界にも見当たらないのではないか？

宮崎虎之助に対する疑いは拭《ぬぐ》い去れなかったが、興味をそそられる人物には違いなかった。それで虹人はあえてこの書物の存在を皆に教えなかった。呆れ果てると思ったのだ。そうなると皆に失望が広がる。

〈ただの詐欺師《さぎ》だったらどうする？〉

虹人は自問した。どころか、その可能性のほうが絶対的に大きい。となると東京までわざわざ出向いた意味がなくなってしまう。虹人の心は重くなった。

「上野駅と東京駅はわれわれが見慣れている建物だったはずですね」

そんな気持ちとも知らずに南波の思いは東京へと向けられているようだった。

瑞光

1

虹人たちが上野の駅に降り立ったのは朝靄《もや》に煙る早朝だった。堅《かた》い座席に十二時間以上も揺られ通しで体の節々《ふしぶし》が痛い。上野の駅舎も虹人たちの知っているものではなかった。てっきり明治時代の建物と思っていたのに、きっと関東大震災で破壊されて新たに建設されたものだったのだろう。物珍しさに虹人の興味は疼《うず》いたが、疲れが先立った。虹人たちはそのまま人の列に従って外へ出た。上野公園を反射的に探したけれど駅舎の陰になっていて見えない。高層ビルのほとんど見当たらないガランとした光景に四人は溜め息を吐《つ》いた。上野の駅前広場はデパートやホテルのビルで囲まれ、高速道路が視野を塞《ふさ》ぎ、タクシーとバスで埋められているというイメージがあまりにも強い。いくら大正八年と言っても、喧騒《けんそう》を頭に描いていた。なのに……この静けさはどうだろう。高い塀《へい》で囲まれた駅前広場には客待ちの人力車が並んでいるだけだ。

「純の不安が的中しましたね」

南波はどこまでも見通せる市街を眺《なが》めて苦笑《にが》いすると、

「ここは別の町だと考えるほうがよさそうだ。町名や道はそれほど変わっていないんだろうが、やっぱり知らない町ですよ」

「どうする？　知っている宿と言えば帝国《ていこく》ホテルくらいしかないぞ」

虹人は東を振り向いた。

「目茶苦茶《めちゃくちゃ》高いんでしょう？」

「だろうな。この時代の本格的な洋風ホテルなんだから一人七、八円はするかもしれない」

四万円前後である。あるいはもっと高い可能性もある。

「それなら高い寝台車を諦《あきら》めた意味がなくなりますよ。今日のところは様子見も兼ねて適当な宿を探しましょう。早く布団《ふとん》に横になれるならどこだっていい気分だ」

南波と純も頷《うなず》いた。

「構内に旅館案内所があったな。戻るか？」

「人力車の運転手に任《まか》せれば連れてってくれます。こっちは男が四人だ。それほど酷《ひど》い目にゃ遭《あ》わないと思いますけどね」

東は言うと純にバッグを預けて向かった。

「へい、どこまで？」

「手頃な宿屋まで案内してくれないか」

東は実直そうな男を選んで質《ただ》した。

「この近くですか？」

「浅草に近い場所がいいな。四人だ。飯はつかなくていい。とにかく眠りたいんだよ」

「宿賃はいくらぐらいのとこを？」

「この辺《あた》りの相場は？」

「飯抜きなら八十銭も出せば立派なとこが」

「それでいい」

四千円前後と見当をつけて東は頷いた。

二台の人力車に揺られて下谷車坂《したやくるま》を真《ま》っ直《す》ぐ浅草方面に向かうと、やがて小さな川を渡った。虹人にその川の記憶はない。おそらく後で埋め立てられてしまったのだろう。橋を過ぎると左手に本願寺《ほんがんじ》の屋根が見えた。人力車は寺の手前を左に折れて仕舞屋《しもたや》の並ぶ狭い路地にどんどん入り込んだ。この辺りに宿があるとしたなら確かに浅草六区は近い。歩いて十分とかからない場所のはずだ。この界隈《かいわい》が虹人の時代はどうであったか必死に思い出そうとしたが無駄だった。目の前の景色が邪魔をして記憶を妨《さまた》げる。

人力車が止まったのは古いが三階建の大きな宿屋だった。下宿の看板も掲《かか》げられている。明らかに商人宿であるが、玄関の石畳は綺麗《きれい》に掃《は》き清められていて感じがいい。車夫は馴染《なじ》みらしく、虹人たちを車に残したまま帳場に入って行った。二、三分も待たないうちに車夫は番頭と思《おぼ》しき男と一緒に戻った。

「素泊まりは七十銭ということで」

車夫の言葉に虹人は首を振って下りた。盛岡の倍近い値段だが、浅草という繁華街を間近に控えているのだから当たり前に違いない。

　虹人たちは三階の二部屋に案内された。

「すぐ布団を敷きますか？」

　ころころと太った娘が虹人に訊《たず》ねた。

「朝食だけはお願いしたいな」

「十二銭です」

　頷いて娘は四人に頭を下げると立ち去った。

「なかなかいい部屋じゃないですか」

　東はがらりと窓を開けた。三階だけあって見晴らしが利《き》く。

「虹人さん！　早く」

　東が興奮の声を発して手招いた。

「あれが浅草十二階ってやつでしょう」

　皆が窓のところに立って眺めた。間違いない。浅草寺《せんそうじ》の大屋根の側《そば》に赤い煉瓦《れんが》の塔がにょっきりと突き立っている。何度となく虹人が写真で眺めたものだ。虹人は感動を覚えた。なぜか昔から浅草十二階に心を魅《ひ》かれていたのである。それが現実に目の前に聳《そび》えている。

「ちくしょう、いよいよ東京だな」

　東は純の肩を掴《つか》むと激しく揉《も》んだ。

「あの十二階の周辺にだけやたらと大きな建物が集中していますね」

南波が言った。

「四階建ぐらいの劇場や映画館が取り囲んでいるんです。今の日本で一番賑《にぎ》やかな場所だ。あそこにはなんでもある。谷崎潤一郎《たにざきじゅんいちろう》が熱中して遊び歩いていたのは、ちょうど今頃じゃなかったかな。『鮫人《こうじん》』という小説で浅草を絶賛していますよ。確か震災前の話だった」

「こうじん？」

南波は不審な目をした。

「そう。俺の名前と読み方が一緒なので興味を覚えたんです。そっちは鮫《さめ》の人と書いて、こうじん、と読む。人魚を意味するとか」

「どんな話です？」

「かつては裕福だったらしい男が落ちぶれて浅草の裏世界に関わって行くという筋立てでね、浅草オペラの花形女優に恋をして、奇怪な事件に巻き込まれるって話だと思ったけど……中学のときに読んだきりなので詳《くわ》しくは覚えていない。ただ、やたらと浅草のイメージが鮮烈で、憧《あこが》れた。われわれの時代の浅草も賑やかだけど、古い情緒って感じでしょう。外国人が喜ぶ町になってしまった」

後で知ることだが虹人の記憶はほぼ正確だった。谷崎潤一郎が『中央公論』誌上に『鮫人』を連載しはじめたのは大正九年の一月号からなので、まさに虹人たちが居る時代と重なる。今は大正八年の十月初旬。もしかすると、このおなじ日に谷崎潤一郎は新年号のための原稿を書いているかもしれない。

「宮澤賢治と谷崎潤一郎は同時代の人間だったんだな。これまで考えたこともなかった」

虹人はあらためて思いつつ記憶に残されている谷崎潤一郎の描写した浅草風景を反芻《はんすう》していた。まさに、めくるめく原色の世界が見事に活写されていたという印象がある。

――作者は決して浅草公園の繁昌《はんじょう》を誇張しようとする者ではない、が、その頃の戦争の餘《よ》沢《たく》は東京市民の中流以下にまで及んで、俄《にわか》に懐《ふところ》の温かくなった月給取り、小商人《こあきんど》、労働者、男女学生、丁稚《でっち》小僧の連中がわいわいと公園へ押し掛けて行き、婦人席の区別とか甲種乙種の興行とか愚にもつかない其《そ》の筋の取締りがあったに拘《かか》わらず、素晴らしい景気を呈して居《い》たことは事実である。勿論此《もちろんこ》の素晴らしい景気はひとり浅草ばかりでなく、場末の芝居小屋、藝者屋《げいしゃや》、料理屋、ありとあらゆる遊廓、遠くは近県の温泉地海水浴場まで均沾《きんてん》したに相違ないが、しかし浅草の繁昌を云《い》う中には多少それ等《ら》の遊廓や避暑地の繁昌とは異《こと》なったものがないだろうか？　第一は其の客種《きゃくだね》がいろいろの階級と職業と年齢とを網羅して居る点で、第二は客種と同じく彼等を待ち受ける娯楽の種類も滅茶苦茶に多い点で、たとえば一寸《ちょっと》数え上げても舊劇《きゅう》、歌劇、新劇、喜劇、活動写真――西洋物、日本物、ダグラス・フェヤバンクス、尾上松之助、――球乗り、曲馬、浪花節《なにわ》、娘義太夫《ぎだゆう》、メエリー・ゴー・ラウンド、花屋敷《はなやしき》、十二階、射的、婬売《いんばい》、日本料理支那《しな》料理西洋料理——来々軒《らいらいけん》、ワンタンメン、蠣《かき》めし、馬肉、すっぽん、鰻《うなぎ》、カフェエ・パウリスタ——斯《か》くの如《ごと》く無数なる点で、第三は斯くの如く無数なる客の階級と娯楽の種類とが、常に其処《そこ》にあるだけの豊富さを保ちつゝ而《しか》も性質と内容とを刻々に変化させ、増大させ、互に入り乱れて交錯し融和し合って居る点で。——つまり浅草公園が外《ほか》の娯楽場と著《いちじる》しく違って居る所は、単に其の容《い》れ物が大きいばかりでなく、容れ物の中にある何十何百種の要素が絶えず激しく流動し醱酵《はっこう》しつゝあると云う特徴に存する。若《も》し浅草に何等か偉大なるものがあるとすれば此の特徴より外にない。云うまでもなく社会全体はいつも流動する。いつもぐつぐつと煮え立って居る。けれども浅草ほど其の流動の激しい一廓《いっかく》はない。それは緩慢な流れの中に一つの圏《けん》を描いて居る或《あ》る特別な渦巻である。そうして其の渦巻は年々に輪をひろげ、波紋を繁くし、周囲に漂《ただよ》うて来る物を手当り次第《しだい》に呑《の》み込んで育って行く。流れの中にある物で一度は其処へ巻き込まれないものはないと云ってもいゝのである。だが、たった今巻き込まれた物がいつ何処《どこ》へ行ってしまったのか？ 依然として其処に渦巻はあるが巻き込まれた物はもう見えない！ 正《まさ》に浅草は其の通りである。われわれが覚えてから二十年来あの公園にはさまざまな物があった。仰山《ぎょうさん》な物や馬鹿げた物や奇怪な物やふざけた物や其の外《ほか》枚挙し切れない物が、嘗《かつ》て一度は其処にあった。それらは今、何処へ行ってしまったろう？ たとえばあのパノラマはどうしたか？ ルナパアクはどうしたか？ ジオラマやキネオラマはどうしたか？ 珍世界や猿芝居や女相撲《ずもう》はどうしたか？　X光線の見せ物や山口定雄や二銭団州や居合い抜きはどうしたか？　現に活動写真館が軒《のき》を並べて居る場所には昔何があったか？　近い話が一時あれほどの人気を集めた井上正夫や木下八百子は何処へ行ったか？　此等《これら》の慌《あわただ》しく通り過ぎたものは総《す》べて幻影だったのであるか？——実際中には幻影よりも果敢《はか》なく消えてしまったものが多いのである。たゞ観音堂と其処に巣を造って居る鳩の群《むれ》と、池の緋鯉《ひごい》と十二階とが残って居る！　斯くの如く此の公園の流転は激しい。

（谷崎潤一郎「鮫人」より引用・ルビは編集部が追加）

「一眠りして夕方から出掛けて見よう」

わくわくしながら虹人は言った。賑わいはきっと新宿《しんじゆく》の歌舞伎《かぶき》町と似たようなものに違いないが、歌舞伎町にはオペラや十二階がない。その差はとてつもなく大きい。

2

温かな布団にくるまって、すっかり旅の疲れを取った虹人が目覚めたのは午後の四時近くだった。なんと七時間も寝たことになる。傍《かたわ》らの布団に南波の姿はなかった。白いカーテンを引いた薄暗い部屋の中で虹人が布団から抜け出さずにタバコを喫《す》っていると、気配を察したように隣室とを隔《へだ》てる襖《ふすま》が開いて東が顔を覗《のぞ》かせた。

「あれ、南波さんと純は？」

「風呂屋に行きました。宿の風呂は夜でないと入れないらしい。寂《さび》しがるといけないんで俺が残ったんですよ」

「皆、元気なんだな」

「虹人さんは汽車の中でほとんど寝てないですからね。南波さんが絶対に起こすなと俺に釘を刺して行った。そろそろ戻る時間だ」

「俺たちも行くか。汽車の煤煙《ばいえん》でなんだかむずむずする。せっかくの浅草見物だ。さっぱりとした色男に変身して行きたいね」

虹人は灰皿にタバコを揉み消すと布団から起き出した。ぐっすりと休んだせいで気力が充実している。虹人は大きく伸びをした。

「帳場に預けて大丈夫だろうな」

東は南波のバッグを不安そうに持った。この中に自分たちの全財産が収められている。

「なるほど。交替のほうが安心できる」

虹人も頷いた。どうせ直ぐには出られない。顔も洗っていないのだ。

「いつから起きていたんだい？」

「二時頃でしょう。睡眠の邪魔をしちゃ悪いと思って近所の散歩に行ってきました」

「なにか面白《おもしろ》いとこでも？」

「上野の方に向かって大通りを歩いていたら知ってる漢方薬屋がありましたよ。創業寛政《かんせい》年間って看板に掲げていたのは嘘《うそ》じゃなかったと見える。その店構えは純も覚えていて、やたらと感動してた。単純な野郎です」

「建物もそのままだったのか」

「ショーウィンドーもおなじでね。進歩が見られないってのも俺たちにはありがたい。その前に立ったら道や方角の見当がついた。じっくり見ると、やっぱり東京だ」

「関東大震災で燃えなかったんだな」

「そう言えばそうだ。この界隈は酷い状態だったはずなのに……」

「あるいはそっくりおなじ店構えに建て直したかだ。江戸は火事が多かったんだから、燃えずに現存する店舗は皆無に等しいと聞いたことがある。そこだってきっと寛政年間当時の建物とは違うんじゃないか」

着替えて洗面道具を手にしたところに南波たちの階段を上がってくる足音が聞こえた。

「ついでだ。そのまま風呂に行きましょう。顔はそっちで洗えばいい」

東も手ぬぐいを握って虹人を促《うなが》した。

「どうも連日観光旅行をしてる気分だな」

浮き浮きとした足取りで浅草へと向かいながら虹人は呟《つぶや》いた。見事に染まっている夕焼け空がさらに心を弾《はず》ませる。風呂あがりでさっぱりしたのも手伝っているのだ。

「シュメールではこうじゃなかった」

「いきなり捕縛されて見物なんかできる状況になかったですからね。先行きも見えないんじゃ呑《のん》気《き》に構《かま》えていられません」

南波は当然だという顔で応じた。

「先行きが見えないのは一緒だ。責任を感じるな。もっと気持ちを引き締めなきゃ……」

「虹人さんの責任じゃないですよ」

東は苦笑して、

「それに……だんだんとこの世界に馴染んできたと言うか、当座ほどは焦《あせ》らなくなった。どうせ元の世界に帰ったところで、なにがあるわけでもない。純はおふくろさんの乳が恋しいみたいだが、こっちは兄貴夫婦が親の面倒を見てくれているし……どのみち親孝行ができる柄《がら》じゃない。期待もされていないでしょう。それを言うならアララト山でロケットに乗り込むときから覚悟はついている」

「恋しいわけじゃないですよ」

純はむきになって反論した。

「戻ったと勘《かん》違いしたんで、その報告をしようとしただけだ」

「考え過ぎかもしれませんが」

　東は純を無視して虹人に言った。

「あと四十年もすると俺が生まれる計算になるんですよ。その前に死んでいれば問題もないが、もしこの世界に居続けて、生きていたとしたらどうなりますかね？」

　虹人は押し黙った。思いもよらなかった質問である。しかし今の状態なら充分に考えられる。戻れるアテはほとんどない。

「SFの理屈だと、おなじ人間が同時に存在できないはずだった。その瞬間に消滅するのかな。四十年も先のことを悩んでいるんじゃない。ちょっと興味が湧《わ》いただけですがね」

「なんか……消滅しそうにないよな。このとおり俺たちはピンピンしてる」

「でしょう。案外、共存できそうな気がする」

「広瀬正《ひろせただし》の『マイナス・ゼロ』って小説はその問題を扱っていたよ。あれは共存してた。うっかりと乗り込んだタイムマシンのせいで過去に送られてしまった男が、やがて何十年後かに幼い自分を陰ながら庇護《ひご》する話さ。妙にリアリティのある小説だったな」

「その主人公は戻れるんですか？」

「いや。そのまま年老いて行く」

　皆は虹人の返事に暗い顔で頷いた。自分と重ねて考えたに違いない。

〈明日からは前向きな道を〉

探さなければならない。いまはまだ緊張の状態にある。だからなんとかおなじ道を歩いていられる。

しかし、このまま一月《ひとつき》が過ぎれば必ず心が離れ離れになっていく。チームには共通のはっきりとした目標が必要なのだ。

〈と言って、宮崎虎之助ぐらいじゃ……〉

気休め程度にしかならないだろうことを虹人自身が知っていた。


虹人たちは大きな十字路に出た。虹人たちの言い慣れた言葉で伝えるなら雷門《かみなりもん》通りと国際《こくさい》通りの交差する十字路である。浅草国際劇場は昭和に入ってからの建物なので、もちろんこの当時は国際通りの通称もない。虹人は人波の流れるまま雷門通りの電車道に沿って進んだ。

「雷門の手前に公園への近道がある」

虹人に皆も頷いた。建物は違っても道の広さはあまり変わらない。土地鑑《かん》が皆に甦《よみがえ》ったようだ。四人とも東京には長く暮らしている。田中《たなか》写真館と加賀屋《かがや》という小間物屋《こまものや》に挟まれた路地がある。この辺りだったと見当をつけて虹人は左に曲がった。

間違いなかった。路地に入ると直ぐに寿司屋が軒を並べていた。右も左も寿司屋ばかりだ。看板を数えただけでも一丁《ちょう》の両側に十軒。これで商売になるものかと心配するくらいだ。

だが、おなじ業種が競い合えば値段も安くなるし材料も吟味《ぎんみ》されるから客にはありがたい。純は雷門の方からしか入ったことがないらしく珍しそうに寿司屋の一軒一軒を覗き歩いていた。

「今夜はなにを食いますかね」

東にも元気が戻っていた。風呂に入ったせいで腹が空《す》きはじめたと見える。

「こってりしたものと思っていたが……こう寿司屋ばかり見ていると迷うな」

「もう少し我慢してくれ」

虹人も空腹を覚えながら言った。

「暗くならないうちに十二階へ昇りたい」

「夜間営業はしてないんですか？」

純が不思議そうな顔をした。これほどの人出なら夜でも昇れないわけがない。

「やっているだろうが、賑やかなのはこの周辺ばかりで、他の地域は違う。夜景と言っても大したものじゃないはずだ。せいぜい銀座の明りが見える程度のものだぞ」

いかにも、と純は首を振った。

「甘かったな。急ぎましょう」

途端《とたん》に東は足早となった。この夕焼けなら東京中が美しく眺められる。

寿司屋の連《つら》なる路地を抜けると、いきなり浅草六区の中心に飛び出た。さすがに四人は息を呑み込んだ。頭に描いていたより遥かに圧巻であった。目の前に浅草オペラの殿堂と呼ばれた金《きん》竜館《りゅうかん》がどんと聳えている。女優の名を染めた幟《のぼり》が何十本と風にはためいていた。その奥には常《とき》盤座《わざ》、電気館、千代田館《ちよだ》、オペラ館と続き、人で埋め尽くされている道を挟んで反対側には大東京館、初音館《はつね》、帝国館、富士館、三友館、大勝館、世界館と大劇場が連なっている。壮観としか言いようがない。そのどれにも歌舞伎座の絵看板のような巨大看板が掲げられている。スピーカーからは舞台の音がそのまま流れてくる。音の洪水だ。それもすべて陽気な音である。虹人の胸は躍《おど》った。歌舞伎町の喧騒など問題にならない。

「こんな世界があったんですね」

南波でさえ唖然《あぜん》として見渡している。

「田谷力三《たやりきぞう》ですよ」

大看板に描かれている若者の脇に記《しる》されている文字を眺めて東が声を上げた。

「何度かテレビで見たことがある。凄《すご》い二枚目じゃないですか。あの看板が本当だとしたらの話だけど」

「沢《さわ》モリノの看板もあるな。原信子《はらのぶこ》と並んで若者たちの人気を二分した大女優だ」

虹人は嬉《うれ》しそうに看板を示した。写真で見ただけだが、コケティッシュな容貌にどことなく魅力を感じていた。

その本物を見ることができる。やはり信じられない。

「盛岡の夜とは比較にならんな」

当たり前のことを東は口にした。

「これなら一生暮らしたって退屈しそうにない。俺たちの世界より面白そうだ」

張り切って東は雑踏に踏み込んだ。

虹人の正面には十二階が燃えるような夕日を浴びて、すっくと空へ伸びていた。

3

虹人たちは六区を埋める人の群れを掻《か》き分けるようにして正面に高く聳える十二階を目指《めざ》した。美しい夕焼けが帝都を染めているうちに展望台に立って眺めてみたい。東京ではなく帝都と虹人が感じたのは、大正への単なるセンチメンタリズムからではなかった。行き交《か》う軍人の数があまりにも多いのである。戦後生まれの虹人にとって軍人は映像や小説の中の存在でしかない。頭では理解していたものの、実際に間近で行き交うと異様な威圧を覚えた。当たり前のことだが、腰に下げている軍刀とて本物なのだ。それでつい逃げ腰となる。ここはまさに帝都であった。が、軍人に対してこれほどの威圧を感じているのは虹人たちばかりのようだった。軍国主義の怖《こわ》さを嫌と言うほど教育されたゆえだが、周《まわ》りの人々はむしろ頼もしそうに、あるいは親しみを込めた目を彼らに注《そそ》いでいる。

「自衛官が私服に着替えて呑み歩いているのとはえらい違いだな」

颯爽《さっそう》と脇を通り過ぎた海軍の若者たちの一団を振り向きながら東は苦笑した。

「あれなら子供らが憧れるのも無理はない」

東の言葉に皆は頷いた。軍人の横暴さばかり強調した映画や小説を多く見てきたので、余計に彼らの折り目正しさが眩《まぶ》しく感じられる。

「南波さんにとっちゃ、今の時代のほうが力を発揮できるんじゃないですか。南波さんほどの知識があれば軍隊も喜んで迎えてくれる」

「歴史は知らない。銃器の扱いと戦略だけだ。それだって旧式の銃となると素人《しろうと》同然だよ」

南波は東に笑って応じた。

「直ぐに馴れます。南波さんが指導したら日本が戦争に勝つかもしれない」

東は危ないことを口にした。

「いくら知識に乏《とぼ》しいったって、この四人が互いの記憶を辿《たど》ればなにか思い出すでしょう。ミッドウェイで海軍が大打撃を受けたとか、硫黄《いおう》島が全滅したとか……それを事前に回避させれば勝利はこっちに転《ころ》がる」

「歴史を変えるわけにはいかんと言ったじゃないか」

虹人は東の冗談と知りつつ釘を刺した。

「けど昭和十五、六年となると今から二十年以上も後の話だ。それまでわれわれがこの世界から抜け出せないでいたら、きっと虹人さんだってそんな気になりますよ。お互い六十前後で人生も下り坂になっている。未来の歴史なんてどうでもいいって気分になっているでしょう。それよりは日本を勝たせたいと思うんじゃないかな。戦後何年かの厳《きび》しさを知っていますからね。あんな辛《つら》い思いを子供たちに味わわせたくないと考えるに違いない」

「確かに……危険な誘惑だな」

虹人は暗い顔で認めた。歴史を変えないと心に言い聞かせているのは、元の世界に戻ることを想定しているからなのである。もし戻れないのなら、この世界が自分たちにとっての現実となる。その場合、国や同胞を守る気持ちに傾くのは自然な成り行きと思える。戻れない未来のことより現実のほうが大事だ。

「もし……ドイツに渡ってヒトラーをわれわれが暗殺したら、何百万ものユダヤ人捕虜の命を救える結果になるかもしれません。戻れないと決まったら、そういう生き方をしませんか」

「歴史を無視してか？」

虹人は東を見詰めた。

「知らない顔して生きて行けそうにない。ここは過去の世界でも、俺にとっての明日はやはり未来だ。そっちを大事にしたい。ヒトラーを殺せば、そもそも戦争さえもなくなって永《なが》い平和が続くかもしれない。第一、われわれの生きていた世界が真実の歴史だという保証もないでしょう。ひょっとしたらヒトラーがわれわれとおなじタイムトラベラーで、平和なはずの歴史をねじ曲げた可能性だって有り得ます」

「まさか」

「なんでそう言い切れるんです？　現にわれわれは過去に迷い込んでいる。他に何人かが居てもおかしくはないはずだ」

うーん、と虹人は唸《うな》った。

「虹人さんはわれわれがこの時代に送り込まれたのはイシュタルの計算間違いだと言っていましたが、もしかしてこの大正八年が二つの世界の分岐点だったという考えは成り立ちませんかね？」

「どういうことだ？」

「一つの世界がここから二つに分かれたんですよ。それでタイムマシンが道を決めかねて停止したと考えればどうです？」

「どうかな」

さすがに虹人は首を横に振った。歴史の分岐点になりそうな大事件は無数にある。東の説を認めるなら、世界はもっとたくさんに分かれていただろう。パラレルワールドはSFの中のことであって現実に存在するとは思いにくい。

「おかしいじゃないですか」

それを言うと東は反発した。

「現実にわれわれはパラレルワールドを作ることができる。ヒトラーを殺せば、その瞬間からわれわれが生きて来た世界とは別のものになりますよ。それとも、その瞬間にわれわれが生きて来た世界は消滅するんですか？　だったらわれわれは生まれないことになる。生まれない者がここに居るわけがない。当然のことでしょう。われわれがこちらの世界に手を加えて変えたところで、われわれが生きて来た世界はこれまでどおりに存在する。こちらの世界が別の歴史を歩んで行くだけだ」

「なるほど、そうだろうな」

虹人も東の主張に頷きつつ、

「しかし、われわれはまだなに一つこの世界に手を加えてはいないんだぞ。だとしたら分岐点になるはずがない。それをタイムマシンが予測して停止したなんてことは有り得ない」

「ですから、われわれじゃないんです。だれかが手を加えたために世界は二つに分かれて別々の道を歩みつつあるんじゃないかと言ったんですよ。そしてわれわれは本来の歴史から外《はず》れた世界のほうに生まれた人間の可能性だって――」

東は興奮していた。道行く人々が振り返る。

「大正八年になにがあった？」

虹人は人目を気にして小声で言った。

「ヒトラーはなにをしていたんです？」

東は逆に虹人へ質した。

「世界を変えたとなればヒトラーくらいしか思い付きません。彼の生まれた年では？」

「とっくに生まれているさ」

虹人は苦笑いした。

「一九四五年に自殺したとき、確か五十五、六だったんじゃなかったか？　逆算すると今は三十近い歳《とし》になっている」

「ナチスを結成した年です」

南波がぽつりと口を挟んだ。

虹人はぎょっとして南波を見詰めた。

「正確に言うなら正式の結成は来年になります。一九二〇年。なんだか怖い話ですね」

南波は深い溜め息を洩《も》らして、

「ちょうど今頃は労働者党に入党した直後でしょう。ヒトラーはそこで急激に頭角をあらわしてナチスの母体を固めたんです。それまではまったく無名の存在に近かった」

「よく知っていますね」

虹人は南波を見やった。

「自衛隊は毎日が軍事訓練ばかりじゃありませんよ。軍事史の教育も行ないます。ヒトラーは重要な教材の一つでしてね」

当然のごとく南波は応じた。

「もちろん、ただの偶然とは思いますが、少なくともヒトラーにとって大正八年は生涯を決定づけた大事な分岐点の年には違いない。もし彼が労働者党に入らなければ世界の歴史は確実に変わっていたと言ってもいい。ナチスが第二次大戦を引き起こしたわけだから」

「それですよ！」

東は拳《こぶし》を強く握り締めた。

「そのせいで世界が二つに分かれたんだ。ヒトラーが戦争を起こした世界と、なにもなく平和な世界に！　それでタイムマシンがここで立ち往生したに違いない」

「じゃあ、われわれはどっちの世界に居る？」

虹人は珍しく苛立《いらだ》って東に訊ねた。

「東の理屈で言うなら、すでに二つに分かれているんだろ。ドイツの労働者党に問い合わせれば結果は直ぐに出る。ヒトラーの名前がそこにあれば、われわれはまた不幸な時代に足を踏み入れていることになる。そこでさらにヒトラーを殺せばどうなる？　世界は三つに分かれるぞ。切りがないじゃないか。われわれがなにか手を加えるたびに世界は無数に増えて行くことになる。それに加えて、だ……東はタイムトラベラーがわれわれとばかりは限らないと言ったけど、それなら大正八年の段階までに一度も枝分かれがなかったのはやはりおかしいよ。われわれは四千年も前の世界から戻ったんだ。その長い間、歴史が一本の道を真っ直ぐ辿ったとはどうしても思えない。東の仮説を認めるなら、もっと前の時代でタイムマシンが停止していたに違いない。やはりハレー彗星《すいせい》の接近した回数をイシュタルが一回だけ減らして計算してしまったと見るのが正解だろう。パラレルワールドは存在しないと俺は思う」

「あると言ったのは虹人さんでしょう」

東は戸惑《とまど》いの色を浮かべた。

「その危険性があるから歴史に介入するのは極力避けるべきだと言ったはずです」

「今の東の言葉で疑いを持ちはじめた。多少の介入をしても歴史は変わらないような気がする。

しかし……ヒトラーは殺せない。ヒトラーが終戦間近まで生き続けたことがそれを証明している。もしわれわれが暗殺を企《くわだ》てれば、確実にわれわれは殺されるだろう。ミッドウェイの敗北や硫黄島の全滅を必死で訴えたところで無駄だろうな。軍部によって否定されるに決まっている。われわれにできることと言えば、大多数が信じてくれないまでも関東大震災の危険性を訴えて、何十人かの、歴史とは無縁の人間たちの命を救う程度なのさ。それ以上の動きをすれば、たちまち捕らえられて歴史の闇に葬《ほうむ》り去られてしまう」

虹人の言葉は皆の胸を突き刺した。

「それでもヒトラーの命を狙《ねら》うと言うなら俺も反対しない。なにもしないでこの世界で生き長らえることより、それを試みて死ぬほうが遥かに大事な生き方かもしれないしね」

「結局は……虹人さんに言い負かされてしまう。確かに、そうなんだろうなぁ」

東が言うと、純も南波も頷いた。

「東が焦る気持ちは分かる。だが、もう少し待ってくれ。まだなんにも見極《きわ》めちゃいないんだ。

生き方を云々《うんぬん》する時期じゃない。こっちに残るしかないと諦めた時点からでも間に合う。それこそ先は長い。なにをすべきかはそのときに考えよう」

その言葉で吹っ切れたように東は笑った。

4

「この程度のものだったのか……」

十二階を間近に見上げて虹人は少し失望した。巨大な塔というイメージを持っていたのに、案外と小さい。想像の五分の一以下だ。

「ご同様ですよ。宿から眺めたときのほうがもっと巨大に見えました。なんでだろう」

東は首を捻《ひね》った。

「比較の問題だろうな。周辺がほとんど二階家だからとてつもなく高い塔と感じたんだ。目の錯覚と一緒だ。冷静に考えれば十二階の建物なんてわれわれの世界ではちっとも珍しくない。田舎《いなか》の町にだっていくらもある。この当時の人間たちがあんまり驚嘆した感想を書き連ねているんで、こっちのイメージが何倍にも膨《ふく》らんだだけさ。ちょっとがっかりしたな」

虹人は正直に口にした。

虹人の言うとおり浅草の十二階の高さはわずか五十二メートルに過ぎない。直径が十メートル程度の鉛筆状の建物なので高く見えるだけなのだ。たとえばこれを都庁や東京タワーの側に復元したら、ひどくみすぼらしいものに感じられるはずだ。結局は大正という時代の象徴でしかないのかもしれない。

「しかし、よく倒れないもんですね。なんだか危なっかしい感じだ。大震災で倒壊したのも当然ですよ。昇るのも怖い気がする」

東は高所恐怖症だったのを皆は思い出してくすくす笑った。

「絶対に倒れないよ。大震災まではな」

虹人は東の肩を叩くと入り口に向かった。入場券を売っている一階フロアは客が食《は》み出そうなほど混雑していた。フロアが狭いせいなのだ。ほぼ円形に近い八角形のフロアの広さは畳三十枚もない感じだった。なのに壁際は土産《みやげ》物を売る小店で場所が塞がれている。しかも中央にはエレベーターの設備が設《もう》けられているのでさらに狭くなる。虹人たちは純が入場券を買っている間、エレベーターを覗いていた。危険という判断からオープン直後に使用禁止の措置がとられたものだ。日本で第一号のエレベーターだけあって素朴《そぼく》な装置だった。鉄の籠《かご》を吊《つ》るしているケーブルもなんだか頼りない。籠の周りには大きな隙間《すきま》があった。これではだいぶ怖い思いをするはずだ。

「使えないってことは十二階のてっぺんまで階段ってことですか」

東はやれやれという顔をした。

「十階までは売り場とか美術館になっているはずだ。のんびり見物しているうちに十二階へ辿り着く」

「ゆっくりしてたら暗くなってしまいますよ。とりあえず真っ直ぐ向かうしかない」

純から手渡された入場券をポケットにねじ込んで東は階段へ急いだ。


展望階のバルコニーに出るなり、四人は感嘆の声を発した。視野を遮《さえぎ》るものがないから実感は東京タワーの展望台と一緒だった。東京がどこまでも見渡せる。街は夕日を浴びて輝いていた。瓦《かわら》屋根が反射しているのだ。

「こいつぁ……凄い」

東は怖々と手摺《てすり》に近付いてしっかり握ると真下を覗き込んだ。浅草の賑わいが一望できる。東は純を呼び寄せた。

「平気ですか？」

純は笑って東の傍らに立った。

「手摺が雨で腐ってるかもしれないのに」

「嫌なことを言うなよ」

東は少し腰を引いた。

「事故防止の網も張ってないなんて……結構アバウトだったんですね。ここから飛び下り自殺した人間は一人も居なかったのかな」

純は隣りの虹人に訊ねた。

「さあ……読んだことはないな」

「けど、大震災のときはここから振り落とされた人間も居たんでしょうね。ゾッとする」

「おまえ、あんまりいい性格じゃねえぞ」

東は純を睨《にら》み付けた。

「なにを見せたって必ずぶつぶつと文句を言うやつだ。せっかくの絶景だってのに」

「しかし、純の言うとおりだ。大震災は昼近くに起きている。その時間なら何百人という客がここに昇っていたに違いない。五、六階辺りから上が全部崩《くず》れ落ちたんだから悲惨な状況だったろう。こうして実際に昇ってみるまで、そんな状況を一度も考えたことがなかった。倒壊した塔の写真を見たって、文化遺産が消滅した勿体《もったい》なさを感じるだけでね」

「そうか……そう言えばそうだ」

東も虹人に頷いた。

「本当にここはわれわれにとっての現実なんだ。それをたった今ほど実感できたことはない。シュメールでこんな気持ちに襲われなかったのはわれわれと掛け離れた世界だったからに違いない。それで観光客気分が抜けなかったのさ。旅の最中《さなか》はいつもどこか夢見心地《ごこち》だろ。自分と無縁な世界だと客観視していられる。でも、ここは別だ。突き放してはいられない。いつもの自分とおなじ目で眺めている」

「…………」

「あまり、いいことじゃないぞ」

虹人は皆に言った。

「旅をしている人間には常に戻るべき故郷がある。が、われわれには旅の意識が薄れかけている。ここならそんなに捨てたもんじゃない、と心が落ち着きかけているんだ。このまま半年も過ごせば、戻ることさえ面倒な気持ちになって、この世界を受け入れていくだろう」

虹人は東に目をやって、

「それで構わないと言うならいいけどな」

「構わなくはないですよ」

東ははっきりと応じた。

「居心地がいいのは確かです。しかし、漠然《ばくぜん》とではあっても先々を承知している世界に生きていきたくない。大震災のときには東京を逃れ、原爆のときには広島や長崎《ながさき》に近付かないようにする。そんな人生はごめんだ。もし戻れないと分かったら虹人さんが一番最初に言ったように、この歴史なんかなに一つ知らない国に移住しましょう。そこなら余計なことを考えず自分の思いどおりに生きていかれる。日本に残れば腐っていくに決まってる」

「たとえば、どこです？」

純が東に訊《き》いた。

「おまえさんならどこに行ったところでおなじだろうさ。どうせセントヘレナ島と言ってもどこにあって、どんな歴史を持っている場所かなにも知るまい」

いつもの東に戻って純に返した。

「なにがあった島なんです?」

「南大西洋の真ん中辺りにある島さ。そこにあのナポレオンが島流しにされた」

「ナポレオンて、まだ生きてるんですか!」

純は目を丸くした。

「なに言ってる。生きてるわけがなかろう。信じられねえ野郎だぜ。学校でなにを学んだ」

東は心底から呆《あき》れ返った。

「それじゃ、今はどうなってるんです?」

「今のことは知らん。そういう歴史があった島だと教えて差し上げただけでござんすよ」

「それなら俺と大して変わらない。東さんだって今とこれからのセントヘレナの歴史を知ってるわけじゃない」

「理屈だな」

虹人は笑った。南波もにやにやした。

「どうせならセントヘレナでもいいぞ。ナポレオンの墓守《はかも》りでもするか。だけどあの辺りは簡単に行けない。絶海の孤島だ。それに、第二次大戦のときはイギリス海軍の基地かなんかに用いられたんじゃなかったかな。戦争と無縁ではいられなくなる」

「アマゾンなんかはどうです？」

東が思い付いた。

「地図さえ正確なものが作られていないとこだ。いくら虹人さんだってアマゾンの歴史は知らないでしょう。戦争も関係ない」

「南米にはナチスがだいぶ逃げ込んだと噂《うわさ》されている。それに大蛇は苦手《にがて》だぜ」

虹人は真面目《まじめ》な顔で反対した。

「それじゃスイスだ。たとえ歴史を知ってたところで永世中立国なんだからのんびり暮らしていけるに違いない。渦中にあるから手を出したくなる。スイスならその気にならない」

「それは正解かもしれないな」

虹人も東の考えに賛意を示した。

「スイスだったらきっと退屈しませんよ。目の前にアルプスがある。体力を鍛《きた》えて皆でモンブランに挑むのも面白い」

「アララト山でもう充分て感じだよ」

虹人の答えに皆は爆笑した。

皆の気持ちが前に戻りつつある。虹人はホッと胸を撫《な》で下ろした。余裕を取り戻してふたたび下界に視線を動かす。おなじ景色が違って見えた。夕闇が濃くなりつつあるのももちろん原因している。遠景は大部分が夕闇に包まれて眺望が狭くなっているのである。虹人たちの知っている東京の景色ではなかった。地理の見当もつかなくなった。はっきりしているのは真下の喧騒ばかりだ。

「たっぷり旨《うま》いものを腹に詰め込みながら作戦会議といこう。そのあとはカフェでも覗いて念願だったどんちゃん騒ぎでもするか」

「そいつは豪勢だ。最後は江戸前の寿司で仕上げといきましょう」

東は張り切って階段へと急いだ。純も続く。

「虹人さんと一緒で助かります」

南波が並んで言った。

「でなければ諦めのほうに皆の気持ちが傾いていた。皆がばらばらにならないのは虹人さんが纏《まと》めているせいですよ」

「明日は宮崎虎之助に会う」

虹人は南波に、と言うより自分に言い聞かせた。失望することを恐れてためらっていたのである。が、一歩でも前に進まなければなんにもならない。無駄と分かれば別の道を探せばいい。

虹人はさっぱりとした気持ちで階段に歩《ほ》を進めた。

5

十二階の見物を終えた虹人たちの腹は店をのんびりと探す余裕を与えてくれなかった。十二階の直ぐ裏手にある大きな店から旨そうなすき焼きの匂いが漂っていたからだ。相談するまでもなく、東の一言《ひとこと》で皆の足はその店に向いた。米久《よねきゆう》本店という看板が掛かっている。浅草のすき焼きと言えば今半《いまはん》が虹人たちには馴染み深いが、この店の名にも聞き覚えがあった。本店とあるからには人気の高い店に違いない。

「確か加山雄三《かやまゆうぞう》の若大将シリーズに出てきた店じゃなかったですかね。若大将の実家が明治から続くすき焼き屋という設定でよ」

東は妙なことを思い出した。

「いや、あれは、たの久《きゆう》とか言ったはずだ」

「そうだ、たの久だった」

虹人の言葉に東は大きく首を縦《たて》に振った。

「だけど、米久って店が有名だったんで、そういう名前にしたかもしれないな」

言っているうちに虹人たちは店の前に達した。間口の大きな店である。客がどんどん入って行く。仲居《なかい》たちの陽気な声が中から通りにまで響いて来る。浅草らしく庶民的だ。

「盛岡に洋食屋はあったけど、あんまりすき焼き屋はなかったですね」

東は匂いを嗅《か》いで腹を押さえた。風呂あがりのせいもあって空腹も限界らしい。仲居の声に誘われて四人は店に入った。広い階段が目の前にある。虹人たちは二階に案内された。六十畳はあろうかという大広間には喧騒があった。百人以上の客がひしめいてすき焼きの肉をつついている。

湯気があちこちから立ち上っている。これでは匂いが浅草中に広がって当たり前だ。陽気な笑いと酒の匂いが虹人たちを包み込んだ。

「これこそ、日本だな」

東は嬉しそうに見渡して席に着いた。純もにこにこして頷いた。

「ビールを三本にすき焼きだ。肉は旨いところを八人前くれ。葱《ねぎ》と豆腐もたっぷりな」

仲居は笑って東に注文を確かめた。

「今夜なら牛一頭でも食えそうだ。ビールも三本じゃ足りないな。五本頼む」

「飲んでからまた頼めばいいだろう」

虹人は呆れた。

「甘いですよ。こんなに混んでちゃ追加の注文に手間《てま》取る。どうせぎんぎんに冷えたビールは望めない。だったら最初から言っとくほうが正解です。ついでだ、熱燗《あつかん》も四本ばかり貰《もら》おうか。肉は十人前にしときますかね」

そんなに食えないよ、と虹人は制した。さすがに東も頷いて八人前で我慢した。

「われわれの時代と違って一人前が多そうだ」

南波は隣りの席に目をやって東に言った。

「八人前じゃ山ほどになる」

「なあに、平気です。俺と純の実力を知らないらしい。特に純は焼き肉だったら一人で二十人前は食えますよ。前に賭《か》けをやって負けた。お陰で九万近くも取られた」

「東さんの分も入ってるからですよ」

純は笑った。

「九万て……二人だけでか？」

虹人は目を丸くした。

「蓉《よう》ちゃんも一緒です。それに東さんは十五人前の他にビールを十四本飲みましたからね。確か俺がアクト・ナインに入社して最初のボーナスの日でした。懐《なつ》かしいな」

「化け物だな」

南波は恐ろしいものを見るような目をした。

「つまり、二人で三十五人前かい」

虹人に二人は同時に頷いた。

「すき焼きはたれが甘いんで、そんなに食えないとは思いますけどね」

「食わなくていい。すぐに破産する」

慌《あわ》てた虹人に東と純は爆笑した。庶民的と言っても牛肉はまだまだ高級品である。品書きを見ると、すき焼きの一人前は並が七十銭となっている。頼んだのは特上なので九十銭。虹人たちの値段の感覚に直せば四千五百円。本当に四十人前も頼めば十八万も取られる。それにビールは一本三十五銭。これも二千円近くに相当するから馬鹿にできない。

「どんちゃん騒ぎのはずでしょう？」

東は笑いながら虹人に言った。

「たかだかすき焼きの八人前にびびられたんじゃ先行きが不安になりますよ」

「八人前なら驚かんけどな。その様子を見ていたら五十人前も食われそうな気がした」

「そんなに食っちゃカフェの楽しみがなくなります。天井を向きっ放しで女の子の顔が拝《おが》めない。そいつを唯一《ゆいいつ》の楽しみに東京へ出て来たんですから」

「あんまりキャバレーみたいなとこは好きじゃなかったんじゃないか？」

「カフェとキャバレーは違う。無事に戻れたら皆に自慢できる。俺たちの世代でカフェで遊んだやつは一人も居ない」

いかにも、と虹人は頷いた。

そこにビールが運ばれてきた。さすがに東京である。ビールはかなり冷えていた。盛岡ではよほどの店でなければこの秋口に冷たいビールは出ない。

「ようぞ日本人に生まれけり、って感じですね。冷えたビールで熱いすき焼きをつつく楽しみは外国人には分からんでしょう。周りは呑気な日本人ばかり。こういう日が続くんなら、別に戻れなくたって悔《く》いはない」

　東に虹人は軽い目配せを送った。仲居がすき焼きの鍋の支度《したく》をしている。妙なことを口走れば疑念を持たれる。東は舌を出した。


　ひさしぶりに口にしたすき焼きの味は最高だった。炭の熱が分厚い鉄鍋に程よく伝わって肉の旨味《うまみ》を引き出す。霜降《しもふ》り肉ではないが、かえって飽《あ》きがこない。南波の予想どおり山盛りの量だったが、これなら残さずに食べ終えることができそうだ。南波も寛《くつろ》いで熱燗を手酌《てじゃく》で飲んでいた。皆、上機嫌だった。

「お兄さんたち、景気がよさそうね」

　小さな衝立《ついたて》を挟んだ隣りの席に居た若い女が純に笑顔で声をかけてきた。二十歳《はたち》をいくつか過ぎたと思われる三人の女たちの一人だ。派手《はで》な化粧から察するにカフェの女給だろうと虹人は見ていた。もっとも派手と言っても他の婦人客に比較してのことで、虹人たちの目から見るとまだおとなしい。言葉は少し蓮《はす》っ葉《ぱ》だが愛くるしい目をしていた。

「六区にはよく遊びにくるの？」

　もう一人の娘がまた純に質す。一番年下と見て親しみやすいのだろう。

「女の子ばっかりですき焼きとはいいね。そうでなくちゃいかん。男を頼ればあとがうるさい。旨いものは自分の金で食うに限る」

東の言葉に、

「子供なんかとは違うわよ、ねえだ」

女たちはころころと笑った。女の子という言い方に馴れていないのだ。虹人はそれにすぐ気付いたが東には分からなかった。

「お兄さんたち、どこの人？」

女たちは虹人たちの話にそれとなく耳を傾けていたようだった。四人は紛《まぎ》れもない東京言葉を用いているのだが、時代が異《こと》なるのでそうとは思われなかったのだろう。アクセントは一緒でも語彙《ごい》に微妙な差がでている。

「今朝、盛岡からやってきた」

虹人は応じた。盛岡と聞いて女たちはきょとんとした。知らないようだ。

「東北の岩手県。盛岡はそこにある」

「そんなに遠くから」

女たちはしげしげと虹人たちを見詰めた。

「お仕事で東京にいらしたの？」

「オラたちは炭焼きを生業《なりわい》にしとるだよ」

東の冗談に南波は目を白黒させせた。女たちもすぐに冗談と察して腹を抱《かか》えた。四人の服装は明らかに都会人のものである。

「こっちにきて一緒に飲《や》らないかい。野菜と豆腐が余って往生《おうじょう》してる。今夜はどんちゃん騒ぎの予定でね。これもなにかの縁だろう」

東が誘うと、それを待っていたらしく女たちは歓声を上げて席を移動してきた。周りの婦人客たちが苦々《にがにが》しい目で見ていた。だが、この浅草では珍しいことでもないようだ。

「騒ぐんだったら私たちの店にきてよ」

「この近くか？」

東は馴れた口調で質した。

「セントラル。知らない？」

女たちはやはりカフェに勤めていた。活動の千代田館の裏手にある店だと言う。浅草ではパウリスタの名が知れ渡っているが、それに次ぐ規模で女給の数も五十名は下らないと女たちは胸を張った。

「まだ店に出なくていいのか？」

東はくだけた口調で言った。

「そうね。そろそろ行かないと」

女たちは豆腐と野菜を少しだけ食べて来店の約束を取り付けると、源氏名《げんじな》を教えて立ち上がった。陽気に手を振って出て行く。

「なんだ。結局そういうことか」

東は苦笑した。女たちのテーブルには一人前のすき焼きとラムネしか置かれていない。

「この店はお上《のぼ》りさんの客が多い。カモを探してたんだ。残念ながらすっかり見抜かれていたってことだな」

虹人はにやにやしながらビールを注《つ》いだ。

「でもまあ、いいじゃないですか。知ってる子の居る店のほうが気楽ですよ。キャバレーと変わりがなさそうなんでがっかりだけど」

「われわれの時代ではキャバレーが水商売の典型だが、この時代では感覚が違う。水商売に匹敵するのは遊郭であって、カフェはあくまでも素人の娘たちが勤めている社交サロンなんだ。遊郭があったせいで、逆にそういうカフェが珍しがられた。男女七歳にして席を同じうせずの時代だぞ。男が見知らぬ素人の娘と話をする機会なんかほとんどない。期待するとがっかりするよ。ただ側に座って話し相手になってくれるだけの店だ。今の女の子たちは店に誘うという目的があったから積極的だっただけで、店に行けばどうか分からん」

「そういうことだ」

東は純を見据えて、

「皆に恥を掻かせるような真似《まね》は慎《つつし》めよ」

「なんです、それ？」

「触っちゃまずいということさ」

「触りませんよ。好きでもない子の体なんか」

純は呆れた顔をして東を睨んだ。

虹人たちは約束を守ってセントラルに足を運んだ。いかにもキャバレーとは違う。明るい店内で、どちらかといえば喫茶店に近い。

店内の奥の厨房《ちゅうぼう》の前には白い胸高《むなだか》エプロンをつけた娘たちがずらりと居並んで居た。虹人たちと知ると、さきほどの女の子の一人が駆け寄ってきた。満面の笑み《え》で中央のテーブルに案内する。確かに米久のときとは様子が違っていた。つんとおすましをしている。美智恵《みちえ》と名乗った子はメニューを差し出した。

「ホントに喫茶店ですね」

東はメニューを覗いて言った。ブラジルコーヒーが洋酒やビールよりも先に書かれている。食べ物の種類も多い。ホットサンドイッチやマカロニはまだしも、カレーライスやチキンライスまで記されていた。

東は周辺をそれとなく眺めた。カレーライスを頰張《ほおば》りながら店の女の子とオペラの話をしている者や、サンドイッチ片手に芸術論を戦わせている連中も居る。不思議な光景だった。

恋人同士だと思えば違和感もないが、女の子の白いエプロンが互いの距離を感じさせる。

「俺はコーヒーを貰う」

虹人は決めていたものを頼んだ。カフェはその名のとおり、もともとコーヒーを飲ませる店だったのだ。女給も最初は女の給仕に過ぎなかった。それが酒を置くようになり、女の子が客の席につくようになって次第に性格を変えたのである。

「俺はハイボールにしますかね。それと、せっかくだからホットサンドイッチとマカロニ」

東はこともなげに頼んだ。

「まだ食べれるんですか」

純は思わず溜め息を吐いた。

「ホットサンドとマカロニなんて死ぬほど懐かしいじゃねえかよ。一口だけでも食ってみてえじゃねえか。恭子《きようこ》ちゃんと久美子《くみこ》ちゃんもくる。無駄にゃならねえさ」

「それはそうだけど」

「豪遊だぞ。けちけちするな」

「別にけちってるわけじゃないですよ。サンドイッチとマカロニだもの」

純の言い方に虹人と南波は笑った。本当の豪遊とはイメージがほど遠い。

「なんか、これって居心地がいいもんですね」

三十分が過ぎると東は虹人に耳打ちした。

「案外キャバレーなんかより今の若い連中には喜ばれるんじゃないですか？　健全でいながら妙な刺激もある。いかがわしい場所とは違うんで気楽に女の子とも口が利けます。食い物も旨いし、くせになりそうですよ」

虹人も同感だった。芸術家たちの溜まり場になったのも頷ける。もちろん喫茶店よりは高い値段だがキャバレーに較《くら》べたらうんと安い。画家たちはカフェでモデルの女の子を探したと言う。それだけ開放的で尖端《せんたん》を走っている女の子が多かったということだ。

どうしてカフェが廃《すた》れたのか理解ができない。キャバレーやクラブを苦手《にがて》とする虹人でもカフェなら気軽に来れるような気がしていた。

「お仕事ってなんですの？」

美智恵が南波に質した。

「もしかして軍のお仕事かしら」

鋭いと虹人は思った。南波の毅然《きぜん》としたところを見抜いている。

「君たちは宮崎虎之助という人を知らないか」

虹人は南波が窮《きゅう》しているのを見て遮った。

「なぁに、その人」

三人は首を捻った。

「有名なはずなんだけどね。預言者と自ら名乗っている」

ああ、と恭子が大きく首を振った。

「知ってる？」

美智恵と久美子が恭子を見詰めた。

「ほら、あの人よ。よく瓢箪《ひょうたん》池のとこで演説してるじゃないの。変なおじさん」

「デヴァイン・ライフ！」

二人は声を揃《そろ》えてげらげらと笑った。

「なんだい、そりゃ？」

東は戸惑いつつ身を乗り出した。

「なんだかしらないけど、人が集まるとそう叫びだすんだわ。いつもおんなじフロックコートを着て……そうそう、預言者って襷《たすき》を肩に掛けてる。お金を投げると凄く怒るの」

「それが宮崎虎之助なんですか？」

恭子の説明に東は不安な顔をして虹人を見やった。それでは乞食《こじき》と変わりがない。

「間違いなさそうだな。デヴァイン・ライフとは神の生活を意味するものだ。宮崎虎之助の福音《ふくいん》の象徴なんだ」

虹人は小さく息を吐いて認めた。

「当てにできる男ですかね」

眉《まゆ》をしかめて東は訊ねた。

「キリストだって死の直前まで多くの人間たちから狂人扱いされた。反対に多くの信者を獲得している者が本物の聖者とは限らない。直接会って見極めるしかないだろうさ」

「キリストの生きていた時代はそうだったでしょうが……今はそんな迫害もない。優《すぐ》れた人間ならきっとある程度の理解を得られるような気がしますけどね。だいぶ永いこと伝道してるんでしょう？　それでそんな調子じゃあんまり期待できそうにない」

「宗教には迫害が常に付き纏う。まぁ、迫害がその宗教の正しさを逆に証明するとは言えないけどね。むしろ本当の邪教だったケースのほうが多いかもしれない。たとえばあのガイアナの集団自殺だ。背後には麻薬が絡《から》んでいるという噂もあったし、あれを宗教と見做《みな》すのはむずかしいだろうな」

美智恵たちにその方面の知識がほとんどないと見て、虹人はあまり気にせずに口にした。

「だが、一度も弾圧されずに育った新興宗教に人を救う力が足りないのは事実だ。弾圧されないのは古来の宗教を超《こ》える部分が一つもないからさ。それなら古くからのキリスト教や仏教で間に合う理屈だろ。それと異なる思想を打ち出すから迫害される。その意味で言うなら宮崎虎之助には可能性がある。彼が新しい考えを持ち込んだのは確かだ」

「じゃあ、迫害を受けているんですか？」

東は信じられない顔で質した。

「大弾圧を受けるほど宮崎虎之助の影響力は強くなかったかもしれないが、どこかの教会から放り出されたという話を読んだよ。日曜の礼拝の最中に飛び込んで、自分はキリストを超越した預言者だと叫んだらしい。それで牧師が激怒した。数人で取り押さえて外に放り投げて世界一の詐欺師《さぎし》だと罵《ののし》ったそうだ。宮崎虎之助はそれに懲《こ》りずにまた突入して牧師の態度を非難した。キリストもかつておなじことを主張してユダヤ人から詐欺師呼ばわりされた。その事実を知りながら、話も聞かずに退《しりぞ》けるのは、自らユダヤ人と同様の道を歩むことになるのだ、とね。そればかりかキリストは預言者の再来まで予告している。その教えを常に信者に説《と》きながら、なにゆえ自分の出現を即座に否定するのかと問うた。人をはじめから疑う者に他人を導《みちび》く資格などない。それに牧師はますます怒って足蹴《あしげ》にしたと言う。宮崎虎之助に預言者とは思えない怪《あや》しげな言動があったのだろうが、それでも一理はある。一般の人間ならそういう態度も仕方がないけれど、キリストの迫害に対して怒りを覚えている牧師が採《と》る方法ではない」

「それは……そうでしょうがね」

東は少し考えて反論した。

「キリストより偉いと言われたら牧師も頭にくる。違いますか？」

「どうして？　キリストはそんなに偉いのかい？　キリストは神の子であって神そのものではない。三位一体《さんみ》はあとになってから言われたことで、キリストは常に自分を神とは区別している。宮崎虎之助は自分が神であると自覚した人間だ。それならキリストより偉いと言っても間違いはないよ」

「けど人間なら神じゃない」

東は食い下がった。

「そこが宮崎虎之助の凄いとこなんだ」

虹人は苦笑いしながら続けた。

「親にとって子とはどんな存在だと思う？」

「…………？」

東は突然の質問に押し黙った。

「親は子供を育てる義務を持っている。子供は親の未来に生きる存在だ。全員がとは言わないが、子供は親が知らない世界まで生き延びる。つまり子供は親にとっての進化に等しい。親よりも子供のほうが偉いという理屈が成り立つ。それは神に対してもおなじことが言える。神は自らに似せて人を創造した。百年やそこらなら神の領域に到達はできないが、永い間に進化が進む。また、それがなければ人間を神が創造した意味もない。何千年もの間に人間は進化を遂《と》げて、ついには神と同等になり、そして神を乗り超える。超人となるんだ。宮崎虎之助はそれを悟《さと》った。神がこの世のすべてを人間と同様に創造したものなら、それに従う人間にはなに一つ手が出せないはずだ。なのに人間は森の木を伐採《ばっさい》し、薪《まき》にする。川を塞《せ》き止めてダムを拵《こしら》える。神の知らなかった乗り物を発明する。それが進化の証明さ。もはや神を超越したところに人間は立っている。神は外にある者ではない。自分の心の中に暮らしている。神が動物である人間の体の中に入り込んでいるのだ。それゆえに宮崎虎之助は自分が神だと主張した。と同時に人間すべてが神なのだとね。神の王国が築かれるとキリストは言ったが、それは人間が神であることを自覚する世の中の到来を示したに過ぎない。だからキリスト教はもう不要になったと宮崎虎之助は叫んだ。キリストの否定じゃないんだ。キリストによって導かれた前段階が終了したと言ったんだよ」

東たちは絶句した。

「それって……」

東は恐る恐る口にした。

「シャーリー・マクレーンの『アウト・オン・ア・リム』と一緒じゃないですか。自分の中にこそ神が居るってことですよね」

「そうだよ。おそらく宮崎虎之助こそが世界で一番はじめにそれを言い出した人間だと思う。ただ、それが広まらなかったのは宗教じゃないからだ。宮崎虎之助本人は宗教だと信じていたようだが、まったく両極にあるものだ。自覚だよ。自覚は信仰とは異なる。強《し》いて宗教にしようとするなら、当人が当人自身のことを信仰しろってことになる。それではだれも理解できない。だから信者をほとんど獲得できなかった。シャーリー・マクレーンもおなじだ。彼女の考えに同調する者はいても、彼女を教祖として崇《あが》める者はいない。彼女の中にある神は、別の人間にとっての神ではないんだ」

虹人は思いがけず熱っぽく締め括《くく》った。口にすることによって宮崎虎之助の真実がはっきりと見えてきたからだった。頭にだけあるときは考えが一本に纏まらなかったのである。

「会うのが楽しみになってきましたよ」

東も興奮を浮かべていた。

美智恵たちは知らない名前ばかりが飛び出すので理解できずにきょとんとしていた。

シャーリー・マクレーンの名がそういう形で広まるまでに八十年近くも待たなければならない。宮崎虎之助の先見を虹人はあらためて感じていた。

6

翌日の午後四時近く。

虹人たちは小石川白山《こいしかわはくさん》神社の鳥居《とりい》を間近にした食堂で早めの夕食をとっていた。約束の時間は四時半だからうっかりすると相手に余計な心配をかける恐れがある。それで食事を済ませておくことにしたのだ。と言ってこの店には丼《どんぶり》物とつゆの辛《から》そうな蕎麦《そば》しかない。迷わず全員が当り外れのない親子丼を頼んだ。虹人たちにとってはこの時代の食べ物で一番信頼のおけるものだった。鶏と卵も地鶏に地卵だからどんなに料理人の腕が悪くても虹人たちの味覚では美味《おい》しいと感じる。もっとも、この店では親子丼が最も高いメニューである。明治から大正にかけて親子丼は天丼と同等の高級料理と見做されていた。吉原《よしわら》では田舎から女衒《ぜげん》に伴《ともな》われてやってきた娘に必ず親子丼を最初に食べさせたと言う。それを一口食べると泣きだしそうにしていた娘の表情が一変して明るくなる。こんなに美味しいものを毎日食べることができるのなら男に体を売るぐらいなんでもない、と納得するのだそうだ。それは大袈裟《おおげさ》にしても、確かに旨い。これまでに虹人たちも四、五度は食べているはずだ。この店のものもなかなか旨かった。

「しかし、三十分くらいで退散てことも充分にありますよ。虹人さんから昨夜聞かされた印象とはだいぶ違ってた。並外れた凄い人物ってことは認めますがね……あの男が本物かどうか、正直言って疑問だ。話が通じるとも思えん。食ってから言うのもなんだけど、ここは我慢して晩飯をあとの楽しみに残しておくのが正解だったかも」

東はビールを飲めなかったのが残念そうな口調で言った。

「まあな……和《なご》やかな談笑ができそうな相手じゃないのは確かだ」

虹人が言うと南波は苦笑いした。

虹人たちは昼前に上野公園に出掛けて宮崎虎之助の演説を間近に聞いてきたのである。カフェの女の子から得た情報だ。浅草六区に現われるのはたいてい夕方で、昼には上野公園を演説の舞台にすることが多いという話だった。公園見物かたがた向かったところ、運良く宮崎虎之助と出会うことができた。まぁ、さほどの運でもない。彼は一週間のうち五日は公園に足を運んでいる。それでも虹人たちは奇遇と喜んだ。探す手間が省《はぶ》けたのだ。しかし、それも束《つか》の間《ま》の喜びで、演説に耳を傾けているうち消し飛んだ。聴衆は三、四十人もいたけれど、だれ一人として真剣に聞いていない。げらげらと笑いながら辻芸人《つじ》を見ているような雰囲気だった。期待が大きかっただけに虹人たちの失望もそれに比例した。

たとえば宮崎虎之助は、聴衆の脇を通り過ぎようとした上野の美術学校の学生たちを大声で呼び止めて叱《しか》りはじめる。

「美に生涯を捧《ささ》げる者は真実を見極める者でなければならない。君たちはこれからなにを描こうとしておるのか？　自然か？　それともとっくに過去のものと成り果てた美の模倣《もほう》であるか？　この日本は余《よ》の出現によって神の国と変わったのである。神の国の自然は、これまでの人の目のままではとうてい描ききれるものではない。神の目をもってしてはじめて真の美を認識できるのだ。自然を描くつもりなら、まず人の目を捨てて神の目をもつように努《つと》めるがいい。そうすれば自《おの》ずと神の国の素晴らしさが分かるであろう。それがむずかしい者は、今すぐ余の姿を描け。預言者たる余の姿をあまさず描けば、必ず神の目が開いてこよう。無能なる者はそうして学ぶほかに道はない。真を見極める力なくして美の世界に生きるなかれ。余こそ神の国に君らを導く光である」

学生らは呆れた顔をして立ち去った。虹人たちも思わず顔を見合わせた。

すべてがそんな調子だった。

「諸君らは今日という日を感謝しなければならない」

彼はまた聴衆に向かって声を張り上げた。

「諸君らの顔は、たった今光明《こうみよう》に照らされつつある。考えてみよ。釈迦《しやか》もこの預言者である余に出会うことができなかった。キリストもしかりである。なのに諸君らは預言者を目《ま》の当たりにしている。問えば答えを得られる近さに立っているではないか。これを喜びと言わずしてなんと言おう。諸君らは選ばれた果報者と言うべきなのだ。なんたる幸福ぞ。この預言者は諸君らになにを言わんとしてここに現われたか……人の中に、すでに神が在《あ》ることを認識させんがためにである。この花を見よ、あの雲を見よ、そこの愛らしい娘を見よ。諸君らはなにを思う？　心ある者ならずとも花を愛《め》で、流れる雲に意気を感じ、娘に淡い憂《うれ》いを認めるはずである。動物は詩を作るか？　絵を描くか？　音楽を奏《かな》でるか？　美酒に酔うか？　美醜を気にするか？裸を気にするか？貧しさを嘆《なげ》くか？　人は動物の仲間であって、そうではない。動物の中で人間ばかりが心を形にできるのである。諸君らは神の国と言えば、いずれもが平等で貧富の差もなく、悩み苦しみのない世界を想像するであろう。しからば今日にでもこの預言者がその神の国に案内しよう。それはすなわち動物の国である。仕事もなく悩みもなく怯《おび》えもない。人を捨てて動物の仲間に加われば、その瞬間より諸君らの望む神の国となるのだ。しかし、それでいいのか？　神は自らに似せて人を拵えた。似せたのは姿《すがた》形《かたち》ではない。動物と人を分けるのは心を形と成す力である。神はすなわち心なのだ。悩み苦しみもがき喘《あえ》ぐことこそ神が人間に与えた能力なのである。それゆえ人は神と同一と言えよう。われわれ一人一人の中に神が在るのだ。それを自覚せよ。神の目で眺めれば路傍の石とてダイヤモンドとなる。動物にはダイヤモンドも石炭も区別がつかない。反対にわれわれ人間は石炭をダイヤモンドと同等の美しい石として眺めることさえ可能なのだ。今日こそ自覚せよ。心を新たにすれば、ここはそのまま楽園となる。楽園と成すのは諸君らの心一つにかかっている。動物であることをやめよ。神であることに目覚めるのだ。キリストも釈迦もマホメットも孔子《こうし》もモーゼも、皆ことごとくそれを知らしめるために余の先駆《さきが》けとなってこの世に生まれた者らである。余の出現によって神の国の扉《とびら》が開かれた。あらゆる宗教が余によって統合され、本当の神生紀元《しんせいきげん》がここに誕生したのである」

圧倒的な迫力ではあったが、聴衆は唖然とするばかりで拍手さえも起きなかった。それでも宮崎虎之助は慣れているらしく、言い終えると平気な顔で帰り支度をはじめた。慌てて虹人は駆け寄ると夕方の訪問の約束を取り付けた。彼の住居兼教会は白山神社近くにある。それでここまで出向いて来たのだ。

「釈迦もキリストもモーゼもマホメットも、すべて余一人のための先駆けである、ですからね。まともな神経じゃ付き合いきれませんよ。聞いてて寒気に襲われた」

茶を啜《すす》りながら東は溜め息を吐いた。

「だけど、論理は明快だ。貧富の差や悩みのない世界が動物の世界そのままだって言われたときは、思わず唸ったよ」

虹人の言葉に南波と純も頷いた。

「俺は動物の世界のほうがいいですよ。面倒がなくてのんびりと生きていかれる」

「金儲けのアイデアばかりにきゅうきゅうとせずに済みますからね」

純が東をからかった。

「くだらねえ色恋に余計な時間を取られなくて済むからさ。トカゲなんかに生まれてみろ。全部おんなじ顔だ。雄《おす》と雌《めす》の区別だけで用が足りる。もし人間もそうなら楽でいいじゃねえか。年頃になったら近所の娘とちょこっとくっついて子供を生めばいい」

「そんなのが本当にいいんですか！」

純は呆れ返った。

「動物にゃ動物のいいところがある。感情がねえみたいに言ってたが、猫や犬には人間に負けねえくらいにある。ワニとかミミズとくれば俺にも自信はねえけど」

「話を分かりやすくしただけで、動物を蔑視《べっし》してたわけじゃない。詩を拵えたり音楽を奏でられる能力を人間ばかりが授《さず》かっていることの不思議さを強調しただけだ」

虹人は東に笑いながら言った。

「しかし……彼がわれわれの望む解答を与えてくれるとは私にも思えない」

南波が真面目な顔で口を挟んだ。

「あの男が神とコンタクトを取ったとしたら、神が心の中に在るなんてことを言わないんじゃありませんかね。神が別の存在であることをはっきり知らされたはずです」

虹人はぎょっとなった。言われればそのとおりだった。なぜそんな単純なことを見落としていたのだろう。宮崎虎之助の著《あらわ》した書物の中に、どう考えても神とのコンタクトとしか思えない部分があり、先入観でそれと決め付けてしまったのだが、いかにもイシュタルの仲間と一度でも出会えば人間以外の神の存在を頭に刻み込むはずである。

「早とちりだったかもしれないな」

虹人が認めると皆は不安な顔をした。

「すると……希代《きたい》の詐欺師ってことですか」

東は身を乗り出した。

「誇大妄想狂ってだけで、それほど悪賢《わるがしこ》いやつには見えませんでしたけどね。第一、あの様子じゃ金を儲けられっこない」

すぐに東は首を捻った。

「とにかく、ここまで来たんだ。会うしかないだろう。その判断は後回しだ」

だが虹人にも失望の色は隠せなかった。

7

それから間もなく、虹人たちは宮崎虎之助の主宰する神生団の本部を訪れた。本部と言えば聞こえはいいが、ただの二階家だ。門柱に神生団、預言者の家と大書した看板が掲げられている。戸口や玄関脇の狭い庭は綺麗に掃除されているものの、建物の貧しさは隠せない。道路に面した板塀は補修だらけだった。

虹人は開け放しの玄関に入ると来訪を告げた。すぐに実直そうな若者が飛び出て来た。上野公園で宮崎虎之助の傍らに立ち、ずうっと幟《のぼり》を掲げ続けていた青年である。秋が深い時節なのに素肌へ薄いよれよれの着物を纏っているだけだ。公園ではいかにも寒そうに見えたが、これも修行なのだろう。

「先生は二階の道場にて教導中です。四、五人が見えられておりますがご遠慮なく」

若者は階段を軋《きし》ませて四人を案内した。

すでに宮崎虎之助の甲高《かんだか》い声が聞こえる。

通された部屋は十二畳ほどの板間だった。畳を取り払って素人が板を敷いたもののようで隙間があちこちにできている。そこに七、八人の男女が薄い座布団を尻にして思い思いに陣取っていた。客は四、五人と聞いたはずだが、他はおそらく団員なのだろう。虹人たちは部屋の隅《すみ》に積み上げてある座布団を手にして入り口近くに腰を下ろした。宮崎虎之助は虹人に軽い目配せをして弁舌に戻った。

宮崎虎之助が立つ壇の後ろの床の間にはマリアとマホメットの肖像額が並べて架《か》けられていた。そしてその脇には漢詩の軸が垂《た》れ下がっている。なんとも物凄いアンバランスだ。これでは宗教者たちが眉を顰《ひそ》めるのも当たり前に思える。もちろん宮崎虎之助はそれを承知でわざと行なっているのであろうが。

教導と聞かされて信者への説教とばかり思っていたが、違った。客たちはむしろ宮崎虎之助の論理を反駁《はんばく》しようとして訪ねて来た者たちらしかった。意地悪な質問ばかりが飛び交う。それに対して宮崎虎之助は一歩も譲らずに応じる。まさに教導そのものだ。

「神の生活とは、ちょっと考えると分かったような気にさせられますが、よく考えるとまた曖昧《あいまい》になります。われわれ凡人には容易に理解できるものではありません。も少し具体的にお話しくだされればわれわれ愚《おろ》かな者らも頷けることがあるかと思いますが」

一人が手を上げて質問した。

「我を捨ててこそ、神として真実の生を全《まっと》うすることになる。人はその気になればどんなことでもできる。それをやらないのは死んでいることとおなじだ。肉体が滅《ほろ》びることだけが死ではない。生きながら死ぬことをこそ人間は恥としなければならない。本当の死とは生きていながら生活の意義を見いだせないことである。それを諸君らはよく考えねばならない。ただ、その意義にも段階がある。家族のために生きているものはその第一歩に過ぎない。それでも、家族を顧《かえり》みない者に比較すればよほど上等の部類と言えよう。次に国家や社会のために身を捧げる者がいる。この段階に至れば多少は生命の重さが大きくなる。あるいは国家の枠《わく》を離れて全人類のためという自覚を持って生きはじめればさらに生命の輝きが増す。しかし、それが到達点ではない。全人類が暮らす星は宇宙の中の小さな存在でしかない。目を宇宙に向けて、宇宙の一部たる自分、宇宙と自分は一体であるというところまで自覚できたなら、その生命の重さは途方もないものとなるであろう。そうなれば宇宙が自分のものとなる。神の意識とはそのことだ。自らが神であることに気付けば、わが家を清めるように地球を大切にし、家族を思うごとく人類に接することができ、すべての子らが己《おの》れの子となるのだ。それを悟るにはどうしても一度人間の絆《きずな》から自分を解《と》き放たなければならない。家族だけを愛していては他の国の子供たちを愛することができない。わが国家ばかりを憂いていては必ず他の国家が目障《めざわ》りとなる。すべてを捨てて神の生活を実践すれば、すべてがまた己れの手の中に戻ってくる。国は安らぎ、家族が幸福に暮らす生活がそこに実現されるのである」

「お言葉を聞けばもっともと頷けますが、それではなにゆえ預言者のお言葉が多くの人に受け入れられぬのでしょうか?」

「多くの人々はまだ動物の心に支配されているのだ。動物は自分の身の回りのことにしか心を砕《くだ》かない。今日を生きることだけに必死なのである。たとえばここに富士山の頂上から持って来た石と路傍の石があるとしよう。動物にはその区別が分からない。富士山の石はその高みから何百年何千年と下界を見下ろして来た。路傍の石はおなじ時間を人や動物に踏み付けられて来た。もし真理を求めんとする心があれば二つの石の違いを学問によって区分けすることはたやすいであろう。それを学びもせずに石を睨んでいては、いつまで経《た》っても迷いが晴れない。諸君はキリストを学んだか？　マホメットを理解しているか？　釈迦の苦悩を知っているか？　それを学ばずに、なぜ諸君らは預言者を判断できようか。それは釈迦と余の顔や形だけを見較べて、どちらが富士山の石か路傍の石かを見定める動物と一緒なのである。それゆえいつまでも真理を見極めることができない。余が真実の預言者であるかどうか悩む前に、余の言葉を信じよ。そこから神の生活がはじまる」

宮崎虎之助の一喝に質問者は身を縮めた。

「釈迦もキリストもその当時はわずかの人々にしか理解されなかった。反対に当時において隆盛を極めていた宗教は今ことごとく脇に退けられている。この預言者を信ずる者が少ないということと真理とは微塵《みじん》もなく無縁のことである。信仰する者の数の多さで真理が正しいか否《いな》かを決めることこそ動物の心なのだ」

宮崎虎之助は勝ち誇ったごとく結ぶと壇から下りた。虹人らには目もくれずに廊下に向かう。さっきの若者が近付いて来て、客たちが帰るまで待つようにと告げた。

「いや……大した人物ですよ」

若者が側から立ち去ると東は耳打ちした。

「あの自信だけでも勲章もんです。本人がまるきり信じているんですね」

「妙な言い方はするなよ」

虹人は頷きながらも苦笑した。

「さっきの男が言ってたように、言葉にされると明確なんだが、じっと考えるとまたなにがなんだか分からなくなる。そこが凄い。具体的って言ってた割にはちっとも具体的じゃないでしょう。けど圧倒されてつい首を縦に振っちまう。なんでもっと信者が増えないのかな。やっぱり虹人さんが言ってたように宗教じゃないってのが原因ですか?」

「宇宙と一体となるなんて論理はあまりに新し過ぎる。そこがこの時代の人々には理解できなかったのかもしれない。われわれには飛躍した考えでもないが、飛行機がようやく空を飛びはじめた時代なんだぞ。宇宙への認識はまだまだだ。少し自信を失いかけていたけど、彼が神とコンタクトを取った可能性は首の皮一枚で繋《つな》がっている。自分一人の考えであそこまで到達できたとは思えない。なにか示唆《しさ》を受けたんじゃないか? だからこそ自信たっぷりに言えるんだ」

なるほど、と南波たちも頷いた。

そこにふたたび宮崎虎之助が現われた。着ていたフロックコートを脱いでシャツにチョッキというラフな服装だった。彼は自宅においても説教のときはトレードマークのコートを脱がずに行なうのである。

「こちらにお進みなさい」

宮崎虎之助は板壁を背にして四人を招いた。目を瞑《つぶ》って正座の姿勢を崩さない宮崎虎之助の前に四人は神妙に並んだ。

「それで……新聞記者の諸君たちですか」

宮崎虎之助は目を開けて虹人に質した。

「いえ、われわれは先生のお考えに興味を抱いた者です。宗教には不案内ですが、宇宙と人間が一つにならなければいけないというお考えに少なからず衝撃を受けました」

「そうですか。それは嬉しい」

宮崎虎之助ははじめて笑顔を見せた。

「つい先日まで十和田湖に行っていました。そこの宿で先生のことを伺《うかが》ったのです」

ああ、と宮崎虎之助は大きく頷いて、

「あそこには妻の墓があります。十和田湖をどこよりも愛していました」

「先生は神がわれわれの中に在ると力説なされておいでですが『我が新福音』を読みますと神の啓示を月島の海岸にて授かっておられますね。夜のはずなのに虹色の光に包まれたと書いてありました」

「さよう。その夜から私は預言者の役目を担《にな》わされたのです。奇跡が私を変えた」

「そこが私には分かりません」

「と言うと？」

「奇跡を与えてくれた神は先生の心の中に在った神なのですか？　それとも外側の神がそれ以来先生の心の中に入ったということなのでしょうか？」

虹人の質問に宮崎虎之助は満面に笑みを浮かべて得たりとばかりに話しはじめた。

「神は空にもいます。霊魂がすなわちそれなのです。人間の肉体は神の霊体を預かっている容《い》れ物に過ぎない。神はその容れ物として人間を選んでくれたのだ。もし神が犬を選んでいれば、この地球を、もちろん形だけのことに過ぎないが犬が支配していたであろう。人間は自らの力で動物から分かれたのではない。神が人間の中に入ってくれたお陰で今があるのです。肉体が滅びれば神は霊魂となって空に戻る。それこそ人間がもともと持っている動物の心から解放されて真《たましい》の自由を取り戻すのです。多くの人々は心が神であることを知らない。死んではじめて自分の魂が神であったのだと気付く。だからこそ空の神々は私にそれを知らしめるように教えてくださった。人間のまま神を自覚できたなら肉体を持たない神よりも多くのことができるようになる。それが啓示なのです」

「霊魂がすなわち神！」

虹人たちは思わず顔を見合わせた。この考え方はシャーリー・マクレーンよりも一歩進んでいる。東や南波たちも膝を乗り出した。

「すると……霊媒師たちは神と交信しているということになりますね」

「世界でも一握りの数でしかないだろうが、理屈ではそうなるでしょう。ただし、そのほとんどは偽者《にせもの》と思いなさい。特に近頃大流行の透視や念写は神と無縁のものです。むしろ神の進化に逆行したものとお考えなさい」

宮崎虎之助は意外なことを言った。近頃大流行と言えば、あの有名な御船千鶴子《みふねちずこ》や長尾郁子《ながおいくこ》のことを言っているのだろう。虹人にとっても興味を持って追い掛けたテーマの一つだった。

「神の進化に逆行するとは？」

虹人は問い質した。

8

「あなたは透視や念写についてどれだけのことを承知であるか？」

虹人の関心の強さを察知したらしく宮崎虎之助は反対に質問した。

「実験を行なった福来友吉《ふくらいともきち》博士の本を読んだ程度です」

「それで……あなたは信じているのですか」

宮崎虎之助はじっと虹人を見詰めた。

「分かりません」

虹人は正直に応じた。と言って超能力の実在を疑っているわけではなかった。手品とは絶対に思えない映像を虹人は何百と見ている。いわゆる霊能力者と呼ばれる者のうち少なくとも半数以上は常人を超える特別な能力を本当に持っていると思われる。まったくなんの能力も持っていない人間が世間を何年にもわたって騙《だま》し続けることは不可能であろう。それに、能力を持たない人間が霊能力者だと欺《あざむ》いて名を高めようなどと、そもそも考えるものだろうか？　殿様のご落胤《らくいん》だとか偽の系図を騙《かた》るのとはわけが違う。世間を信用させるには実際にそれらしい能力を示して見せなければならない。プロの手品師が転身したのなら分かるが、たいていは一般人が、それも周囲に力を示したことから次第にその存在が広まったというケースがほとんどだ。昨日までなんの力も示したことのない人間が、自分は超能力者であると名乗ったことはない。それを考慮に入れると、やはり超能力の実在を信用するしかなくなる。

ただ、問題はその後のことなのだ。少しでも超能力者としての名前が売れると世間が放っておかない。特にテレビが興味本位に取り上げる。出演回数が多くなるに従って懐疑の目も増大する。その疑いを打破するにはサイコロの目を当てたりする程度では駄目なのだ。なんの能力も持たない人間でも六分の一の確率で当てるようなものを二、三度続けて的中させても世間は納得しない。調査のしようもない前世を口にしても仕方がない。スタジオの中に幽霊がいると口にしたところで、他のだれにも見えないのでは力の証明にはならない。結果としてショー的な公開実験を実行せざるを得なくなる。スプーンを曲げたり、ポラロイドカメラに文字や風景を念写したり、タレントの部屋を透視したりするやり方だ。だが、そこに落とし穴が待っている。その大半が手品やテレビ局側との裏工作があれば能力と無縁にだれもが実行できるものなのである。テレビ局としては、スタジオに集まっている一般の人間に対する透視では視聴率を稼《かせ》げないとの判断から有名タレントを被験者に選んでいるのであるが、見ているほうはそう思わない。ギャラを貰って出演しているからにはヤラセがあっても不思議ではないと感じる。おまけに、あらかじめそのタレントの部屋などをカメラで撮影しているとあってはなおさらだろう。いくらでも霊能力者に事前に見せることが可能だ。霊能力の証明をだれにも分かるようにしようとすればするほど、トリックへの疑いが強まっていく。そうして多くの超能力者たちが消えていくのである。そうしたことはなにも今に限ったことではなく明治の末年辺りにもあった。

それが御船千鶴子と長尾郁子の二人を不幸な結果に追い込むことになった。二人は霊能力者として、まさに頂点に立った直後に公開実験の失敗から一転して詐欺師と罵られ、一人は自殺し、もう一人は怒りと苦悶《くもん》の中に病没した。虹人はこの二人の能力に興味を抱き、数奇な人生と絡めて番組を拵えたことがあったのである。そしてその構図が今とまったく変わらないことに愕然《がくぜん》となった。

二人が少なくとも透視に関して特別な能力を持っていたことは間違いない。ともに地方都市に暮らして無名の頃に数々の成果を挙《あ》げている。失《う》せ物を捜し当てたり火事を予測した程度のことだが、驚くべき確率で的中させているのだ。彼女たちのそれぞれの地元新聞がその能力の素晴らしさを取り上げたことから二人の名は全国に知れ渡った。全国新聞まで肯定的な視点で何十回も二人を紹介する。心霊研究の必要性が学者たちから力説され、人間の秘めた能力への期待が高まった。その状況がなんと三年近くも続いたのである。明治四十二、三年の時点で御船千鶴子と長尾郁子の名を知らぬ日本人はほとんどいなかった。二人の家には連日多くの者が押し掛け、失せ物や未来について質した。沈没した船の行方《ゆくえ》や国の政策を訊ねに来る政治家までいたというのだから凄《すさ》まじい。日本中が霊能力の実在を疑わず、二人は神に等しい扱いを世間から受けていた。だが、そこに科学者たちが関係して来る。失せ物捜しや予言など他愛もないことだと笑っていた彼らも穏《おだ》やかではなくなったのだ。透視や予言は物理の法則に真っ向から対立するものだ。このまま二人の能力を放置すれば物理そのものの基盤が危《あや》うくなる。東大の科学者たちは二人の能力をこぞって否定しはじめた。だが、おなじ東大の中に超能力の実在を疑わない人物があった。心理学教室で教鞭《きょうべん》をとる福来友吉である。疑わないどころか、彼こそ二人の支援者だった。彼は二人をしばしば訪れて透視や念写の実験を繰り返していたのである。

二人の名が高まった背後に彼の存在が大きく作用していたことは否めない。なにしろ当時の東大の権威は絶大だった。そこで心理学を教えている人物が太鼓判を押したとなれば、なによりの保証となる。だからこそ同僚の物理学者たちは危惧《きぐ》を抱いたのだろう。学者たちは福来友吉の行なっている実験の杜撰《ずさん》さを指摘した。たとえば御船千鶴子は鉛の筒《つつ》に封印した紙に書かれている文字を見事に透視して言い当てるのだが、なぜか彼女は気持ちを集中させると言って必ず一人で部屋に閉じ籠《こも》るのである。また長尾郁子は写真の乾板に文字や絵を念写する。だが、いつも乾板は別の部屋に置かれる。念を送るのに成功したと長尾郁子が宣言した後にだれかがその乾板を取りにいく。そして皆の前で乾板を取り出して見せるのだ。

どちらもトリックの可能性を否定できない。封印を綺麗に剝《は》ぎ取って中を覗くことは練習次第で簡単にできるはずだし、だれも近付かない別の部屋にある乾板も仲間があれば楽にすり替えられるであろう。その不自然さに気付かない福来博士の態度も奇妙である。もしかすると嘘と知りつつ二人を擁護《ようご》しているのではないか？　この指摘によって世間は揺れ動いた。無条件で二人の能力の凄さを煽《あお》ってきた新聞は掌《てのひら》を返すように科学的な証明をすべきであると力説した。この新聞の攻勢に遭って二人はやむなく物理学者立ち会いのもとによる公開実験をしなくてはならなくなった。結果は散々だった。御船千鶴子は透視を成功させたものの、学者たちが預けた鉛の筒ではないと糾弾《きゅうだん》された。それは福来博士から預かっていた筒だったのである。彼女は学者たちから渡されたものは鉛が厚くて透視がむずかしかったので慣れているほうを用いただけだと主張したが、世間は納得しなかった。一方、長尾郁子の実験はなんの手違いからか箱に乾板が入っていないことが事前に判明して中止となった。

長尾郁子が怒り狂ったのである。けれどこれも能力を疑われる結果となった。本当に能力があれば、あらためて箱に乾板を封入して実験を開始すればいいことである。乾板が入っていなかったことを理由に公開実験を避けたのではないかという憶測が膨らんだ。念写は特別な能力によるものではなく、あらかじめ別の乾板にラジウム光線を放射して文字を描き、手品ですり替えた可能性が強い。新聞は学者たちが正式な見解を発表する前に独断で書き立てた。世間を騒がす悪質な詐欺であって、断じて許される行為ではない、と。

その記事を読んだ御船千鶴子は直後に毒をあおって自殺した。二十五歳の若さだった。そして長尾郁子は詐欺師と断じられて以来、鬱々《うつうつ》とした日々を過ごした。それまで町のだれからも地元の誇りとして尊敬と羨望《せんぼう》の目を注がれていたのに、新聞記事が掲載されると一変した。子供たちから「ラジウム、ラジウム」と囃《はや》されて石まで投げ付けられる始末だったと言う。長尾郁子は病いの床に就《つ》き、公開実験からわずか一ヵ月半後に病没した。

なんともやり切れない結果である。新聞が自らスターを作り上げ、自らその命を葬ったのだ。福来友吉も非難の対象とされた。彼は間もなく東大から追いやられてしまった。超能力の実在を証明したくても肝腎《かんじん》の二人が亡《な》くなってしまっては、もはや為《な》す術《すべ》もなかった。そうして日本で最初の超能力に対する一般の関心は急速に萎《しぼ》んでしまったのである。

この取材のときほど虹人はマスメディアの中にいる自分に絶望と嫌悪《けんお》を感じたことはなかった。自分たちの行なった思い上がりに対して反省が見られる記事はほとんど見当たらなかった。二人の売名行為がそもそもの原因であるかのように言い繕《つくろ》っている。確かに公開実験直前の二人にはトリックと疑われても仕方のない様子がいくつも見られる。だが、そこまで二人を追い込んでいったのは明らかに新聞であった。いつも失せ物捜しでは記事にならない。こんなことはできないか、あんなこともできそうだ、と記者たちが二人を盛んにけしかけた形跡がある。その要求に応じる形で二人はどんどん新たな能力に挑戦していった。記者たちが信じてくれていると思えばこそ喜ばせてやりたかったに違いない。その心は容易に想像がつく。なのに二人はいきなり記者たちから詐欺だと詰め寄られた。あまりにも人の心を無視した行為であろう。なぜ、たった一人でも二人の能力を弁護する記事を書かなかったのか？　初期の段階で確信を抱いた記者は大勢いたはずである。御船千鶴子の自殺はそういう記者たちへの抗議である、と虹人は感じた。

しかも……今もマスメディアの体質は変わっていない。さんざんに超能力者を持ち上げる番組を拵えておきながら、少しでもトリックではないかと騒がれると厳密な科学番組ではない、あくまでもバラエティショーなのだと主張し、挙《あ》げ句《く》の果ては興味本位に取り上げるのは好ましくないとの判断から今後は自粛の方向を目指すなどと平気な顔で発表する。そうして世間から疑いを持たれたままの超能力者がいったいどれだけいるだろう。彼らには弁明する機会さえ与えられないのだ。マスメディアは紙面や時間を埋める材料さえあればそれでいいのである。利用されるほうにも問題がある、とマスメディアの側は言うが、超能力者はタレントとは違う。やはり責任はマスメディアにあるのだ。

「宮崎先生のほうはいかがお考えですか？」

虹人は膝を進めた。

「御船千鶴子さんと長尾郁子さんのことです」

「能力は疑ってはおりません」

宮崎虎之助は断言した。

「ただし、無用な能力だった。人間にとってなんの役にも立たない能力である」

「どうしてです？　人に見えないものを透視できたら素晴らしい」

「あなたは人間の進化ということを少しも理解していないようだ。だからこそ私は透視や念写を進化に逆行するものだと言ったのです」

「………?」

「進化とは俊敏になるばかりが進化ではない。それ以上の能力が発達するために、それ以下の能力が消滅することも含んでいる。たとえばわれわれ人間には尻尾《しっぽ》の痕跡がある。気の遠くなるほどの大昔に人間には尻尾が生《は》えていたかもしれない。尻尾は確かに便利なものでありましょう。枝にぶら下がることもできれば手足の役割を務《つと》めることもある。しかしそれがあれば尻尾に頼って二本の足で立つのが面倒になる。猿がいつまでも二本の足だけで立って暮らそうとしないのは尻尾が邪魔をしている。尻尾を切り捨てることによって人間は動物と異なる存在に進化したのです。また犬のように人間の何百倍も嗅覚《きゅうかく》の優れている動物がたくさんいる。少し考えると羨《うらや》ましいようだが実はそうではない。弱い存在だからこそ、その嗅覚に頼らなければならないのだ。生水や腐った食い物の識別ができなければ犬はたちまち命を失ってしまうだろう。ところが人間は別だ。煮たり焼いたりして黴菌《ばいきん》を殺すことができ、泥水まで消毒して飲む知恵を持っている。今より何百倍もの嗅覚はむしろ邪魔でしかない。食卓に着きながら同時に隣り近所の食卓の匂いを感じることになる。どぶの臭《にお》いや台所の床下で死んでいる鼠の腐った臭いまでしてくる。それで満足な食事ができるはずがない。馬のように走れる足を羨む者もいるだろうが、その速さを乗り越えようとする願いが車や汽車を工夫する力となる。われわれの体のすべてはそうして進化を遂げてきたものに他ならない。よく考えれば自明の理ではないか。人間より遥かに優れた能力を持つ動物は、全体において遥かに人間に劣《おと》っている。こうもりは闇を飛んでも本当の視力はほとんどないに等しい。猫は聴力に優れているゆえに、いつも敵に怯えて熟睡することがない。弱い者ほど五感が鋭敏にならざるを得ないのだ。人間は進化を遂げたからこそ、そういう能力を必要としなくなったのであって、それを求めることは逆行を意味する。透視と言って騒いだところでエッキス光線を人間はすでに発明しているではないか。あれを用いればだれにでも人間の体の中まで見透《す》かすことができる。汽車があればだれでも簡単に行き着けるところに、わざわざ歩いて行こうとしているようなものだ。それができたからと言って驚くには値《あたい》しない。そのうえ、透視の能力が進めば反対に大事なものが見えなくなっていく。エッキス線もしかり、光量を強めれば骨までも透かして治療の役には立たなくなる。美しい模様の描かれた茶筒の中の茶葉が見えたとて楽しいだろうか？　模様を書こうとする気持ちこそ人間の進化の賜物《たまもの》なのだ。すべて生活が本位であると思わなければならない。その生活に適合するようにわれわれは成長して来たのだ。テレパシーということも近頃盛大に言われているが、われわれには言葉がある。文字がある。電信や電話まである。それらを持たない下等動物には必要不可欠な能力でも、人間にはもう要《い》らないものと認識すべきだ。そればかりか透視以上の能力をすでにわれわれは授かっている。肉眼をもってして見ることのできないものをわれわれはちゃんと見極めることができる。相手の善悪や悲しみや喜びを心で感じ取ることができる。それを忘れて箱の中の文字を透視する能力や、愚にもつかない念写に羨望を抱く者は人間の能力の貴《とうと》さに気付いていない者と言うべきであろう。あれは大人《おとな》になってから母親の乳の飲み方を思い出したようなものに過ぎない。本当にあれが人間にとっての進化であるとしたなら私にも諸君にも必ず授かるはずである。しかるに、ほとんどの人間に透視や念写の能力が見られない以上、過去の遺物がたまたま何人かに甦ったに過ぎないと実証される。その認識がだれにでもあれば、あれほど騒ぐことはなかったであろうし、信用して貰えないと言って死を選ぶこともなかった。それを私は心底から気の毒に思っている」

そう言って宮崎虎之助は目を瞑った。

虹人は圧倒されていた。東たちもおなじだった。襟《えり》を正して聞き入っていたらしい。

〈本物だな……この人は〉

虹人は内心で呟いた。超能力がスプーン曲げとかカード当てにしか使われない現状を見て無意味な才能だと断じる者はいくらでもいるけれど、進化に逆行する能力だと言い切った人間を虹人は他に知らない。自分にその能力がないことから生み出した詭弁《きべん》と取れなくもないが理屈はまさに正論である。

「ただし、神の声を聞く能力は進化に逆行するものではない」

宮崎虎之助は虹人たちの納得している表情を見定めて続けた。

「神は自分の中に在る。それに気付けば自ずと外に在る神の声も聞こえるようになる」

「私も神と話をしてみたいと思います」

「あなたがさきほど口にした本物の霊媒師を通じてなら」

「先生にその能力はないのですか？」

「私は神に選ばれた預言者であって霊媒とは違う。私自身は神の声を聞くことができても、私が神になにかを言うことはできない。あなたは選ばれた者と能力を授かっている者とを混同しているようだ」

宮崎虎之助は微笑《ほほえ》んで、

「選ばれた者に特別な能力は要らない。必要があれば神のほうから私にそれを伝えて来る」

「………」

「なぜかは知らないが、あなたは霊媒師を必要としているように見える」

「ご存じなら本物の霊媒師をご紹介ください」

虹人は頭を下げた。

宮崎虎之助の言っている神が自分たちの出会った神と同一であるなら霊媒師を通じてコンタクトを取れる可能性があることに気付いたのである。と言うより、今はそれしか手掛かりがない。試してみる他に思い付く方策はなかった。

「申し訳ないが、私はその方面に知り合いがいない。名前を耳にする者はいても、その人間の能力が本物であるかどうか知らない。従って即答はできない。もしあなたが自分の目で判断すると言うのであれば、後で調べて宿のほうにその人間の名と住まいを教えてあげましょう」

それで構わない、と虹人は頷いた。

やっとなにか瑞光《ずいこう》のようなものが虹人に見えはじめていた。

（宮崎虎之助の会話に関しては彼の著作を参照して著者が再構成してあります）

迷夢

1

次の日。虹人と東の二人は浅草から本郷《ほんごう》にかけての長い道程《みちのり》をのんびりと歩いていた。電車に乗るつもりで宿を出たのだが、なかなか来ない上に乗換えがあるので思い切って歩くことに決めたのである。どうせ二人には急ぐ必要などなかった。

「東京ってとこは歩きやすい町だったんですね。結局、車の道が人を歩きにくくしていたってことだ。こうして道の真ん中を歩いていれば散歩気分でどこまでも行けますよ」

二人はすでに湯島天神《ゆしまてんじん》にまで達していた。この切通しの坂を過ぎれば本郷の界隈《かいわい》に出る。もうじき右手には東大のキャンパスが見えてくるはずだ。

「この湯島の辺《あた》りはあんまり変わってねえな。学生時代に仲間がこの近くの安アパートに暮らしていましてね。確か湯島小学校の側《そば》だった。しょっちゅう転《ころ》がり込んでた。道の裏手はごちゃごちゃして妙な懐かしさがありましたよ。探せばそのアパートが見付かるんじゃないかな」

「無理だな。関東大震災でこの町もほとんど壊滅している。道筋はそのままでも東京は完全に生まれ変わったようなものさ」

「そうか……そうでしょうね」

うっかり忘れていたらしく東は頷《うなず》いた。

「ラムネでも飲んでいこうか」

虹人は湯島天神への参拝客目当ての休み処《どころ》を顎《あご》で示した。さすがに喉《のど》の渇《かわ》きを覚える。

「そのホテルってのはそんなに有名ですか」

店先で立ち飲みしながら東が訊《たず》ねた。

「この時代ではどうかな。まだそれほどじゃないかもしれない。文化人がたくさん出入りしたんで後に名が知れ渡った。よく作家たちが缶詰になっている神田駿河台《かんだするがだい》の山の上《やまのうえ》ホテルを知ってるだろ。あそことおなじものと思えばいい」

「どんな連中が出入りしてたんです？」

「竹久夢二、谷崎潤一郎、宇野浩二《うのこうじ》、坂口安吾《さかぐちあんご》、大杉栄《おおすぎさかえ》、宮本百合子《みやもとゆりこ》、正宗白鳥《まさむねはくちょう》、佐藤春夫《さとうはるお》辺りがよく知られている」

「凄《すご》いメンバーじゃないですか」

「特に竹久夢二と谷崎潤一郎は長逗留《とうりゅう》をしていた。この二人の存在が菊富士《きくふじ》ホテルの名前を世間に広めた原動力となっている」

「もしかしたら今日会えるかも？」

「さてね。竹久夢二は確か大正八年前後にはそこに住んでいたような気もするが……谷崎潤一郎は映画製作の関係で鎌倉《かまくら》方面に引っ越していたんじゃなかったかな」

「竹久夢二だけで充分ですよ」

「色紙かなんかを頼むつもりか？」

「本当に住んでいたらわれわれも何日かそこに泊まりましょう。面白《おもしろ》そうな宿だ」

「ホテルと言っても高級下宿のようなもので長逗留の客ばかりのはずだ。空《あ》き部屋は滅多《めった》になかったと聞いている。それに、きっと高いぞ。あの超人気を誇った夢二さえ狭いシングルの部屋に押し込まれていたんだからな。一階のレストランでコーヒーを飲む程度で我慢するしかない」

虹人はそのつもりで向かっている。宮崎虎之助からの連絡を待つだけのことなので虹人はせっかくだからと菊富士ホテルの観光を思い付いたのだ。一人で行く気でいたのに退屈を持て余した東が同行を望んだのである。南波と純は宿で体を休めると言っていた。

「空き部屋があったら多少の無理をしましょうよ。これじゃいつものロケと一緒だ」

「確かに。経費の節約だけを考えてる」

虹人は苦笑した。仕事という意識が優先するのも事実だが、ロケで旅に出ると有名な観光地に行ってもなにも見ず、仕出しの弁当だけを食べ続けることが多い。食い歩きや紀行番組を作っているわけではないからどうしてもそうなるのだ。東とは京都に二度ほど出掛けているはずだが、金閣寺《きんかくじ》や竜安寺《りょうあんじ》を見ていないし、豆腐料理も懐石料理も食していない。

「この時代には、金があったって二度とは来られませんからね。南波さんも賛成しますよ」

「あの人は文化人に興味がないだろうさ」

「けど名前ぐらいは知っているでしょう。竹久夢二なら日本人の皆が承知です」

「南波さんはそうだろうが、今の若い連中だとどうか分からんな。いつだったかクイズ番組で見たけど、トニー谷《たに》のことをまったく知らない高校生たちがたくさん居《い》た。美空《みそら》ひばりがリーダーシップを取っていた三人娘の名前を全部挙《あ》げるのまでクイズになってるんだから情けない。ましてや高校生の大半が答えられないんだぞ。江利《えり》チエミと雪村《ゆきむら》いづみなんて、それこそ日本人の常識だとばかり思っていたよ。山口百恵《やまぐちももえ》の名を挙げた女の子まで居る。それを思えば竹久夢二を知らなくても不思議じゃない」

「トニー谷と夢二は違うでしょうけど」

東は参ったという顔をして、

「今のガキたちは興味のないものにまったく目を向けないですからね。なんでもかんでも古いと決め付けちまう」

「知らないことを恥だとは考えていないんだ」

虹人は珍しく舌打ちした。

「われわれの若い頃はそれとの格闘だったよ。知らないのは自分の未熟さだと思っていた。仲間との競争もあるから興味のない問題にまで関心を広げた。小説のサークルに何度か顔を出したことがあるけど、冷や汗の連続だった。はじめて耳にする作家の名前がどんどん並べられる。質問がこっちに向けられると話を逸《そ》らすのに苦労した。けど、その悔《くや》しさがバネになった。お陰でずいぶん多くの小説を読むようになった。知らないことを恥とする気持ちが人を成長させる。すべてに亘《わた》って知らないで通るなら頑張る必要もない」

「なんで今の若い連中は違うんですかね」

「大人《おとな》社会への侮辱《ぶじょく》と嫌悪《けんお》があるんだろう」

「………？」

「尊敬があれば人は自然に学ぼうとする姿勢になる。くだらない大人ばかりだから自分の殻《から》に閉じ籠《こも》るようになる。自分が中心であるなら興味のない問題は捨てても構わない理屈になる。根は案外深いんじゃないのか。美空ひばりも石原裕次郎《いしはらゆうじろう》も若い連中にとってはただのオバンやオジンでしかないのさ。どんな人間であったか知らなくても関係ない」

「なるほど」

「歌手や俳優ならこっちも笑って許すことができるけど、読みもしないくせしてポオやホフマンを一蹴《いっしゅう》されるとさすがに腹が立つ。その子供たちはゲームに毛の生《は》えたような小説しか読んでいないんだ。なのにどうして簡単に否定できるんだろうな。自分の読書のレベルがどこにあるのか気付いていない。それをわれわれは恥だと認識していたんだ」

「戻ってもしょうがない世界だって気がしてきましたよ。ちょっとガキを甘やかしてしまったのかもしれませんね。あの宿の子供みたいなのはとっくに居なくなった」

東の言葉に虹人も頷いた。まだ九つなのに丁寧《ていねい》な応対で、しかも溌剌《はつらつ》とした子供なのだ。学校から戻ると風呂の薪《まき》割りとか掃除の手伝いまで厭《いや》な顔一つ見せずに行なっている。

「自分の家ばかりが厳しく躾《しつ》けても、周囲が甘やかしているから結局諦《あきら》めてしまうのさ」

ラムネの残りを飲み干して虹人は瓶《びん》を店に返した。

2

二人は道を訊ね歩いてようやく本郷菊坂《きくさか》の菊富士ホテルに辿《たど》り着いた。本郷界隈はそれなりに知っているつもりだったが、ずいぶん道が変わっている。いや、変わったのは虹人たちの時代のほうで大正年間に責任はない。

「菊富士ホテルってのは綺麗《きれい》な名前だと思っていたけど、菊坂と元富士《もとふじ》見《み》町に挟まれているところから付けられた名前だったんだ」

うろうろと歩いたお陰でそれを知った。

「洒落《しやれ》たホテルじゃないですか」

階段部分が尖塔《せんとう》になっている三階建ての洋風建築を眺《なが》めて東は喜んだ。

「ヨーロッパの閑静《かんせい》な宿って感じがする」

「やっぱり高そうだろ」

「食事付きだと三円は取られそうですね。今の宿の五倍はしそうだ。さすがに南波さんが首を横に振るかも」

東も諦めた顔をしてドアを押した。

「いらっしゃいまし」

フロントの男が東を認めて声をかけた。

「どなたかお訪ねですか？」

男は続いて入った虹人にも挨拶《あいさつ》した。

「食堂でコーヒーだけを飲みたいんだけど」

虹人が言うと男は微笑《ほほえ》んで席を示した。フロントの正面に階段が設《もう》けられていて、半地下の食堂が広がっている。白いテーブルクロスが落ち着いた雰囲気を醸《かも》し出していた。

「どうぞごゆっくり。直《す》ぐに用意させます」

虹人はホテルの内部を見回して胸をわくわくさせた。いかにも瀟洒《しょうしゃ》な内装である。夢二や谷崎が好んで長逗留したのも納得できた。小振りだが典型的なアールヌーヴォーのシャンデリアが吹き抜けの天井から吊《つ》り下がっていた。大正時代の人間にとってここは憧《あこが》れの空間だったに違いない。

二人は食堂へ降りて円《まる》テーブルに着いた。窓のステンドグラスを透《す》かして柔らかな午後の陽射《ひざ》しが床を満たしている。

「侮《あなど》れないですね」

東は椅子やテーブルを点検した。この時代は技術が足りないので西洋の家具はたいてい本物を輸入したものである。

「不思議な気がしませんか。昔のほうが俺たちの時代よりなんでも進んでいる。俺たちの時代って、たいていコピーしたものじゃないですか。コーヒーだってそうですよ。どこで飲んでも本物の味がする」

「本物の豆を使うしか方法がないからさ。われわれはどこでも手軽にコーヒーを味わえるけれど、その代わり本物のコーヒーの味を忘れつつある。インスタントコーヒーの味のほうが好きだと広言して憚《はばか》らないやつもいるからな」

「言えてる。何十種類ものインスタントコーヒーの銘柄を揃《そろ》えて自慢してるやつがいます。それよりは自分で豆を挽《ひ》いて作るほうが旨《うま》い」

「コーヒーでおよろしいんですのね」

そこに年配の女性が現われて注文を確認した。どうやらフロントの男の夫人らしい。

「夢二さんは滞在中なのかな」

東は夫人に質《ただ》した。

「先生のお知り合いでしたの」

「いや、夢二さんの絵が好きなだけでね」

「それは残念でしたこと。先生は旅行中です」

「いつお戻りに？」

虹人も身を乗り出した。

「さあ……気紛《きまぐ》れなお方ですから」

笑って夫人は厨房《ちゅうぼう》へ引き返した。

「他はだれが滞在しているんでしたっけ」

「知らんよ。時期が重なってたかどうか」

虹人は東を小声で制した。この調子だと夫人にあれこれ話しかけて全部の宿泊者の色紙でも貰《もら》いかねない。


「昨日の宮崎虎之助のことなんだが」

コーヒーを口にしてゆったりとした虹人は東に考えを言った。

「あの話が本当なら道は案外早いかもしれない。望みが出て来た」

「どの話です？」

「霊媒師を通じて神とコンタクトするって話さ。昨日は漠然《ばくぜん》と神をイメージしていたが、本当にそれができるとしたらわれわれの苦境を伝えることができるって理屈になる」

「だれに？」

「だから神だよ。われわれはもう何人かの神と知り合ったんだぞ。もしイシュタルとコンタクトが取れれば問題は一挙に解決する。あのタイムマシンにイシュタルが直接関わっていたんだ。間違った時代にわれわれが到着したと知れば必ずなんらかの手を打ってくれる」

「そんなことができますかね」

東は首を傾《かし》げた。

「第一、そうなると時間はどうなります？　本物のイシュタルと通信ができたとしても、イシュタルだってこの現在に居るわけでしょう。どうやって過去に戻れるんです？」

「彼らはタイムマシンを持っているんだ。だからこそわれわれは過去の世界に行くことができた。それならなんでも可能なはずだ」

「都合よくイシュタルを呼び出せますか？」

半信半疑の顔ながら東は質した。

「霊媒師の力を信用できるかどうかの問題にもよるけどね……たとえば大本教の指導者である出口王仁三郎はスサノオの分霊が自分の中に宿っていると世間に公言していた」

「スサノオ！」

東は声高《こわだか》に繰り返した。

「彼が口述筆記した『霊界物語』はスサノオによってすべてが導《みちび》かれたものだとされている。確かにそうとでも考えないと納得がいかないくらいのスピードで書かれた。三日に一冊のペースで作られたんだよ。しかも八十三巻という膨大な物語だ。とても人間業《わざ》とは思えない。内容が荒唐《こうとう》無稽《むけい》過ぎて大本教の信者以外にはほとんど読まれていないだろうが、それでも背後に人智を超えたパワーが介在した可能性は多くの研究者も認めている」

「…………」

「彼はスサノオによる国家の建て直しが必ず行なわれると力説した。スサノオはもちろん強大なパワーを持った神だから、世間を納得させるために王仁三郎が単に持ち出して来た可能性も否定できないが、もし事実としたなら彼を通じてスサノオとコンタクトを取れるじゃないか。スサノオとは剣を交《まじ》えた仲だ。名乗ればきっと思い出してくれるだろう」

「しかし……どうも信じられねえな」

東は額《ひたい》の汗を拭《ぬぐ》った。

「俺もそう簡単に運ぶとは思っちゃいないよ。だが、試みてみるしか判断ができない。駄目でもともとだろうさ」

「それもそうです」

東も大きく頷いて、

「となると出口王仁三郎を訪ねればいいってことですか」

「いや、彼は無理だ。スサノオとの繋《つな》がりは彼の一番の宝だ。第三者を気軽に介在させるはずがない。それに大本教の本部は関西にある。断わられたらそれこそ無駄足だ。俺が言ったのは現にスサノオとコンタクトを取っている人間が居る以上、イシュタルとも直接話し合える可能性が出て来たということだ」

「霊媒師の力によっては、ですね」

「嘘《うそ》なら直ぐに判断できる。万が一、その霊媒の口から鹿角の名前でも飛び出せば……」

「本物のイシュタルってことだ」

東は目を輝かせた。

そこにコップの落ちる甲高《かんだか》い音が響いた。コップは割れずに床を転がった。二人は振り向いた。食堂の隅《すみ》で新聞を読んでいた男が慌《あわ》ててコップを追いかける。東はコップを拾って男に手渡した。二人の直ぐ後に食堂に入って来てコーヒーを注文した若者である。

「どうも」

若者は虹人にも頭を下げながら、

「霊媒師などという言葉が聞こえたもので、つい聞き耳を立ててしまいました。私もその方面は嫌いなほうじゃないので」

虹人と東は思わず顔を見合わせた。

「ご一緒して構いませんでしょうか」

若者は返事も聞かずに立ち上がった。

「怪しい者ではありません。近くの団子《だんご》坂で古本屋をやっている平井《ひらい》という者です。コーヒーが趣味なものですから、こうしてあちこちの味を試して歩いているんです」

若者は虹人の隣りに腰を下ろした。

「今は頼まれて『東京パック』の編集を受け持っていましてね。面白そうな話を小耳に挟むと我慢ができなくなってしまう」

若者はにやにやと笑った。

「探偵小説も好きなんです。それで道楽に近い古本屋を開いたようなもんです。拙《つたな》いものですが、コナン・ドイルのホームズ物をいくつか翻訳しました」

押し出しの強い顔を虹人はじっと見詰めた。

団子坂の古本屋。探偵小説。コナン・ドイル。そして平井という姓。髪がふさふさとして、まるで別人の印象だが虹人には目の前の男がだれであるか見当がついた。彼がこの菊富士ホテルに出入りした一人であるのも虹人は思い出した。

〈平井太郎《たろう》……〉

それは江戸川乱歩《えどがわらんぽ》であった。もちろんまだ探偵小説作家となる前の彼である。

そうとも知らず東は図々《ずうずう》しいやつが側に来たという顔をして彼を睨《にら》み付けていた。

3

相手の饒舌《じょうぜつ》さに東は辟易《へきえき》としているようだった。やたらと外国の作家の名前を口にするとこ

ろも知識をひけらかしている感じで気に障《さわ》るのだろう。虹人は内心で苦笑して、

「江戸川乱歩だぞ」

東に小さく耳打ちした。聞き取れなかったのか、東は小首《こくび》を傾げて虹人に目を動かした。

「あの江戸川乱歩さ。少年探偵団」

今度の囁《ささや》きは通じた。東はぎょっとした顔で虹人と乱歩を交互に見やった。

「なにか？」

乱歩は怪訝《けげん》な様子で東に質した。返事もせずに東はまじまじと乱歩の顔を眺めた。ふさふさとした髪を七・三に分けている。が、額は広く、髪の質も柔らかそうだった。確かに何度か写真で見たことのある乱歩に似ている。似ているのは当然だろう。本人なのだ。

「江戸川乱歩って、こんな古い時代に？」

うっかりと東は声を強めて虹人に訊ねた。突然に緊張が襲ったせいである。

「ポオがお好きですか」

乱歩は目を丸くした。東は慌てて頷いた。乱歩の勘《かん》違いを幸いとしたのである。東とて江戸川乱歩のペンネームがエドガー・アラン・ポオに由来することは知っている。

「これは奇遇だな。いや、嬉《うれ》しいです」

乱歩は張り切って東に腕を差し出した。

「ぜひ親しくさせてください。ぼくは今、探偵小説に夢中なんですよ。商売の古本屋そっちのけ

で小説も書いています」

「どんなやつを?」

慎重に虹人は質した。好きで全集も持っているが、滅多なことは言えない。

「いや、まだ活字にはなっていませんが……友人と共同で探偵小説の出版をしようかと本気で計画もしています。今の日本はだめだ。探偵小説の本当の面白さを理解していない。岡本綺堂《おかもときどう》の捕物帳が最高だと思っている。外国をご覧なさい。ポオ、ドイル、ルブラン、ルルー、フリーマンといくらでも凄い小説家が居る。英国では探偵小説がシェークスピアよりも読まれている。日本で期待の持てるのは谷崎潤一郎ただ一人でしょう」

乱歩の口調には熱が込められていた。

「お若いのにずいぶん勉強していますね」

「若くはないです。もう二十五ですよ」

虹人に乱歩は笑って答えた。

「だって、ほとんどは原語でしか読めない本のはずだ。感心するな」

「好きこそものの上手《じょうず》なれ、ってやつです。辞典と首っぴきで格闘しています。興味をお持ちでしたら店のほうにご一緒しませんか? 学生の時分に纏《まと》めたノートがあります。それに目を通していただければありがたい」

乱歩は熱心だった。

「どうせ暇な身だ。行ってみますか」

東は虹人に目配せした。虹人も頷いて、

「趣味で喫茶店巡《めぐ》りをしてると言っていたけど、このホテルに来たのは谷崎潤一郎がお目当てと違うの？」

乱歩に訊ねた。

「そうなんですがね」

乱歩は素直に認めて、

「一度も会えない。映画を作っているとかで東京を留守にしているようです」

「谷崎だと『途上』とか『金色《こんじき》の死』かな」

「信じられない。好みが完全におなじだ」

乱歩は小躍《こおど》りした。当たり前だ。乱歩がその二つの小説に強い影響を受けたことはミステリー好きならたいてい知っている。それで虹人も『途上』を読んだ口だ。どういう反応を乱歩が示すかと思って試したのである。

「生涯の友を得た気持ちとはこのことです。ついでに私の小説も読んでください。ちょっと自信があるんです。密室殺人の小説」

おそらく『火縄銃』だろう、と虹人は思った。活字になった第一作は『二銭銅貨』であるが、その前に水の入ったフラスコのレンズ作用で火縄銃に火がつくトリックを用いた習作を乱歩は書いている。

目の前の乱歩の瞳はきらきらと輝いていた。情熱がこちらに伝わってくる。虹人は少し圧倒されていた。

「よろしければ、参りましょう」

気負い込んで乱歩は腰を上げた。


「しかし……信じられませんよ」

急ぎ足で前を歩く乱歩の円い背中を眺めながら東は何度も首を小さく横に振った。

「凄い時代じゃないですか。宮澤賢治が居る。谷崎潤一郎が居る。竹久夢二も居る。おまけに今度は江戸川乱歩ときた。俺が物心ついたときには皆死んでいたけど、これほど古い時代に生きていたとは思わなかった」

「大して古くはないだろう。たかだか八十年前じゃないか。それにまだ賢治も乱歩も世間には知られていない。青春時代さ」

「乱歩が古本屋をやっていたなんて初耳です。虹人さんは知っていたようですね」

「有名な話なんだがな。結婚してからは下宿屋もやっている。この頃だと思うけど、古本では食えなくてラーメンの屋台を引いて歩いたこともあったらしい。職業を二十くらい転々としたはずだ。結局東京の生活に見切りをつけて大阪に移った。そのお陰で関東大震災を免《まぬが》れた。このまま残っていれば大変だったろうな。この辺りは被害が甚大《じんだい》だったに違いない。その上、古本屋だと揺れで棚が倒れて危ないぞ。店が順調に運んでいれば、われわれは乱歩の小説を楽しむことができなくなっていたかも」

なるほど、と東は頷いた。

「わくわくしてきたな」

虹人の足取りは軽かった。

「店のある団子坂はD坂なんだ」

「でー坂って？」

「記念すべき明智《あけち》小五郎《こごろう》初登場の小説。『D坂の殺人事件』とは、つまり団子坂の殺人ってわけさ。殺人現場に古本屋が選ばれている。自分のやっていた店をモデルにしたんだよ」

「ったく、よく知っていますね」

東は呆《あき》れた。

「乱歩は俺の原点だもの。子供の頃に熱中して読み漁《あさ》った。谷崎や鏡花《きょうか》を読むようになったのも乱歩の影響だ。怪奇現象とか謎というものに関心を抱くようになったのもルーツは乱歩にある。俺が龍を追いかけたりするのも、結局は世界のどこかに存在するかもしれないパノラマ島への願望だろう。全集を何度読み返したか知れないほどだ。さすがに大人の目で見ると後期の少年物は首を傾げてしまうけどな。それでも乱歩の新しさには脱帽する。初期の作品のほとんどは今書いたと言ってもおかしくないくらいだ。あの頭のどこからあんな発想が生まれるんだろうね」

「ちょっと賢治に似てませんか？」

東の言葉に虹人も笑って認めた。どちらもけっして繊細で知的という印象を受けない。むしろおっとりとした風貌だ。


「お帰り」

『三人書房』と看板だけは新しい店に乱歩が足を入れると奥で店番をしている若者が声をかけた。虹人たちも続いた。

「宮尾《みやお》さんが、さっききたで」

若者が報告した。

「そうか。頼んでた漫画、持ってきたか？」

「奥の部屋に置いてある」

「弟の敏男《としお》です。もう一人の弟の通《とおる》との三人で店をやってるんですよ」

「それで『三人書房』という名を」

店の名前まではさすがに虹人も記憶していなかった。虹人は乱歩の弟に軽く会釈《えしゃく》して店内をゆっくりと見回した。二間《けん》半間口の店内の壁は本で埋められている。相当な重量だろうが、床は堅《かた》い土間なので心配はない。店の中央には大きな平台が置かれ、雑誌やまだ新しい本が並べられていた。てっきりマニアックな洋書が取り揃えられていると想像していたのに、棚には案外と普通の本が多かった。いくら乱歩が好きでも洋書は商売にならないだろう。普通の古本屋でしかなかった。

が、レジに近い棚の一番目立つところに何冊か探偵小説が固まっていた。その中の一冊を虹人は手に取った。『奇譚《きたん》』という題名に魅《ひ》かれたのである。立派な表紙だが手製だった。ノートに細かな文字が書き連《つら》ねられている。目次を眺めたら、これも几帳面《きちようめん》な文字でドイルやポオなどの名が記《しる》されている。これがさっき乱歩の口にしたノートに違いない。胸の動悸《どうき》を鎮《しず》めながら虹人は捲《めく》った。三百頁《ページ》近い労作である。探偵小説の歴史を乱歩なりに纏めたものだ。虹人の概念から言うと探偵小説作家とは思えないような人物まで詳《くわ》しく紹介している。ハガードやヴェルヌ、ウェルズはSF作家に分類される。しかし虹人はあらためて乱歩の博識に驚嘆した。ヴェルヌやウェルズまで読んでいたからこそ、あの『大暗室』のような小説が書けたのだ。東京の地下に理想の国家を建設しようと試みる男の話である。あのスケールと驚きは探偵小説から食《は》み出ている。

「もう読んでくださっているんですか」

乱歩が奥の部屋から戻って言った。

「凄いな。これは売り物なの？」

「一応、十円の定価をつけています」

乱歩は照れた顔をして頭を掻《か》いた。十円といえば虹人たちの世界では五万円に相当する。手書きの本とは言え、確かに高い。おまけに学生時分に纏めたと言うのだから二十二、三歳の頃のものだろう。博識は伝わってくるものの、やはりどこか気負い過ぎた文章だ。これではだれも買わないはずだ。この著者が後世、日本の探偵小説の恩人とまで言われるようになることを当時の人間は知らない。

「これ、全部手書きなのかい？」

東は覗《のぞ》いて絶句した。

「十円は安いよなぁ」

乱歩と弟はびっくりして東を見やった。虹人は慌てて東を睨んだ。また悪いクセだ。買うつもりになっているのだろう。もしこれを持ち帰れば莫大《ばくだい》な値がつく。

「俺たちには高いけどさ」

東は睨まれて直ぐに言い換えた。乱歩と弟は爆笑した。虹人も苦《にが》笑いをした。

「この漫画はどうです？」

乱歩は綺麗な原稿を虹人に示した。

「今度の『東京パック』に掲載してやろうと思っているんですよ。若いが才能がある」

どこかで見たことのあるタッチだった。

「なんという人？」

「知らないはずだ。これが本邦初登場」

乱歩は得意そうに口にして、

「岡本一平《おかもといっぺい》さんの弟子で宮尾しげをと言います。期待の新人です」

虹人は大きく頷いた。震災後にめきめきと名を広めた少年漫画の天才である。『団子串助漫遊記』や『かるとびかるすけ』程度は虹人も見ている。のほほんとしたタッチながらSF的で、後続の漫画家たちに多大なる影響を及ぼした。杉浦茂《すぎうらしげる》もその一人だ。

「なかなかやるでしょう」

虹人の頷きを乱歩は誤解していた。

「小説も押し入れから探し出してきました。ぜひ読んでください」

差し出した原稿には『火縄銃』とタイトルがつけられていた。

「向かいの喫茶店にでも行きますか。冷やしコーヒーがあります。ご馳走《ちそう》します」

乱歩は弟に店番を言い付けてさっさと出た。

〈白梅軒《はくばいけん》か……〉

喫茶店の看板を見やって虹人は溜め息を吐《つ》いた。なにからなにまで乱歩の世界だ。明智小五郎はあの喫茶店の常連という設定になっている。あの店の窓越しに明智は古本屋の中の殺人を見届けることになるのだ。

「率直《そっちょく》な感想を聞かせてください」

読み終えた虹人の表情を乱歩は盗み見た。

「俺なんかには……」

乱歩に批評などできない。

「面白くないですか」

乱歩は気落ちした。

「いや、外国の作品に負けない発想だと思う。この小説を論ずるに俺では力不足だと……」

「発想だけではだめですか……」

ますます乱歩はしょげ返って、

「探偵小説は理論だと思うんです。そりゃあ涙香《るいこう》のように美文で迫るものにも、それなりに美しさはある。しかし、探偵小説と他の小説を断然と区別する点は不可解さを整然と解明する理性にあると私は考えています。バートランド・ラッセルは数学に美があると言いました。小説の大半が芸術だとしたら、探偵小説は科学であって数学です。それを支えるのは文章じゃない。公式に等しい謎の解明にあると思いませんか？　感情の起伏ではない。知的興味を刺激することに探偵小説の役割があるはずだ。そう信じて小説に手を染めているんですが……」

「同感だ。ドイルのホームズ物は全編それによって貫《つらぬ》かれている。正しい考えだと思うよ」

虹人は本心から言った。

「ヴェルヌの『地底旅行』やウェルズの『タイムマシン』だって科学的素材を生かした知的興味が頁を捲らせる」

「九鬼さんはなにをしている人なんです」

乱歩はあんぐりと口を開けた。

「筆名で探偵小説の批評でも仕事に？」

「趣味で読んでいるだけさ」

虹人は話を逸らした。原書でなければ読めない本が多かった時代だ。乱歩が驚くのも無理はなかった。

「どうも縁が深いような気がします。さきほどは霊媒の話をしていましたね」

曖昧《あいまい》に虹人は頷いた。

「それもドイルの影響ですか？」

「ドイル？」

「ドイルは探偵小説を止《や》めて、今はその方面に関心を抱《いだ》いているとか。英国の心霊研究協会の正式な会員になったそうです」

ああ、虹人は首を振った。

「天使が実在すると主張して相当に物議をかもしているそうじゃないですか。交霊会にも頻繁《ひんぱん》に加わっているらしい。あのドイルが霊の存在を認めればもちろん大騒ぎになる。どんなことを書いているのか興味があるんですが、本が手に入りません。日本でもこれだけ盛んなんだから翻訳すれば売れそうなもんですけどね」

「あの天使の写真はインチキだよ」

「見たことがあるんですか！」

乱歩は身を乗り出した。

「なにかの本でね。忘れたけど」

虹人は冷や汗を掻いた。有名な写真である。庭の草花に薄羽《うすば》蜉蝣《かげろう》のような翼《つばさ》を持った小さな天使たちが群れ遊んでいるものである。ドイルに持ち込んだのは瞳の綺麗な幼い姉妹たちだった。ドイルはその写真を本物だと信じ込み、雑誌や新聞に発表した。真贋《しんがん》論争が続いたが、だいぶ経《た》ってから当の姉妹たちが、あれは自分たちが遊びで拵《こしら》えたトリック写真である、と告白した。だが、その告白がいつのことだったか明瞭に覚えていない。もしかするとまだまだ先の可能性がある。

「ドイルほど科学的に物事を眺められる作家は少ない。ドイルがそこまで信じているなら霊の世界も実在するのではないかと思っていました。その写真を見てみたいもんですね」

乱歩の言葉に頷きながら虹人はドイルを中心とした英国の心霊研究協会のことを考えていた。そこでは連日のように著名な霊媒を招いて霊界とのコンタクトを試みていたと言う。

〈イギリスか……〉

今の虹人にとってイギリスはあまりにも遠い。虹人は深い溜め息を吐いた。

4

「ずいぶん遅かったですね」

浅草の宿に戻ると純が一人で所在なさそうに本を読んでいた。東が買った映画の雑誌だった。

帰りも途中まで歩いたせいで窓の外はすっかり夕闇に包まれている。

「飯は？」

「まだです。場合によっては外出するかもしれないと思って……頼んできましょうか」

「いや、それなら六区にでも行こう」

虹人は純を制した。だが南波の姿がない。

「風呂屋に行きました。直ぐ戻りますよ」

「あの人も好きだな。毎日風呂屋通いだ」

東は苦笑いをしてたばこに火をつけた。

「この宿だと狭い上に時間が決められていますからね。俺たちも汗を流してきますか」

「億劫《おっくう》だ。顔だけ洗ってくるよ」

虹人は手ぬぐいを肩に階段を下りた。

「菊富士ホテルはどうでした？」

純はにやにやしている東に質した。

「正直者には福が宿るってのは本当だ。若いくせして体を休めようなんて根性なしには、いつまでも御利益《ごりやく》が授《さず》からんぜ」

「なんです？」

「江戸川乱歩と出会ったぜ。少年探偵団」

「そこに泊まってたんですか！」

純は目を丸くした。

「まだ物書きじゃねえ。団子坂界隈でちっちゃな古本屋をやっていた。偶然菊富士ホテルの喫茶室で一緒になった。虹人さんと霊媒師の話をしてたら興味を持ったらしくて向こうから声をかけてきたんだよ。髪もふさふさだし、若い。俺はまるで気付かなかったが、虹人さんは話の途中で乱歩だと分かった。それですっかり意気投合して、その古本屋まで遊びに出掛けたってわけさ。この時代は面白えな。いろんな人間が居る。店に乱歩直筆《じきひつ》の分厚いノートが飾られていた。探偵小説の歴史を解説したものだ。直筆だけあって十円の値がつけられていたが、安い。あんなのを持ち帰ることができりゃ二、三百万になるんじゃねえか？　虹人さんが怖い目で睨んでたから諦めたがね。結局売れなくて乱歩の手元にずうっと残っていたと記録にあるそうだ。その後の行方はわからないが。俺が買えば歴史を変える恐れもある」

「行けばよかった」

純は悔しそうな顔をした。

「いつでも紹介してやる。この宿の名を教えたから乱歩のほうから訪ねてくるよ。虹人さんが探偵小説に詳しいんで驚いてたぜ。ドイルとかポオの話で盛り上がった。帰り道は大笑いさ。虹人さんがそういう本を読むようになった切っ掛けは乱歩の影響だ。言わば子が親に物を教えたってことになる。ちょいと虹人さんも辛《つら》そうだったな。あんまり乱歩が熱心に質問するんでたじたじになってた。迂闊《うかつ》なことを口にするとボロがでる。なにしろ半端《はんぱ》じゃねえんだ。虹人さんの話をいちいちメモしてた。よっぽど好きなんだな。そこで万が一、まだ出版されていねえ本の名を挙げりゃ後で不審を抱かれる。ましてや今は外国の探偵小説や怪奇小説が簡単に読める時代じゃねえ。別れた後はくたくたさ」

「そんなに乱歩は詳しいんですか」

「そりゃそうだろう。虹人さんの話だと分厚い研究書みたいなやつも書いてるとか」

そこに南波が風呂から戻ってきた。

「惜しいことをしましたよ」

純は説明した。南波も驚いた。江戸川乱歩ほど知られている存在は少ない。

「ところで宮崎虎之助からなにか連絡は？」

東は純を見やった。

「なにも。今日はずっと宿にいたけど」

「日本じゃ無理かもしれんな」

「と言うと?」

「虹人さんはロンドンに行きたがっている。心霊研究の本場はイギリスだとさ」

「ロンドン……」

南波と純は顔を見合わせた。

「シャーロック・ホームズを書いたコナン・ドイルがその方面の専門家だそうです」

東は南波に伝えた。

「乱歩も言っていましたよ。専門家と言ってもドイルが霊媒師ってことじゃなく、心霊の存在を信じて盛んにその真実を追究しているって意味ですが」

「意外だな。はじめて聞いた」

南波は灰皿を手元に引き寄せた。

「すると、われわれもロンドンに?」

純は顔を輝かせた。

「簡単に言うなよ。ロンドンまでどれだけ金が要《い》ると思ってるんだ。安売りの航空チケットが手に入る時代じゃねえぞ。一カ月以上もかけて船で行くしかない。船底で我慢するにしても、とてつもない金がかかる。手元に残っている金でも一人が行けるかどうか。それに第一、パスポートをどうする？　俺たちゃ幽霊と一緒だ。そもそも日本を出られんさ」

そうか、と純は肩を落とした。

「なんとか皆で知恵を絞ろうか」

いつの間にか虹人が廊下に立っていた。

「諦めるしかないと思っていたけど、ここで引けば一生の悔いが残る。もし元の世界に戻れなくなった場合には、どうせ身許保証をきちんとしなくちゃならない。でなきゃ暮らしていけないだろう。いつまでもこういう宿を転々とはできない。それなら頑張ってみるしかないさ。パスポートが入手できれば金はなんとかなる。四人が力を合わせればね」

「同感です」

南波も大きく頷いた。

「ロンドンに行けば望みはありますか？」

純は腰を浮かせた。

「ゆっくり外で飯でも食いながら説明しよう。腹が減って目が回りそうだよ」

虹人はそれでも純に笑顔を見せた。

5

「コナン・ドイルが心霊の存在に関心を抱きはじめたのはアメリカのハイズヴィルという町に起きたポルターガイスト現象だとされている。これは一八四〇年代に起きた事件だから相当に古い事例だ。コナン・ドイルが生まれる前のことだよ。物書きとなってからドイルは探偵小説との関連もあって、そういう心霊現象についての本を読みはじめたわけだが、このハイズヴィル事件にはまったく頭を悩ませた。どう考えても現実としか思えない。最初は懐疑的な姿勢で臨《のぞ》んでいたドイルも、それから実際の霊媒師の行なう交霊実験に立ち会うようになり、ついには霊の存在を認めるに至った。そこでハイズヴィル事件を切っ掛けとして誕生したに等しいイギリスの心霊研究協会の会員に加わった。後年にはその協会の名誉会長までになっている。物書きの遊びなんかじゃない。彼は自費を投じて心霊の存在を人々に訴えるのを目的として世界を講演して回った。ホームズ物で得た印税のほとんどを費《つい》やしたと聞くから、熱心さが想像できるだろ。彼は世間の物笑いになっているのを承知でそれを生涯貫《つらぬ》き通した。例の天使のインチキ写真を本物だと信用した裏側には、絶対に天使が存在するという確信があったからに他ならない。だが、その写真をドイルに持ち込んだ当人たちがトリック撮影だったと世間に告白したことにより、ドイルへの信頼が一挙に下落した。同時に心霊研究に対するうさん臭さが世間から叫ばれるようになった。ドイルの名声が逆効果をもたらしたと言ってもいい。以降、まともな学者は心霊研究に手を出さなくなった。皮肉にもドイルが火をつけて、水をぶっかける形となったのさ」

虹人は浅草六区の裏通りにある鍋物屋で鳥の水炊《みずた》きを食べながら皆に説明していた。この時代では圧倒的に鶏が旨い。しかも安い。

「そのハイズヴィル事件と言うのは？」

南波が興味を持った。虹人は頷くと丁寧に伝えはじめた。と言ってもコリン・ウィルソンの著書で読んだものの受け売りである。


――一八四〇年の三月、ニューヨーク州ハイズヴィルの農場に住むフォックス一家は、まったく原因不明の大きな叩音《ラップ》のために夜眠れなかった。フォックスの娘たちのうちで年下の二人――十五歳のマーガレットと十二歳のケイト――のどちらかが指をならすと、ラップがその音をまねた。音を聞きにきた近所の人が、「イエス」には叩音ひとつ、「ノー」には叩音ふたつにして、質問を試みた。ききわけのいい霊は、その場にいたさまざまな人の年齢をあて、ほかにも算術的ないろいろな質問に答えることができた。

この時点で、その隣人はアルファベットのコードをつくって霊自身に関する質問に答えさせることを思いついた。霊は自分が五年前にこの家で死んだチャールズ・B・ローズマという名の行商人であるとあかした。詳しく語るように求めると、霊は、東側の寝室でのどを切られて殺され、その後地下室に埋められた、と語った。警察の調査ではローズマという名の行方不明の行商人は見あたらず、殺人捜査は行なわれなかった（しかしながら一九〇四年に別の地下室の崩れた壁から男性の白骨が出て、行商人の使用する箱がそばに見つかっている）。その後まもなく、ポルターガイストの叩音《ラッピング》現象は通常の「幽霊現象《ホーンティング》」にかわり、激しい格闘の音とひどいゴロゴロ声（おそらく男の咽喉が切られたため）、それから床の上を死体を引きずる音が聞こえた（この結果フォックス氏の髪の毛は白くなった）。

一方、叩音は家から家へ少女たちをついて回った。さまざまな委員会がつくられ、少女たちのイカサマを見破ろうとしたが、すべて失敗した。騒動を避けようとケイトとマーガレットが離れると、二人のいるそれぞれの家で叩音現象が起こった。フォックスの一番上の娘のリーアと同じ家に住んでいたカルヴィン・ブラウンという名の男が、敵対的な態度のために霊の不興を買ったようで、霊はこの男を悩ませだした。いろいろな物がブラウンに向かって投げつけられた――もっともけがをすることは一度もなかった。それから霊はフォックス夫人の帽子をはぎとり、頭髪からくしを引き抜き、さらに家族の者が祈ろうとひざまずいているときにピンを突き刺しだした。叩音は大砲のような耳をつんざく轟音にかわり、一キロ離れたところでも聞こえるほどだった。

一家は望みを断たれた状態だったが、しまいに誰かがアルファベットのコードを使って霊と交信してみようと決心した。結果は、次のような言葉で始まるメッセージだった。「親愛なる友よ、あなたたちはこの真理を世界に広めねばなりません。これは新しい時代の夜明け……」。このメッセージは正しいものとなった。最初の「スピリチュアリズム」の集会が一八四九年の十一月十四日に開かれ、数ヵ月のうちにこの新しい「宗教」はアメリカ中に広がり、そして海を越えてヨーロッパへ広まったのである。

リーアを含め、三人の姉妹は皆「霊媒」になり、交霊会を開いた。交霊会のもっとも簡単なやり方は、全員がテーブルを囲んで座り霊を呼ぶものである。最初のころから、霊は自らの存在を、テーブルを揺らして、あるいはテーブルの脚を宙に上げ床に落とし叩音を出して、示しはじめた。テーブルを動かすのは驚くほどたやすいようだった（実は、今でもそうだ）。一番いいやり方だと分かったのは、かなり軽いテーブル――できればカード・テーブル――を滑《なめ》らかな磨いた床におく。そして「シスター」たちは指を「鎖」状に合わせて集中する。たいていは数分のうちにテーブルは部屋を滑《すべ》りだし、時には、いくらおさえようとしても宙に浮かぶこともあった。――

（『ポルターガイスト』コリン・ウィルソン著／宮川雅訳より引用・ルビは編集部が追加）

「いかにも派手な事件でしょう。と同時に交霊会なんかの様子を見ると疑いたくもなる」

虹人の言葉に南波は苦笑した。

「テーブルを動かしたり持ち上げるなんてことは二流の手品師にだってできますよ。テーブルを叩く音もね。実際、姉妹たちは世間に賛否両論の渦を巻き起こした。それにもめげず彼女たちは世界をツアーして回った。それを四十年以上も続けたというんだから大したものだ。しかし、ついにマーガレットが告白した。アメリカの音楽アカデミーのパーティに招かれたときのことだと言うんだから正式な場での告白となる。彼女は壇上に立つと、これまでのすべてがトリックだったと謝った。神や善良な人々を欺《あざむ》いた最低の行為であった、とね。最初は仰天《ぎょうてん》した客たちも、彼女が踵《かかと》で床を叩きはじめると納得した。会場のあちこちから騒がしい叩音が聞こえだしたんです。皆は涙ながらに彼女の告白の勇気を褒《ほ》め称《たた》えた。まったく思いがけない展開となった」

南波たちは思わず溜め息を吐いた。

「これで心霊の存在は完全否定された、とだれもが思った。ところが一年もしないうちにマーガレットは前言を翻《ひるがえ》した。すべて姉のリーアと、姉の信仰しているカトリック教会上層部の圧力によって強要させられたものだと主張した。この亀裂で姉妹は散り散りとなり、交霊会は先細りとなった。マーガレットはふたたび脚光を浴びることはなかった。それでも生涯を通じて、あのポルターガイスト現象はトリックではなかったと叫び続けた」

「カトリック教会の圧力ですか」

南波は複雑な顔をして虹人を見やった。龍の問題では現実に妨害を被《こうむ》っている。それを思い出したのだろう。

「有り得る、と思う。初期のキリスト教では輪廻《りんね》を認めていたんだが、途中からその考えを邪道だと言って切り捨ててしまった。霊魂の存在を認めれば天国や地獄が存在しなくなってしまう。死ねば人の魂は神の御許《みもと》に引き上げられる。そして最後の審判を待つ。それが根本から崩れ去ることになるでしょう」

　虹人は南波に言った。

「幽霊がうろうろとこの世を彷徨《さまよ》っていては都合が悪いわけです。現にコナン・ドイルも教会から何度となく非難されたとか。世間があまりにもフォックス姉妹の交霊会に熱狂しているので、一番上の姉を取り込んで嘘の告白を迫ったと見ても決して不自然じゃない」

「なるほど」

「公開の実験には疑問も残りますが、幼い姉妹たちの力ではベッドを持ち上げたりピンを飛ばしたりできませんよ。ラップ音が一キロも離れた場所にまで届いたという記録もある。踵や膝で叩いた音が伝わるわけがない。調査委員会の連中がしょっちゅう姉妹を見張っていたんです。母親の櫛《くし》の一件にしても、細い糸を用いて引っ張る方法はあるが、調べられたら直ぐに糸が見付かってしまう。第一、どうやって彼女たちは壁の中に埋め込まれていた行商人らしき白骨の存在を承知していたんです？　最初から知っていたら、もっと早くに捜させるはずだ。骨が発見されたのは六十年近くも過ぎてからのことです。ドイルもそれで彼女らの体験したことが事実だと確信したに違いない。彼が心霊研究にのめり込んで行くのは、その家から本当に白骨が発見されたと知って以来のことだ」

「面白くなってきた」

東は膝を乗り出した。

「そこまで聞いたら、どうしてもイギリスに行かなきゃならん気がしてきた」

「イギリスには本物の霊媒がたくさんいる」

虹人さえ興奮を感じはじめていた。

6

こうなればイギリスに渡るしかない。気分が盛り上がった四人は鍋物屋を出るとそのまま六区の喧騒《けんそう》に足を踏み入れた。

「セントラルに行きましょう」

東は虹人を誘った。一昨日に訪ねたばかりのカフェである。そこにはすき焼き屋で出会った三人の娘たちが女給として勤めている。活動の千代田館の裏手にあって六区ではパウリスタに匹敵するマンモス・カフェだ。働いている女の子の数も五十人は下らない。

「あの中のだれかを好きにでも？」

純はにやにやして言った。

「そんなんじゃねえよ。飯はたっぷりと食ったし、あそこだったらコーヒーも飲める」

「コーヒーなら喫茶店でもいい」

「こんな時間に大の男が四人も雁首《がんくび》を並べて喫茶店なんぞに入れるか。それに、混沌《こんとん》の中にいつまでも身を浸《ひた》していたい気分なんだ。あのカフェならそういう雰囲気がある」

「混沌、ですか」

「ま、文学的な表現はおまえさんにゃ通じねえだろうがね。それにマカロニも食いたい」

皆はげらげら笑った。

それでも四人の足は自然にセントラルの方角に向けられていた。東の気持ちも分かる。あの宿に戻って寝てしまう気にはなれない。

〈イギリスに行きたしと思えども……イギリスはあまりにも遠し、か〉

確か朔太郎《さくたろう》だったか。フランスの部分をイギリスに置き換《か》えながら虹人は思っていた。あの詩では新しい背広を買ってその願望を無理に抑《おさ》えたはずだ。自分たちはカフェに向かっている。時代は異《こと》なっても人の心には大して違いがないらしい。

「またお揃いじゃないの」

テーブルに姿を見せた美智恵は東と分かってはしゃいだ。恭子と久美子も現われた。

「デヴアイン・ライフ」

恭子は笑ってその一言《ひとこと》を口にした。宮崎虎之助の口癖《くちぐせ》である。

「会えたの?」

恭子は東と虹人の間に腰掛けた。上野公園に行けば宮崎虎之助を探せるはずだと教えてくれたのは恭子だった。

「昨日、小石川の本部に皆で行ってきた。凄い人だったぜ。ずっと圧倒されっぱなしだ。あの偉さがまだこの世では理解されん」

冗談と受け取って恭子たちは大笑いした。

皆はビールで乾杯した。と言っても彼女たちは飲めないのでラムネである。

「本当にどんな仕事をしているの?」

美智恵は一昨日とおなじ質問をした。けれど一昨日よりは口調がくだけている。

「金儲《もう》けの道を探してるとこさ」

東は半分本気の顔で応じた。

「四人揃って?」

「イギリスに行こうと思っている」

どうせ無縁の女の子たちと思って東はあっさりと白状した。凄い、と美智恵は驚いた。

「行きたいと思っているだけだ」

虹人が付け足した。

「なんのために？」

　美智恵と恭子が同時に質した。虹人たちにするとイギリスなど旅費の問題を除けばさほど掛け離れた国でもないのだが、この時代の日本人の感覚ではとてつもなく遠い国である。行こうと考えること自体が珍しい。

「幽霊だよ。幽霊」

　返事に詰まった虹人の代わりに東が答えた。

　南波と純は思わず顔を見合わせた。

「俺たちゃ映画の仕事をしてたんだ。しかし、雇《やと》われている限り大儲けできない。そこにこの虹人さんが面白い企画を持ち込んできた。君らは知らんだろうが、イギリスにコナン・ドイルという世界でも有名な探偵小説の作家がいる。その作家が目下熱中しているのが幽霊の問題だ。彼はイギリスの心霊研究協会に所属して、盛んに交霊実験を繰り返しているそうだ」

「なにそれ？」

　美智恵たちはきょとんとした。

「霊媒師の力を借りて、あの世から魂《たましい》を呼び戻す実験のことだ。青森のイタコのようなものさ。あの御船千鶴子や長尾郁子は透視を得意としたけど、彼女たちも一種の霊媒だ」

　仕方なく虹人が説明した。御船千鶴子と長尾郁子の名を言われて美智恵は大きく頷いた。子供の頃に耳にした名前に違いない。

たりするそうだ」

「実際に交霊実験では幽霊が出現してテーブルを持ち上げたり、見物している連中の服を脱がし
「まさか！」

美智恵たちは東の言葉に目を丸くした。

「証拠の写真が何枚も残されている。大半は手品だろうけどね。しかし、そうとは思えないものもたくさんある」

虹人も力説した。

「ハイズヴィル事件てのを知ってるかい？」

東は美智恵たちに訊ねた。南波と純は苦笑した。たった今虹人から聞かされたばかりの話である。美智恵が首を横に振ると東は事件の概要をこと細かに伝えた。東の記憶力は確かなものである。アメリカで起きたポルターガイスト現象の詳細に美智恵たちは身を乗り出して聞き入った。いつの時代でも若い娘たちはこういう話に興味を抱く。

「信じられない……」

彼女たちは身震《ぶる》いした。特に事件より五十年以上も後になって現実にその現象を引き起こした男のものと思われる白骨が壁の中から発見されたと知ると小さな悲鳴を発した。

「日本ではまだまだ子供騙《だま》しとしか認識されていないが、外国では学者たちが大真面目《まじめ》に研究を重ねているんだぜ。コナン・ドイルもこのハイズヴィル事件の不可解さを切っ掛けに霊魂の解明

に取り組みはじめた」

「それであの預言者を探していたのね」

美智恵は納得した顔で東に頷いた。

「まあな。幽霊話とは直接関係はないが、イギリスに行く前の予備調査みたいなもんだ」

「イギリスに行ってどうするの？」

久美子が東を急《せ》かした。

「その交霊実験を撮影するのさ。本当に幽霊が映《うつ》ってみろ、日本ばかりか世界中の評判になって俺たちは大金持ちになる」

美智恵たちは歓声を上げた。

「ただ……惜しむらくは肝腎のイギリスに渡る金がない。それでこうして東京をぶらぶらしては出資者を探しているというわけだ」

「絶対に評判になるわよね。あたしも見たい」

美智恵は目を輝かせた。

「心当たりの人間がいたら紹介してくれ。出資者を見付けてくれて、幽霊の撮影に成功したら儲けの二割をやってもいい」

「どのくらいになるの？」

「さあ……少なく見積もっても二万円は儲かるだろうな。すると君らの取り分は四千円。少なく見積もってだぞ」

美智恵たちは仰天した。四千円と言えば虹人たちの価値観に換算すると二千万になる。

「でも、そうよね。幽霊を本当に見られるならどこの映画館も一杯になるわ」

久美子は真剣な様子で口にした。

「出資って、いったいどのくらい？」

美智恵の質問に東は一瞬たじろぎながら、

「八千円から一万というところか」

根拠があってのことではなかった。一人の費用を二千円と単純計算したに過ぎない。イギリスへの船賃だけで千円以上かかるはずだと虹人から聞かされていたのである。一万と聞かされて美智恵たちは溜め息を吐いた。しかし、その金額にも納得していた。

「大半は船賃だ。これが日本だったら二、三千円で済むんだがな」

「貨物船の船員さんになれば無料《ただ》よ」

恭子が知恵をだした。

「船乗りの資格を持っていない」

東は直ぐに首を横に振った。どうせこの店でだけの冗談だ。第一、パスポートを所持していない。その問題を解決しない限り、金の調達ができても意味がない。

「それなら貨物船の船長を出資者にするのよ。そうすれば船に乗れるじゃないの。貨物船にだって客室があると聞いてるわ」

「なるほど、船長を出資者にな」

東はそのアイデアに感心した。

「今の話、本当に約束してくれる？」

恭子は東に確認を取った。

「利益の分配のことか。そりゃ間違いない。けど、幽霊の撮影に成功してのことだぞ」

「貨物船なら当てがあるの」

恭子の言葉に美智恵も思い当たって、

「そうか、島村《しまむら》さんね」

「だれだそいつは？」

「店のお客さん。外国の家具を扱って商売してる人。あの人だったらきっと貨物船の船長を知ってる。今度お店にきたら聞いてみる」

恭子ははしゃいで言った。

7

虹人たちはセントラルを出ると美智恵に教えられた寿司屋に移動した。六区でも指折りに旨い店だと言う。美智恵たちも後で合流することになっている。貨物船のことで話が盛り上がったのだ。

「いい線かも知れないな」

二階の小部屋に陣取って熱燗《あつかん》に適当な肴《さかな》を頼むと虹人は口にした。

「貨物船なら確かに旅費がかからない。普通の客として乗船しても三分の一以下じゃないか？　すると四人で千五百円もあればいい。頑張れば貯《た》められる金額だ」

「船長を口説《くど》くほうが早いですよ。さっきは冗談のつもりだったが、案外と上手《うま》く運ぶんじゃないですか？　幽霊を撮影するなんてわれながらいいアイデアだ。きっと話に乗るやつが出てくる。船長にすれば四人分の食費だけの問題でしょう。それで二千円も儲かる可能性があるなら飛び付いてくる」

「パスポートはどうする？」

そこに早速《さっそく》酒が三本運ばれてきた。虹人は東の酌《しゃく》を受けながらおなじ質問をした。

「偽造旅券しか方法がないでしょう」

東は決心した顔で応じた。

「だろうな」

虹人も暗い目をして認めた。

「簡単に言いますが……手に入りますか？」

純が小声で虹人を見詰めた。

「手蔓《てづる》さえ見付ければ可能だ」

南波が請《う》け合った。

「この界隈には中国人を多く見掛ける。日本のパスポートを入手するより中国人として出国するほうが楽だと思いますね」

南波は虹人に言った。

「それはどっちでも構わないけど、その手蔓を見付け出すのが容易じゃない。金も相当に要求されるだろう」

「相場というのはそれほど変わりません。こっちの金に直して一通につき五十円も払えば作ってくれるはずです」

「四人で二百円てえと、百万か。まあまあのとこだな。それで済むなら早いうちに入手したいもんだ。パスポートが手元にあれば心強い」

東は南波に酒を勧《すす》めた。

「どこを当たればその手蔓を？」

虹人にはまるで思い付かない。

「パスポートを頻繁に扱うところです」

当然のように南波は答えた。

「横浜で沖仲仕《おきなかし》連中を纏めている親分とか」

「まともに頼んだって無理でしょう」

「それはそうです。そこと的《まと》を絞ったら少し手荒な真似《まね》をしても接近する工夫をしないと。しかし、金を払うわけだからそれほど厄介《やっかい》じゃないかも知れませんがね」

「手荒な真似って……相手はやくざだ」

虹人は小さく唸った。

「偽造旅券を作って貰うには覚悟が要ります」

こともなげに南波は返して、

「ああいう連中には必ず当面の敵がある。礼の代わりにその始末をつけてやると言って近付く方法もあります」

もっと怖いことを口にした。

「それにああした連中はあれこれと詮索《せんさく》しない。事情があって日本から抜け出したいと言えば、その説明だけで頷く。逆に深い関わりになるのを恐れる。周辺を調べて敵の存在を見極めたらそれを餌《えさ》に乗り込む。少なくともわれわれの話は聞いてくれるはずだ」

「敵を殺せと命じられたら？」

虹人は息を整えて質した。

「そのときはそのときですよ。本当に殺しに値する悪者かも知れない」

虹人たちは途方に暮れた。いくら悪人だとしても自分たちと無縁の相手である。

「冗談です」

南波は愉快そうに笑った。

「ですが、その話を一度持ち掛ければ裏の世界にそれが広まる。あとは黙っていても偽造旅券を商売にしている連中が自分から接近してくるでしょう。こちらが探すのではなく相手に探させるんです」

なるほど、と三人は合点した。

「明日からでも私と彼とでパスポートの件を当たってみましょう」

純を目で示した。純は怯《おび》えも見せずに承知した。純の腕ならやくざの五、六人が相手でも引けを取ることがない。

「口で済むほうは俺たちの役目ですね」

東は張り切った。

「とりあえずは彼女たちがそのうち紹介してくれるという貿易商を誑《たぶら》かしましょう」

「はじめから騙すのか？」

「カメラがあれば撮影したいとこだけど、とてもカメラを買う余裕はない。イギリスに渡るのが先決だ。ワニを騙して海を渡った因幡《いなば》の白兎《しろうさぎ》と一緒ですよ」

「どうせなら本当に撮影してフィルムだけでも日本に送り届けてやりたいな」

「そういう映画が公開されたんですか？」

「いや、なんでだ？」

「日本で公開されてないってことは、われわれが撮影に失敗したという意味でしょう」

「…………」

「あるいはわれわれがイギリスに行けなかったか」

「そういうことか」

虹人は東の言葉の意味を理解した。

「まあ、せっかく撮影に成功したフィルムが、日本に送られる途中で事故に遭《あ》って船ごと沈没したということも考えられるわけですが」

「分かった。もうなにも言わない」

虹人は笑って東を制した。


「お待ちどお」

陽気な声を発して美智恵たちが登場したのはそれから一時間近くも過ぎてからだった。しかも彼女たちは二人の男を道連れにしていた。東は困った顔で挨拶した。別に東が彼女らを誘ったわけではないが、東の話から合流に繋がったのは確かだ。

「ほら、さっきお話しした島村さん。あのあと二人でお店にきてくださったの」

恭子が、凄い偶然よね、と言いながら紹介した。島村はぺこりと頭を下げた。島村も少し戸惑《とまど》っている顔だった。

「それにこの方はアメリカ帰りの偉い監督さん。島村さんのお友達」

恭子がさらに紹介した。痩《や》せて、いかにもハイカラな男が虹人たちを冷たい目で見下ろした。

恭子たちは気付いていない。

〈やれやれ〉

なんだか面倒なことになりそうだ、と虹人は思いつつ二人に笑顔を浮かべた。

8

「アメリカ帰りとは頼もしい。そんなとこに突っ立ってないで景気よく飲《や》ろうぜ」

東はさしたる気後《きおく》れも感じていないようで二人を促《うなが》した。二人とも東とさほど歳《とし》が違わないように思える。虹人はそれで落ち着いた。

「さっきの話を聞いて貰ったのよ。そしたら島村さんがどうしても会いたいと」

恭子は屈託のない笑顔で言った。

「面白い考えですね。悪くない。本当に幽霊を撮影できれば世界でも評判を呼ぶ。彼はアメリカのトーマス・インスと昵懇《じっこん》の仲だ。彼を通じてトーマス・インスを動かすことができれば世界公開も実現可能となる。この子らと待ち合わせしていると聞いたので迷惑とは思ったが同席させて貰うことにしたんですよ」

輸入家具を商売にしているという島村は慇懃《いんぎん》な顔をして虹人を見据えた。明らかに信用していない顔だった。

〈参ったな……〉

また虹人は内心で嘆息した。トーマス・インスという名にも心当たりがない。口振りではアメリカの大興行主のようだが、自信が持てない。うっかりしたことを言えばたちまち見抜かれてしまうだろう。南波と純も困った様子で無言でビールを口に運んでいる。

「トーマス・インスと知り合いってのは凄いな。もっとも俺はあの監督があんまし好きじゃねえけど」

東は遠慮なしに言った。虹人たちは意外な想いで東を見やった。

「アジア趣味なんぞと言っているが、日本を馬鹿にしてるぜ。黄色い猿としか見ちゃいねえ。撮影に成功してから興行権を売るなら文句はないが、その前に相談はしたくないね。どうせ日本人の撮影技術なんぞを見下してる。アイデアを盗まれてしまうのが見え見えだ」

東の説明を耳にしているうちに虹人も思い出した。なるほど、あのトーマス・インスである。『火の海』や『タイフーン』などを監督して世界にアジア趣味を流行させた大監督だ。セシル・B・デミルやグリフィスらと並ぶ無声映画時代の巨匠と目されている。しかし、名声を博したのはその当時のことであって、虹人らの時代では忘れられた存在となった。アジア趣味とて同等からの視点ではなく黒人に対するそれと一緒の蔑視が含まれている。アメリカやヨーロッパの白人たちにとっては心地《ここち》好い映画だったかも知れないが、今の日本人が見ると腹の立つ描写が目立つ。

〈なるほど、番組を作ったよな〉

外国映画に描かれた日本人というテーマで東と組んで制作した。そのときに記憶した名前だったのだろう。東の記憶力は抜群である。

「そういう部分は確かに……あるね」

島村の隣りに座ってたばこを取り出しながらアメリカ帰りの監督という男は苦笑した。だが、虹人たちに対する視線がさっきとはだいぶ異なっている。トーマス・インスについての認識で見直したに違いない。

「あまり恩人の悪口を言われないうちに自己紹介するよ。そのトーマス監督の下で働いていた栗《くり》原喜三郎《はらきさぶろう》という者だ。あっちではトーマス栗原の名前で映画にも出演していた」

「トーマス栗原！」

虹人と東は同時に口にして顔を見合わせた。

「あんたがそうなのか」

思わず東は腕を差し出した。虹人は小さく笑った。東がこの世界にきて以来、暇に飽《あ》かして読み耽《ふけ》っている映画の雑誌にしばしば登場する名前なのだ。しかも日本の映画界に招聘《しょうへい》されて最初の監督作品となる映画のシナリオを谷崎潤一郎が手掛けているということで話題が沸騰《ふっとう》している。

「『アマチュア倶楽部《くらぶ》』だったか」

東は虹人から教えられた題名も覚えていた。

「アマチュア倶楽部？」

栗原は怪訝な顔をした。

「谷崎潤一郎と組んでやっているやつさ」

「『避暑地の騒ぎ』のことかね」

島村が割って入った。虹人は頷いた。確か製作途中でタイトルが変更となったのだ。

「アマチュア倶楽部……ね」

栗原は繰り返した。

「そっちのほうが気分を出してる」

「出演してると言ったけど、すると……早川雪洲なんかと？」

東は遮《さえぎ》った。栗原は頷いた。

「だったら『チート』にも？」

「ずいぶん詳しい。あれは日本では上映されていないはずだが」

栗原は東へ逆に訊ねた。

「横浜の税関で見た」

虹人が助け船を出した。

日本で上映許可が下りなかったのも当時としては当然である。早川雪洲の演ずる日本人はまさに悪魔の化身《けしん》のごとく描写されていた。

ここに粗筋《あらすじ》を紹介する。


——上流階級のハーディー夫人（ファニー・ウォード）は赤十字の寄付係を引き受ける有閑マダムである。ある時、夫の友人から有望な株があると持ちかけられ、預かっていた寄付金一万ドルをそっくり渡してしまう。日本人の金満家トリイの家で慈善パーティーのあった夜、夫人は投資が失敗したことを知らされてショックのあまり気絶する。裏でそっと話を盗み聞きしていたトリイは、夫人に近づき気を失っている隙《すき》に唇を盗む。翌日までに一万ドルを用意しなくてはいけない夫人は「上流夫人、赤十字の寄付金を盗む」という新聞記事を想像して恐れわななく。トリイは呆然《ぼうぜん》としている夫人の前で一万ドルの小切手にサインをして渡す。皮肉にも、その直後に夫は株で大儲けをする。夫人はブリッジで負けて借金があるからと嘘を言って夫から一万ドルをもらい、その足でトリイの屋敷へ向かい借りた金を返そうとする。だが、トリイは金を受け取らない。お前はもう自分のものだ、と無理矢理ねじ伏せようとする。嫌がる夫人に業をにやした彼は夫人の髪をひっつかまえて机に倒し、洋服を剝《は》ぎ、その肩に焼きゴテを押し付ける。サイレント映画だからもちろん音はしないのだがシュウと白い煙がのぼる場面はいかにも残酷である。もみ合った末に夫人は手元にあったピストルで彼を撃って逃げる。そこへ妻の様子がおかしいと跡《あと》をつけてきた夫が駆けつけて負傷したトリイを見つける。事情を知った夫は妻の身代わりとなって犯人の名乗りを上げる。

字幕はここで突然に「東は東、西は西、両者ともに相まみえることなし」というキプリングのあの有名な一節を挿入している。

哀願にやってきた夫人を、冷然とタバコをふかしながら「この件はもはや裁判にもちこまれている」と言って追い返すトリイ。裁判では夫に有罪の判決が下る。だが、それを聞いたとたんに夫人は前に飛び出し、自ら服を剝いで肩の焼きゴテを見せる。これが真実ですと両手を上げ、泣き崩れる。人々は騒ぎ出し暴徒と化す。トリイは引き立てられ、夫人は夫とともに拍手に送られて退場する——。

（『イエロー・フェイス』村上由見子著・朝日新聞社刊より引用・ルビは編集部が追加）

「不愉快な作品だったぜ。俺たち日本人の感覚から言えば毎日遊び惚《ほう》けて赤十字の寄付金までを株に投資する女のほうが遥かに異常に見える。あの映画じゃたまたま大損したからいいようなものの、もし大儲けしていりゃ観客だって許しはしなかろう。儲けたら返せばいいって問題じゃない。少しやり過ぎた点はあるが、早川雪洲演ずるトリイのしたことは、言うなら神の与えた罰だ。なのにまるきし悪魔扱い。白人の真っ白な肌に黄色い猿ごときが火傷《やけど》をさせたと怒り狂っている。猿が女神に惚《ほ》れたのがそもそも間違いだと言っているようなもんだ。冗談じゃねえよ。アメリカとヨーロッパじゃ大受けだったらしいが、何度考えても腹が立つ。女欲しさにわざと罠《わな》を張って投資に失敗させたってんなら少しは納得できるがな。金が欲しいときだけ頼りにして、亭主が調達してくれりゃ、悍《おぞ》ましい化け物にすがる必要はねえってことだよ」

珍しく酔いも手伝って東は憤慨していた。

それは虹人もおなじ思いだった。番組を作っていた過程で虹人たちは明らかに日本人蔑視を中心に据えたアメリカ映画を何本も見た。アメリカでの日本バッシングが根強く止《や》まない大きな要因として、それらの映画の影響が大きいとさえ思ったものである。この誤解を完全に払拭《ふっしょく》しない限り対等の付き合いなどできそうにない。

たとえば第二次大戦中、アメリカ国民の大多数の日本人観は以下の言葉に代表されていた。

「僕はこれまで、人間がどんな残酷なことができるか知っていたつもりだった。中世の拷問、ギャングの争い、そして現代のリンチに至るまで。が……これは別だ。文明というものを知らない冷血な連中の仕業《しわざ》だ。文明？　あいつらは野蛮で、道徳心のない、どあほうだ。悪臭を放つチビの野蛮人だ。やつらを一掃しようじゃないか。地球上からあいつらを抹殺してやる」

これはある映画の中で正義感に溢《あふ》れた新聞記者の叫ぶセリフである。戦後の日本を支配したGHQはさすがにこの映画の影響を考慮して日本への輸入を許さなかったようだが、アメリカ本国では大ヒットしている。いや、当時ばかりか、この映画はビデオ化されてたいていのビデオショップで今も売られているらしい。

数ある反日映画の中でも虹人が特に嫌悪を抱いたのは『ファースト・ヤンク・イントゥ・トウキョー』という作品である。

これも粗筋を紹介しないと分からない。


——空軍飛行士スティーヴ・ロスは、特別プロジェクトの任務を打診される。父親の仕事で長く日本に暮らしたことのあるスティーヴは日本語が流暢《りゅうちょう》だった。米軍では日本の製造する新爆弾の情報を得るために、彼を日本に潜入させることを思い付く。

「敵側のこの新兵器のデーターを入手することによって何万人の命が救える」と説得されたスティーヴは、使命に燃え、整形手術を受けることを承諾する。恋人の従軍看護婦エビーが日本軍に殺されていることから、彼は日本に復讐を決意したのだった。

手術台の上で、彼は最後に念を押される。

「もう一度言っておく。一度顔を変えたら二度と元には戻らない。君は生涯ジャップの顔のままでいることになる」

これはじつに恐ろしいシーンである。まるで人間から醜《みにく》いサルに変わるかのような、心理的ショックをアメリカ人に与える。ここには、東洋人の容姿だけにはけっしてなりたくはない、という西洋の潜在的恐怖心が隠されているようだ。

包帯を取ったスティーヴの顔はしかし、日本人の私たちから見ればひどい〈冗談〉としか思えない。きつい一重瞼《まぶた》、やや前方につき出した歯、だが立体的な顔立ちはそのままである。ところが米軍の上司は、この容姿はもちろん、「君は日本人のしぐさ、マナー、スタイル、すべてのテストにパスをした」と嬉しそうに褒める。……（略）……

今や「トモオ・タカシマ」と名の変わったスティーヴは秘密裏のうちに中国へ送られ、そこから日本へ潜《もぐ》り込む。東京に着いた彼は、次のシーンではさっそく「カムリ捕虜収容所」の厨房部で働いている。……（略）……

収容所の日本人は大声で怒鳴《どな》り、威張りちらし、横柄《おうへい》に命令し、常に殺気立っている。ただし上司にはヘコヘコと卑屈なまでに従順である。日本人は捕虜のアメリカ人にはろくに薬も食糧も与えず、病人も軍需工場に引き立てて働かせる。まずそうな食べ物を拒否すると「バッカ」と憎々しげに言う……（略）……

この収容所に、死んだと思っていた恋人のエビーがいたことにスティーヴは大きなショックを受ける。だが、彼は自分の正体を告げることが出来ない。エビーは汚《けが》らわしい物を見るように、冷ややかな目で「タカシマ」を見るからだ。

……（略）……

一方、新たに収容所の所長に就任したオカヌラは、アメリカ留学中に大学寮でスティーヴのルームメイトだった。正体を見破られないかとスティーヴは恐れる。オカヌラは職権濫用《らんよう》で何かと嫌らしくエビーに言い寄るが、ある時はスティーヴがあえて罪を言い出てムチ打ちの刑を受け、彼女を魔の手から救う。エビーは首を傾げる。

「私、彼を憎んではいないわ。なにか可哀そうに思うの。オカヌラの所に罪を言い出た時、まるで私を助けに来たように感じた。でも想像よね。まさかジャップが私を助けるはずないもの」

エビー役のバーバラ・ヘイルは後年テレビ番組『ペリー・メイスン』にレギュラー出演する女優で、どこかイングリッド・バーグマンを思わせる美女である。この美しいアメリカ女性が憎しみを込めて「ジャップ」について語るのは、プロパガンダとしては効果的であり、なにより説得力があろう。彼女は病人までもこき使う日本人を「まるで人間以下だわ、野蛮人でさえこんなひどいことはしない」と、全身で怒りを現す。

三年前のバターンの勝利を祝う無礼講の夜、スティーヴは計画通り収容所を抜け出す。しかしオカヌラの家に連れていかれたエビーを取り戻したい。オカヌラの家に忍び込んだスティーヴは番犬に追われて逃げまどうが、それを見たオカヌラは「あれはまさにアメリカン・

フットボールの走り方だ、お前はスティーヴだ」と彼の正体を見抜く。その瞬間、仕掛けた爆弾が爆発し、スティーヴはエビーを連れて逃げようとする。初めは嫌がり信用しなかったエビーに、彼は初めて身分を明かす。抱き合う二人。

運良く海岸まで逃げてきた二人だが、エビーを沖の船へ乗せるため、スティーヴは残って追手を迎え撃つ。一緒に行こう、と誘われた彼は「こんなジャップの顔じゃ生きていてもどうしようもないんだ」と言う。スティーヴは、「バンザーイ！」と叫んで攻めてくる日本兵を必死に撃ちまくる——。

じつは物語はこれで終わらない。この後に続くのが、広島、長崎の原爆炸裂シーンなのである。荘重《そうちょう》な音楽とともに、ナレーションはこう語る。

「連合軍の兵士は、これ以上死ぬことはなくなりました。人類はもはや恐れることはないのです。そしてこれこそは、人類へ向けた善《よ》き決意だったのです」……。

（前述書より引用——ただし、著者が一部簡略化・ルビは編集部が追加）

広島や長崎でいったいどれだけの数の日本人が無残に死んでいったか、この映画はほんの少しも悼《いた》んでいない。善い行為であったと心底から確信しているのだ。その上、ジャップの顔では生きていられないとほざく。それをＧＨＱはひた隠しにして日本を自由に扱った。日本人の子供たちはアメリカ人を大事な友人だと教え込まれ、アメリカ人の子供らは日本人を薄汚い猿だと吹き込まれ続けた。

番組の制作中、虹人と東は何度怒りに胸を震わせながら酒を飲んだことか。アメリカに反省があるならこうした映画を抹殺《まっさつ》しただろう。なのに相変わらずこういう作品がテレビで繰り返しオンエアされているのだ。日本の局がもし反対の立場の映画を放送すれば、アメリカから即座に抗議を受けるはずである。日本は植民地なのだ、と虹人はその当時本心から思った。

「あんたらは、なんでこれが本当の日本人じゃねえと抗議しないんだ」

東も怒りを思い出したらしく栗原に詰め寄った。栗原はさすがに顔色を変えた。

9

「何本か日本人の登場するアメリカ映画を見ているが、女は決まって薄い寝間着《ねまき》みてえな着物に張り子の鬘《かつら》。男は中国服を着ている。アメリカ人が日本のことをなに一つ知らないってんなら我慢できるが、演じているのはあんたをはじめとして本物の日本人じゃないか。あの格好がおかしいのは承知のはずだ。中学校の演劇じゃねえんだぞ。映画は全世界に公開される。それを分かっていながら諾々《だくだく》と従っているのが俺にゃ信じられねえよ。自分さえ金になりゃそれでいいのか？この日本のどこに寝間着のまま大通りを歩く女がいる。部屋の中に提灯《ちょうちん》を何個もぶら下げている日本人がいったいどこにいるんだよ」

トーマス栗原の怒りを承知しながら、東はさらに煽《あお》った。それは東の本心からの言葉だった。東には信じられないことだったのである。それはこの時代に限らず、ずっと続いている。『ミッドウェイ』という戦争映画の中では山本五十六《やまもといそろく》を演じている三船敏郎《みふねとしろう》が寺院の玄関広間に膳を置いて食事をしていたし、松田優作《まつだゆうさく》の遺作となってしまった『ブラック・レイン』では長期の日本ロケを敢行しているにもかかわらず、刑事役の高倉健の部屋にはどでかい提灯が吊り下げられていた。あの奇妙さは高倉健が一番に感じたはずである。高倉健の仁侠《にんきょう》映画を愛していた東は、その場面にとてつもない失望と怒りを覚えた。

なぜ健さんほどの役者がその設定に抗議もせずに出演しなければならないのか。

これが全世界の人間が日本に抱いているイメージなのだ、と説明されたに違いないが、それに頷く必要がどこにあろう？　だからこそ、それを是正していかなければならないのである。

島田陽子《しまだようこ》を世界のスターにした『ショーグン』もしかりである。時代設定が目茶苦茶《めちゃくちゃ》の上に登場する日本人はたいてい卑屈な者ばかり。日本の話とはとても思えなかった。

島田陽子がアメリカ生まれの日系人だとしたなら許せたが、彼女はその映画に出演する少し前に確か『宮本武蔵《みやもとむさし》』のお通《つう》役で連続ドラマのレギュラーを務《つと》めていた。その経験があれば『ショーグン』がいかに陳腐なものか認識できていたはずだ。

抗議すれば役を下ろされるだけだ、と役者たちは言うかも知れない。その損失を補ってくれるのか、と言われれば東にも答えようがない。それでもやはり東には納得がいかない。

貧しい寝間着を着て繁華街を歩く日本人女性を世界の人間たちは笑って眺めているのだ。それは映画のスクリーンから食《は》み出て現実に影響を及ぼす。日本人への蔑視に繋がっていく。役者は自分一人の問題だとしか認識していないだろうが、実は日本人全体に被《かぶ》さってくることなのである。

「あんたら、自分をなにさまだと思ってるんだ？　ハリウッドに進出してアメリカ映画に出演してりゃ、もう日本人じゃねえのか。アメリカの連中と一緒に日本人を笑っているのか？　小さな長屋に肩寄せあってタクアンで湯漬《ゆづ》けを食っている日本人をよ」

「もういいだろう」

虹人は東の袖《そで》を引いた。こんな東を見るのは珍しい。酒の勢いが加わっている。

「俺は日本人が好きだよ。いつでも必死で頑張っている。浅草にゃ年に一度の休みを貰って五十銭を握りしめて目玉を輝かせているガキたちがうろうろしてる。銭湯じゃ見知らぬ他人同士が背中を流しあってる。映画館じゃチャップリンやロイドの演技に涙を流して喜んでる。そうして貧しくても耐えてるんだ。日本人はそういう連中なんだとどうして伝えない？　『イントレランス』に感動してるじゃねえか。『犬の生活』に涙ぐんでいるじゃねえか。日本人はキリストにも理解を示しているし、アメリカの歴史だって懸命に学ぼうとしてる。なのに世界の連中は日本人を強欲な醜い猿としか見ちゃいねえ。なんでだ？　あんたらがそうだからさ。アメリカで一旗挙《ひとはたあ》げようとして、金のためならなんでも言うことを聞くあんたらを見ていりゃ、強欲な猿だと思うぜ。そいつがたった今、分かったよ」

「私がなにを言った！」

栗原はさすがに声を荒らげた。

「あんたは一度でも自分の好きな日本人を演じたことがあるのか？」

怯《ひる》まずに東は言った。

「これが日本人なんだと胸を張って見せられる役をさ」

「役者は監督の指導に従うしかない」

憮然《ぶぜん》として栗原は応じた。

「それに今の日本人ならアメリカ人に見下されても仕方ないだろう。日本の文化は全部ヨーロッパやアメリカの借り物だ。アメリカに暮らしてみなければそれは分からん。本当の味も分からぬくせに、コーヒーやステーキを食っている連中を見ると反吐《へど》がでる」

映画のこともそれに含まれているように虹人は感じた。

「あんた、結局アメリカかぶれなんだな」

東は余裕の笑いを見せて、

「アメリカのステーキほど評判の悪い食い物はねえぜ。日本の洋食屋のほうがずっと旨い。まぁ、それよりすき焼きはもっと上等だけど」

無言でやり取りを見守っていた南波と純は思わず苦笑いした。しかし、そのとおりであろう。ここにもし松阪牛《まつざか》があってトーマス栗原に食わせれば仰天するに違いない。

「寿司、てんぷら、鰻《うなぎ》、すき焼き、とんかつ、和菓子、蕎麦《そば》、懐石料理、ふぐ、ちり鍋……」

東は指折り数えながら、

「予言しとくよ。何十年もしないうちに日本料理が世界に進出する。フランス料理や中華料理に匹敵する奥の深さが評価されてな」

ふん、と栗原は鼻で笑った。

「虹人さん、帰りましょう。日本文化のなんたるかも知らん男じゃ話にならん。こういうやつだから平気で黄色い猿を演じられるんだ。どうせカフェに遊びに行っても、向こうのキャバレーの物真似としか見ていやしない。こんな野郎を取り巻いていても馬鹿にされるだけだぞ」

東は恭子や美智恵たちに言った。

「いい加減にしろ」

栗原は拳《こぶし》をテーブルに叩き付けた。

「失敬だろうが」

「失敬はどっちだ。あんたをここに招待した覚えはねえぜ。自分の分を払えばそれでいいってもんじゃなかろう。この女の子らに誘われたって言いたかろうが、それでも先にこっちの都合を訊《き》くのが礼儀ってものじゃねえのか？　アメリカ帰りの錦《にしき》の御旗《みはた》を掲《かか》げていりゃだれでも大歓迎してくれると思ったら大間違いだ。あんたの魂胆《こんたん》なんぞ見え見えだよ。彼女らから俺たちの話を耳にして詐欺師の面《つら》の皮を引っ剝《ば》がしてやろうと思ってのこのことくっついてきたんだろう。ハリウッドのトーマス栗原と名乗れば俺たちが尻尾を巻いて這《は》いつくばるとでも思ったか」

「帰る」

栗原は憤怒《ふんぬ》の顔で立ち上がった。恭子たちは慌てた。どうすればいいか分からないでいる。島村は腰を浮かせながら、

「大人気《おとなげ》ないですよ」

栗原の背中に言った。

「君はこの連中の味方か」

栗原は島村を睨み付けた。

「味方なんて……ただ、この人の言い分にも筋が通っている。なにも言わずにわれわれが押し掛けた。それを謝《あやま》るのが先です」

「ふざけるな。謝る気などない」

栗原は乱暴に襖《ふすま》を開けて廊下に飛び出た。島村は追いかけた。恭子たちは廊下に頭を出して様子を見守った。

やがて島村一人が汗を拭《ふ》きつつ戻った。

「勘弁《かんべん》してください。私たちも酒の勢いで余計な場に顔を出してしまいました。彼女らにご都合

を伺《うかが》って貰うべきでした」

島村は丁重《ていちょう》に詫《わ》びを入れた。

「一人で帰していいのかな」

虹人は気にして質した。

「構わんですよ。商売上の付き合いです。彼のほうが私を必要としている。ケロッとして連絡を取ってくるでしょう」

島村は笑った。

「それにしても今日のようなトーマスははじめて見ましたよ。だれに対しても自信たっぷりだったトーマスが完全にやり込められていた。まさか日本でこのような人に会うなんて思いもよらなかったに違いない」

島村は東を見やってにやにやした。

「痛いところを突かれたんでしょうな。私は『チート』とかいう映画を見ていないから話が少し見えませんでしたけどね」

「ま、どうぞ」

虹人は島村にビールを勧めた。初対面の印象とはまるで別物だった。最初は虹人たちを値踏みするような視線だったのである。

「輸入家具を仕入れている関係で、何度かヨーロッパを往復しています。骨董《こっとう》や美術の世界では日本の芸術が想像以上に評価されている。教養豊かな人たちはちゃんと日本を見ていてくれていますよ。あのヴァン・ゴウグも日本に憧れていた。日本の風土に少しでも近付きたいという気持ちからアルルに移った。心配は要らない。日本はいつか正しく評価されるようになる」

「ゴウグ？」

虹人には初耳の名前だった。

「ひまわりの絵で有名な画家ですよ」

島村は意外な顔をして説明した。

「ゴッホのことですか」

ひまわりとアルルと言えばゴッホだ。東たちも大きく頷いた。

「ああ、やっぱり偉いな」

島村は感心して、

「どう聞いてもゴッホなのに、日本人は文字面《づら》だけでゴウグと呼ぶ。あれはいけない。日本の中では通用しても、外国では通じない」

虹人たちは思わず顔を見合わせた。ゴッホがゴウグと呼ばれていた時代があったなど一度として想像したことがなかった。

「渡航の経験は何度も？」

当然のように島村は訊いてきた。

「まあ、ね」

虹人は曖昧に濁《にご》した。厳密に言うなら、虹人たちはまだその渡航の最中なのである。アララト山に登ったきり本当の故郷に戻っていない。おなじ日本でも時代が異なる。

「凄い。四人とも？」

美智恵たちは東たちにも質した。

「インドやパキスタンを経てトルコに行った。もっとも香港《ホンコン》とかハワイなら――」

得意そうに口にした東は、虹人の軽い目配せを察してあとの言葉を呑み込んだ。ハワイなどこの時代では移民のためかアメリカ渡航の途中に立ち寄るしかない場所だ。バリ島やタヒチの名を挙げればもっと奇妙に思われる。

「トルコですか」

案の定、島村は驚いた。

「カッパドキアの遺跡が見たくて」

諦めて虹人は簡単に説明した。

「聞いたことがない」

島村は首を傾げた。

「金がなくてどんどん西に流されていっただけです。あればインドから真っ直ぐ戻っていた。仏教美術に興味があったんですよ」

「なるほど。それでトーマスと肌が合わなかったわけだ。無理もない」

「あなたはどうして輸入家具を？」

虹人は矛先《ほこさき》を躱《かわ》した。

「学校で建築を学びましてね。西洋かぶれと言われそうだが、コンドルやライトの設計した建物に圧倒された。しかし、どんなに学んだところで、私にはそれほどの才能がないと悟《さと》った。だったらその建物に相応《ふさわ》しい家具を扱おうと思った。設計図さえあればなんとか建物は作れるが、今の日本では家具を忠実に再現できる職人が少ない。と言って、日本の家具を馬鹿にしているんじゃない。簞笥《たんす》や漆《うるし》の道具などは遥かに素晴らしい。西洋風の建物に似合わないという理由だけだ」

「柳宗悦《やなぎむねよし》のことは？」

虹人はうっかりと口にした。彼がこの時代に果たして活躍していたかどうか記憶が定かではない。

「あの白樺《しらかば》派に加わっている人でしょう」

「そうです」

ほっとして虹人は頷いた。柳宗悦はもともと宗教学に関心を寄せていた人間だったが、その関わりから聖書や伝説などを素材にして神秘的な傑作を生み出した画家ウィリアム・ブレークの作品と出会い、心酔した。彼の作品を『白樺』誌上に紹介したことにより宗悦は美術評論家としての地位を確立する。続いて彼は朝鮮美術に興味を寄せ、その延長からついには民芸の美の発見にまで至った。

柳宗悦が提唱し河井寛次郎《かわいかんじろう》や浜田庄司《はまだしょうじ》らが主体となった民芸運動が開始されたのは昭和の初期だったはずだから、大正八年の段階ではどういう情況にあるか見当もつかないが、論文などはいくつも書いていたに違いない。

「あの人がどうしました？」

島村は小首を傾げて虹人を見詰めた。

「確かに大名道具とか日本の緻密《ちみつ》な工芸品は西洋の建物とそぐわないかも知れないが、大ぶりで素朴な民芸品ならきっと似合う。それを言いたかっただけです」

聞いて島村は目を丸くした。

「いかにも……そうかも知れない」

次に島村は大きく首を縦《たて》に振った。

「ギリシャやスペインの陶器に似ている。白壁の装飾や出窓に置けばよさそうだな」

島村は感嘆していたが虹人にすれば常識のことだ。マンションに民芸品を飾っている日本人は星の数ほどいる。

「いくら用立てればいいんです？」

「は？」

突然言われて虹人は戸惑った。

「外国航路の会社にも少しは顔が利《き》きます」

「つまり……ロンドン行きの援助をしてくれると？」

「幽霊を映画に撮《と》るなんて、眉唾《まゆつば》だと思っていたが……本当に成功すれば面白い。賭《か》けてみるだけの価値はありそうだ」

わっ、と恭子たちは歓声を発した。

「けれど私は皆さんが思ってくださるほどの金持ちじゃない。金を遊ばせておけるだけの余裕はとても。まず金額を教えてください。それによって方策を考える。私の扱う家具を買ってくれるお客さまには金持ちが多い。そちらに相談するというやり方もある」

「いきなり金額と言われてもな」

どきどきしながら虹人は東たちに目を動かした。東も腕を組んだ。

「ロンドンに辿り着きさえすればあとは生活費だけの問題でしょう。船会社につてがあるなら、それを島村さんにお頼みすればいいんじゃないですか？」

南波が口にした。もう一度日本に戻れるかどうか見当もつかない。南波はなるべく島村に負担をかけさせたくないと考えたのだろう。虹人と東も即座に頷いた。

「貨物船で働きながらでも構わない。体力には自信がありますよ」

「虹人さんを除外して、ね」

東が南波の言葉に付け足した。

「本当にその程度のことで大丈夫ですか」

島村は拍子《ひようし》抜けしたらしかった。ヨーロッパと常時取り引きして、自分も何度か行き来している島村にすれば、イギリスへの旅もさほどのことではないのだろう。

「カメラやフィルムの用意は？」

「向こうで借りるという手がある」

「そうか。向こうなら最新式のカメラも調達できますね。そのほうがいいかも知れない」

島村は虹人の返答に納得した。

10

島村は翌日の九時に約束通り虹人たちの泊まっている宿を訪ねてきた。本当は虹人たちが島村の店に足を運ぶのが筋なのだろうが、もしかすると島村は虹人らの居場所をはっきりと確認しておきたいのかも知れない。それで島村からの申し出に虹人はあえて異を唱《とな》えなかったのである。女中に案内されて部屋の襖を開けた島村は、四人が揃っているのを眺めて屈託《くつたく》のない笑いを見せた。

「どうも不思議な人たちだな」

片隅に置かれている虹人たちの古びたトランクに目をやって島村は苦笑した。

「なにがです？」

虹人は女中に頼んで用意して貰った薬罐《やかん》の麦茶を島村に注《つ》ぎながら訊ねた。冷めている。

「なんて言えばいいのか……生活の匂いがまったくしない。まるでヨーロッパの漂泊貴族のような……もっとも、あの連中はもっといかがわしい影を背負っていますがね」

「われわれは東京の人間じゃない。生活感がなくて当たり前でしょう」

「じゃあ、どこに家が？」

島村は虹人に質した。

「先祖は……熊野《くまの》の人間です」

「それなら皆さん熊野から？」

「私は群馬です」

南波が応じた。

「どこの撮影所に勤務していました？」

出身地などどうでもいいという顔で島村はまた虹人を見詰めた。虹人は押し黙った。島村はトーマス栗原などと付き合いのある男だ。映画の世界につてがある。いい加減なことを口にすれば直ぐに嘘が発覚する。大阪辺りの会社だと言っても同様だろう。

「だれも映画会社に関わりはない」

虹人は仕方なく答えた。

「趣味にしては詳し過ぎる」

島村は東に目を動かして、

「カメラの扱いや撮影技術について昨日伺ったことを知り合いに問い合わせてみました。天活《てんかつ》でカメラマンをしているやつですよ。天活の現像所は浅草にある。皆さんと別れてからそこに立ち寄った」

言われて東は溜め息を吐いた。酔った勢いもあるのだが、あれから島村を相手にライティングの重要性とかレンズの絞りや場面の繋ぎ方について一説ぶったのである。レコードを利用して役者の声をそのまま映画館に流すアイデアもだした。簡易なトーキーだ。それを上手く使えば弁士が要らなくなる。浅草オペラの舞台を撮影して、歌う場面だけにレコードを同調させればもっと面白い。島村は目を丸くして聞き入っていたのだが……。

「仰天していました。彼は今の日本で一番勉強をしている男です。ドイツやアメリカの本も取り寄せて学んでいる。そういう男が……ぜひ東さんに会わせてくれと頼んできた。もっと詳しいことを教えて貰いたい、とね」

「思い付きを口にしただけだ」

東はぼりぼりと頭を掻いた。

「失礼ですが……そのトランクや服は皆さんに似合わない。まるで有り合わせの物でごまかしたような感じです」

「そうかな……」

虹人は苦笑した。すべて古道具屋とか古着商から調達したものだ。派手に見られないように選んだつもりだが、流行とは無縁だ。外国家具の輸入を商売としている島村にはきっと陳腐なものに映っているのだろう。それこそ外国人が着物を纏っているようにちぐはぐな印象を持たれているのかも知れない。

「なにかすっきりしないんですよ。見掛けで人を判断するのは恥ずべきことだと思っていますが……あなたたちは……まるでどこからか突然湧いて出て来た人のように感じられる」

島村の言葉に虹人たちは顔を見合わせた。

「外遊も嘘ではないらしい。しかも移民とも違う。だったらどうして金がないんです？」

「貧乏旅行だったぜ」

東は慎重に応じた。

「今時のんびりと遺跡巡りをするような日本人がいれば絶対に仲間うちの評判になりそうなものだ。私の耳に入らないのは変ですね」

「と言ったって、事実だからしょうがない」

東は笑ってごまかした。

「そうなんですよね。そう納得するしかないんだが……参ったな。この妙な気分をなんと説明したらいいのか、私にも分からない」

島村は困惑を隠さずに虹人を見据えた。

「四人のうち一人だけが変わっているというのならまだしも……」

島村は麦茶を啜《すす》った。端整な額に小さな汗が滲《にじ》んでいる。

「大した金額でもないが、一応私はあなたたちの出資者になることを約束した。その気持ちは今も動かない。私は今日から皆さんの仲間のつもりでいますよ。なにか事情でもあるなら打ち明けて貰えないものですかね」

思い切った顔をして島村は言った。

「日本を逃げなければならない事情とか？」

「犯罪者ではない。信用してください」

虹人は断言して、

「われわれに言えることはそれだけです」

「社会主義者でもなさそうだし」

「ご迷惑をかけるようなら昨日の話はなかったことにしても結構です」

虹人は遮った。島村の危惧《きぐ》は当然のことである。最低でも二千円（現在の金額でおよそ一千万前後）を投資する結果となるのだ。しかもイギリスに渡られてしまえば後は互いの信用しかない話である。その前にできるだけ相手を見極めようとして当たり前だ。

「人間は信用している。これでも長い間商売をしてきましたからね。特に外国貿易は言葉のよく通じない連中を相手の仕事だ。人を見抜く能力がないと続きませんよ。あなたたちは大丈夫だ。組んで後悔はしないでしょう。ただ……興味があるだけなんです。これまで一度として会ったことのない奇妙さをあなたたち全員が持っている。こんなに流暢な日本語でなけりゃ外国人と言われても頷く」

「困ったな……」

虹人は南波に目を動かした。自分たちのことを説明しても構わないつもりに虹人はなっていたが、問題は島村がそれを信じてくれるかどうかだ。まず無理だろう。SF小説のようにレーザー・ガンとか腕時計型のテレビ通信装置でも身につけていれば簡単だが、あいにくとなにも持っていない。言葉だけでは信じないに決まっている。

「タイム・パラドックスの問題はどうなんです？」

東が先回りして虹人に訊ねた。

「話したぐらいでは心配ないと思う。だいたいタイム・パラドックスなんてのが現実に有り得る理論なのかも分からなくなってきた。俺たちの行動程度で地球の流れが一変すると思うか？　少し慎重になり過ぎていたかも知れないな。地球はもっと大きい。ちょっとした傷は自分で修正するだろう」

「それなら話すしかないですよ」

東の言葉に南波と純も同意した。島村が信用に値する男と見ての決断だ。

「なんのことです？」

島村は不安な表情を浮かべて虹人を見た。

「なにか説明できそうなものはないかな」

虹人はポケットを探《さぐ》りながら東たちにも質した。もともとアララト山で龍に乗り込んだときかららロクなものを持っていない。マシンガンは向こうの世界に置いてきてしまった。南波はナイフをお守り代わりに大事にしているが、それでは未来の品物と納得させることはできない。東と純はトランクを開けて点検した。

「あれがある」

南波は思い出して自分のトランクを手元に引き寄せた。取り出したのはジッポのライターだった。オイルが手に入らないので底にしまい込んでいたのである。

「これはどうですか？」

純が手帳に挟んでいたボールペンを見付けて虹人に差し出した。

「これはいい」

ボールペンを手にして虹人は微笑んだ。ボールペンが発明されたのはいつ頃のことか知らないが、普及したのは戦後のはずだ。

「なんです？」

島村は虹人から渡されたボールペンに見入った。インクが透けて見える。虹人は紙を前に押し出して文字を書くように促した。

「凄い！　これはどこで手に入れたんです」

すらすらとした書き味に島村は唸った。

「この世界では手に入らない」

虹人はゆっくりと言った。映画などでこういう場面を何度か見ている。ただ、映画と違ってボールペンというのが多少情けない。

「この世界というと？」

島村は予想通りの反応をした。

「大正八年の世界では、という意味です。信じて貰えないかも知れないが、われわれは八十年近くも未来からうっかりとこの世界に紛《まぎ》れ込んでしまった人間なんです」

「…………」

呆然として虹人を眺める島村に南波がジッポのライターを押し出した。

「そのライターに年代が刻《きざ》まれている」

言われて島村はライターを握った。

「そいつはジッポのライターの生産五十周年を記念して復刻されたものだ。オリジナルではないが、刻まれている年代がすなわち、そのモデルが最初に作られた年を意味する」

「ここに一九三二と……」

島村は大きく首を振った。

「私が買ったのは一九八二年」

「へえ……ジッポってのは案外新しかったんだな。もっと古い時代からあるんだとばかり思っていた。最初は一九三二年か。てことはまだこの時代に作られてないってことになる。じゃあ、あんたもこのライターを見るのははじめてだろう」

東は島村に言った。

「しかし……信じられない」

島村は目の前のライターとボールペンに何度となく目を戻しつつ額の汗を拭った。

「なんらかの魂胆《こんたん》があってあなたを騙すつもりなら、あなたに促される前にこの品物を見せています。第一、昨日にしてもわれわれがお誘いしたわけではない。近付いてきたのはあなたのほうでしょう」

虹人は諭《さと》すように口にした。島村の興奮を鎮めるのが大事だ。

「未来の世界と言っても生活はそれほど変わりがない。われわれはあなたとおなじこの日本に暮らしている。時間を行き来する道具をわれわれが発明したわけでもない。われわれだって別の星の文明の力を借りて時間の中に紛れ込んでしまったんです。この世界に迷い込んだと言うほうが正解かな。自分たちの力では元の世界に戻る方法が見付けられないでいる」

「別の星の文明……」

「神や仏と呼ばれている存在です。彼らは太古に地球を訪れて人類を指導した。われわれはその仮説を実証する旅の途中で神と遭遇し、古代の世界へと招かれた。そしてふたたび元の世界に帰る段階で、誤ってこの世界に足を踏み入れてしまったんです。この世界の入り口は十和田湖の近くだった。とにかく馴染《なじ》み深い東京を目指そうということになり、三日前にこの宿に入りました。われわれも八十年後の東京に暮らしている。多少地理にも詳しい。知らない土地に居るより安心と判断しただけです」

「…………」

「お詫《わ》びしなければならない」

虹人は島村に頭を下げた。

「イギリスに渡りたいのは幽霊の撮影が目的ではないんです」

「と言うと?」

島村はようやく口を開いた。

「われわれがどの世界に紛れ込んでしまったのか神も知らない。元の世界に戻るためには、なんとしても神と交信しなければならない。皆であれこれと考えた末にイギリスの心霊研究協会を思い付いたんですよ。神と霊はまったく別の存在かも知れないが、今のところ交霊術に頼るしか他に方法がないんです。日本の霊媒師は自身が神懸《かみが》かりになる状態がほとんどで第三者が神と交信できない。それにまだまだ研究が遅れている。回り道をするよりはロンドンに行くほうが早いだろうと……」


「けど、撮影しないってわけじゃねえぜ」

東が口を挟んだ。

「幽霊の撮影にも興味がある。上手く撮影できたらフィルムをあんたに送り届けようと相談していた。信用できないってんなら、あんたも俺たちと一緒にくればいい。そうすりゃ確実にフィルムがあんたのものになる」

「さきほど、古代に招かれたと言ったが……」

島村は虹人に訊ねた。

「メソポタミア文明の全盛時に。日本では縄文《じょうもん》時代でした」

「それをこの場で信用しろと?」

さすがに島村は青ざめていた。

「まてよ……あいつがあった」

東は指をぱちんと鳴らしてトランクの中を掻き回した。探し出したのはケネディの横顔が刻まれている五十セント硬貨だった。硬貨には発行年が明瞭に刻印されている。

「暗殺されたアメリカの大統領だ。リンカーンとは違う」

「珍しい物を持ってるな」

虹人は苦笑した。

「加藤《かとう》のやつから貰ったんですよ。アララト山に登っている途中でね。今は形見となった」

「ほう。加藤がこれを」

南波は懐かしそうに硬貨を摘《つま》んだ。

「グリーンベレーに居たときからお守りにしていたとか。今思えば、あいつ、自分がアララト山で死ぬと予感してたのかも」

「加藤の形見か……」

島村の存在も忘れて南波は見入った。加藤が囮《おとり》になってくれたお陰で無事に窮地を切り抜けたことを皆も思い浮かべていた。

「発行年は？」

東は南波を促した。南波は眺めて、

「一九六三年のものだ」

「一九六三年……」

島村はそれきり口を噤《つぐ》んだ。

「まぁ、さもねえ物ばかりだがよ、この時代とは無縁の物がこうして揃っている。純の使っている手帳にしても、じっくり眺めれば今の時代のものじゃねえと分かるはずだ」

東の言葉に島村は溜め息混《ま》じりで頷いた。

「納得してくれたとでも？」

「信じられないが……反論できない」

島村は虹人を見詰めて笑った。

「こんな筆記用具を発明したならいくらでも金になる。私なんかを頼る必要がない。幽霊の撮影話を持ち出さずとも金儲けができる。なのにあなたたちは心底から私をアテにしている。信用するしかないでしょう」

「そうか、これは金になるわけだ」

東はボールペンを手にして、

「まったく気が付きませんでしたね」

虹人に同意を求めた。

「駄目だ。この時代にボールペンを作って売り出すわけにはいかない」

虹人は即座に否定した。

「それこそ歴史を変える恐れがある」

「大丈夫ですよ。東さんの頭なら肝腎のプラスチックを発明できません」

純の言葉に虹人は噴《ふ》き出した。

「もっと詳しい話を聞かせてください」

島村は膝を皆の前に進めた。

11

虹人の話は一時間以上にも及んだ。島村が堪《た》まらずに質問を挟むのでつい脇道に逸れることも関係している。無理もない。島村にすればすべてが驚異なのである。が、それに澱《よど》みなく応じる虹人の言葉で島村は未来からきたという事実を完全に信用したらしかった。その目的もあって島村はわざと細かな質問を繰り返していたのかも知れない。

「日本はこのまま発展するんですね」

話が一段落すると島村は訊ねた。

「政治や経済のことは言えない」

虹人は慎重な顔をして答えた。

「歴史を変えてしまう心配がある。答えられるのは日常的なことだけだ」

平凡な人間が相手なら特に問題はないだろうが、島村はこの先どう化けるか分からない男である。もし商売で大成功でもすれば経済を左右する存在になるかも知れない。その彼に世界大戦のことや日本の敗北を教えるわけにはいかないのだ。間近《まぢか》に迫っている関東大震災のことさえ虹人は口にしなかった。

「ロンドンに行けば本当に未来の世界に戻れるのですか？」

島村は慎重な顔をして虹人を見詰めた。

「それは……なんとも言えない。交霊術が利用できるのではないかというのは俺たちの思い付きに過ぎないんですよ。他に考えが浮かばないから試そうとしているだけだ」

虹人が言うと東たちも暗い顔で認めた。

「けど、俺たちがこの時代に迷い込んでいると知ればきっと向こうでなんとかしてくれるはずだ。彼らにはその技術がある」

「私も連れていってくれませんか」

島村は言って虹人たちに頭を下げた。

「本気かよ」

東は呆れた顔で島村を眺めた。

「こっちのほうがのんびりしていい時代じゃねえか。俺たちゃ別の時代に生まれたんで帰りたいと思っているが、公平に眺めりゃこっちのほうがずっといい」

「見た目だけです。外国との商売をしていると日本が無理をしているのが分かる。軍部の締め付けも次第に強くなってきた。政府は強気でいますが、この状態が続けばいずれ破裂する。そんな気がしてならない」

虹人たちは思わず顔を見合わせた。昭和の十年代ならともかく、大正八年の段階で軍事国家への危惧を抱いている人間が居るとは意外だった。だれもが大国日本という幻想を信じ込んでいると思っていたのだ。

「連れて行けと言われても……こっちだって先行きが分からん状態だ」

東は溜め息混じりに言った。

「それでも構わない。あなたたちと一緒にやってみたいんです。駄目だったら諦めて日本に戻ればいい。試させてください」

「なにを？」

「自分の運を。私には家族が居ない。なにをしても自由の身だ」

「一人で店をそこまで？」

「一人だから好きにやれました」

島村は虹人に笑って、

「家族があれば半年も日本を留守にはできないでしょう。一人なら商売の失敗も怖くない。しかし……正直言うと限界も感じはじめていた。店をもっと大きくするつもりなら自分がいつも日本に居て踏ん張らないといけない。優秀な買い付け係を雇えればいいが、私は自分の目しか信用できない性分だ……いっそのこと外国に移住するのがいいのではないかと考えていたところです」

「外国でなにを？」

「さあ……そこまではまだ」

「あんたは英語が得意なのか？」

東は身を乗り出した。

「一応は。商売のやり取り程度はできないと」

「そいつは助かるな」

東は大きく頷いて、

「こっちは四人ともいい加減な英語さ」

「虹人さんと南波さんはともかく、東さんのはいい加減な英語とも言わないでしょう。手足を動かして伝えるだけだもの」

純のからかいに皆は爆笑した。

「本人が行くと言うんなら……」

東は苦笑しながら虹人に相談した。

「別に問題はないわけでしょう？」

「歴史を変えるという心配か？」

「俺たちは四人もこっちの世界に紛れ込んでいる。それでも大した変化はない。あっちに一人増やす程度は大丈夫だと思いますよ」

だろうな、と虹人も頷いた。

「イシュタルだって許してくれるでしょう。どうせ鹿角が縄文時代に居残った。五人が戻れば数の辻褄《つじつま》が合う。彼が本気だとしたら俺たちにも都合がいい。金の調達の他にパスポートという難関が控えている」

「旅行券ですか」

島村も気が付いて一瞬眉《まゆ》を曇らせた。

「俺たちに今の時代のパスポートがあるわきゃなかろう。どうやって手に入れたらいいのか悩んでいたところさ」

「なるほど、難問だ」

島村は唸った。

「偽造して入手するしか方法がない」

南波の言葉に島村も首を振った。

「そもそもどういう書類が必要なんです？」

虹人は島村に質問した。

「身許申告書と無犯罪証明書があれば出してくれますが……やっぱり旅行券そのものを偽造するのが簡単でしょうね。身許申告書には細々とした項目がある。特に納税額は本人の届け出だけじゃなく居住地域の警察官署の認証を添えなければならない」

「パスポートのほうが簡単か」

「たった一枚の紙切れですからね。まぁ……そういう心当たりがないわけじゃないが」

島村は覚悟を決めた顔をして、

「偽造の手助けが発覚すれば私も日本には居られなくなる。仲間に加えてくださるとこの場で約束をいただけたらお世話します」

虹人たちをゆっくりと見渡した。

「われわれには文句がない。むしろリスクを背負うのはあなたばかりだ。あとでなにが起きてもわれわれは責任を取れないですよ。なにしろこの世には存在していない人間なんだから」

「決まった」

島村は虹人に手を差し出した。虹人はがっしりとその手を握った。

「心当たりとは？」

さっそく南波が急かした。

「横浜に龍海峰《りゅうかいほう》という人間が居ます。中国人たちを陰で仕切っている大物です。彼に頼めば本物の旅行券さえ手に入るかも」

「本物！」

「ただし中国人のね。彼は病気や事故で死んだ中国人の死体を旅行券込みで買い取っているという噂がある。死体をうまく処分すれば亡《な》くなった証拠が消されて本物の旅行券が手元に残る。そいつを国外逃亡する連中たちに世話しているとか」

「しかし……写真なんかでバレないかな」

「心配はない」

東に島村は請け合った。

「横浜の税関も入国する人間には厳しいが、出る中国人には甘いはずです。どうせ国を出てしまえば中国人も日本人も関係ないでしょう？　それが一番簡単だと思います」

「相当高いんだろうな」

「四人纏まれば安くなる。一人につき百円も払えば用意してくれるでしょう。その金は私が今日にでも用立てます」

「百円てと……俺たちの世界じゃ五十万か。まあまあの値段てとこかね」

「五十万！」

東に言われて島村は仰天した。

「金の価値が違うだけさ。驚くことじゃない」

「しかし……そっちも暮らしにくそうな世界だ。五十万だなんて」

「東京のちょいとした場所に庭つきの家を持とうと思ったら五、六千万はかかるぜ」

「なんだか……眩暈《めまい》がしてきた。そんな金は六畳間いっぱいの金庫にだって入らない」

「そりゃ一円札でしまおうと思えばな」

東は面白そうに言った。

「龍という男に会う段取りは？」

南波が話を戻した。

「紹介状を書きますよ。同行しても構わないんですが、私が一緒だと足元を見られて値段を吊り上げてくるかも」

「それがいい。われわれだけで大丈夫」

南波は了承した。

「龍という名が気に入ったぜ。龍の謎を追いかけたのがそもそものはじまりだ。龍のご威光で今度は仕上げとして貰いたい」

東は張り切った。

12

夕方、虹人たちは横浜の中華街の入り口に立っていた。あまりの違和感のなさに虹人たちはしばし立ち尽くした。中国的な店構えが連なっているせいなのだと気付くまで少し時間がかかった。浅草辺りは視野を埋める日本家屋がビルを見慣れている虹人たちにはまるで別の町という印象を与える。だがここは違う。もちろん高層の建物が少なく、厳密に眺めれば虹人たちの知っている中華街とは異なるが、印象がさして変わらない。

「変なもんですね」

東がしみじみと口にした。

「東京に戻ったという実感がある。なんだかおかしな気分だ。きっと神戸《こうべ》の異人館の周辺もこんな感じですよ。変わってないはずだ」

「かもな。交渉が纏まったら中華料理でも食っていこう。旨い店を知ってる。確かあの店は大正時代からあったと聞いている」

虹人もどこか浮き浮きとしていた。

風に乗って運ばれてくる匂いさえ懐かしい。

虹人は島村に教えられた店を求めて歩きはじめた。中華街の入り口から左側七、八軒目辺りにあるという大北《タイペー》は直ぐに見付かった。うっかりすると見過ごしてしまいそうな小さな店だった。だが店の作りは相当に古い。

「ここでいいんだろうな？」

東は念のために五、六軒先まで確かめた。

「ありませんね。大北はここ一つです」

「大きな店だと龍海峰の名前が直ぐに通じない場合がある。若い店員程度では埒《らち》があかない。それで彼はこういう店をわざと選んだんだ。依頼が依頼だぞ。慎重に進めないと」

虹人は言って南波に目配せした。南波は頷いて一人で店の扉を開けた。四人揃って行けば逆に警戒される。それも島村の指示である。

「いらっしゃいませ」

狭い店の奥のテーブルに腰掛けて新聞を読んでいた主人が割に流暢な日本語で挨拶した。瘦せて小柄な老人である。店には貧しい身形《みなり》の中国人客が二人居るだけだった。

「ここにくれば龍海峰さんに紹介してくれると島村さんから聞いてきたんだが」

南波は小声で説明して島村の名刺を主人に手渡した。主人は南波をじっと見詰めた。

「私の名前を聞いてきたか?」

「周維栄《しゅういえい》さんだな。娘が二人に息子が一人」

「…………」

「暇があったら春雨《はるさめ》料理を食べてこいと勧められた」

「分かった。直ぐに会えるようにしてやるよ」

主人は得心して南波に笑いを見せた。

「それと……これは島村さんから」

南波は二円入りの袋を手渡した。

「店でなにか食べて待っていてくれ」

「ありがたいが外に三人の連れがある」

「構わない。店が賑《にぎ》やかに見える」

主人は表に出ると虹人たちを誘った。

三十分後。

大北で待っている虹人たちを若い男が迎えに現われた。鋭い目付きをしている。

男は値踏みするように虹人たちへ一瞥《いちべつ》をくれたあと無言で外へと促した。南波は一円をテーブルに置いた。これで十分に足りる。

「愛想のねえ野郎だ」

東は若い男の背中を睨んで言った。ときどき振り返って確かめるだけで、わざと距離を保っている。下手《へた》をすれば人込みで姿を見失いそうになるほど速い足取りだ。

「拳銃を持っている」

南波はすでに見抜いていた。

「嘗《な》めてかかれば危ない。こっちはなに一つ頼りになる物を持っていない」

「しかも懐《ふところ》には五百円という大金を持っているときたよ。果たしてどうなるやら」

東はポケットに手を入れて確かめた。島村が百円余計に用立ててくれたのだ。

「五百円のためなら平気で人を殺しそうな連中がうようよしてやがる」

四人は中華街の裏道に入っていた。暗がりに意味なく佇《たたず》んでいる男たちが目につく。

「万が一の用心です。もしなにかあったら勝手に宿へ戻る。互いに探し回ってこの町に残っているほうが危険ですよ」

南波は虹人に囁いた。

「騒いで警察に捕まれば厄介だしなぁ」

身許を証明する物がなに一つないのだ。東の心配も決して杞憂《きゆう》とは言えない。そのまま監獄送りということも考えられる。一人ならまだしも、四人揃ってとなればスパイ辺りと疑われても仕方がない。

「旅館のようですね」

先導の男が入って行く建物を見て純が言った。看板さえ中華街の油で薄汚れている。

「中国人の寝泊まりする宿屋だ」

入り口の壁に中国語だけの案内板が掲げられていた。一応はレンガ作りだが、その建物を囲む塀《へい》はボロボロに傷《いた》んでいる。

薄暗いロビーには五、六人の男たちがたむろしていた。案内役の若者が挨拶する。一人が虹人たちに近付いて手早く武器を持っていないか探った。

「よし。案内してやれ」

たぶんそんなことを言ったのだろう。中国語だから見当をつけるしかない。若者が南波を促して階段を上がる。四人も従った。

重苦しい緊張が続く。二階の廊下にも三人の男たちが居て警戒している。若者は一番奥の部屋の扉をノックした。中から返事があった。扉が細く開けられた。若者を確認する。

そしてようやく龍海峰との対面が叶《かな》った。

でっぷりとした腹をゆっくりさすりながら龍は虹人たちを順番に睨《ね》め付けた。人の良さそうな顔立ちだが目の底には暗い輝きが感じられる。だが四人は怯まなかった。もっと厳しい修羅場をいくつも越えている。

「用件は？」

「旅行券を世話して貰いたい。四人分だ」

南波が交渉に当たった。

「周がそんな出鱈目《でたらめ》を教えたのかね」

「島村さんの紹介状を持っている」

南波は封書を差し出した。四人の身許を保証しているものである。龍は島村と書いた文字だけを眺めて脇に退《の》けた。

「理由を聞こう。日本人なのにどうして旅行券を手に入れることができない？」

「言えばあなたにも迷惑が及ぶ。知らないでいるほうが結局は面倒がないと思うがな」

「ずいぶんと力《りき》んでいる」

龍はたばこに火をつけながら笑って、

「人殺しなど私には珍しくもないよ」

「どんな理由でも勝手に想像してくれ」

南波も笑って返した。

「金は用意してある。四人で四百円」

「金持ちなんだな」

龍は冷たい目に戻して言った。

「どこまで逃げるつもりだ?」

「ロンドン行きの船に乗る。二度と日本には戻らんだろう。迷惑にはならない」

「ロンドンとはまた遠い」

龍は意外な顔をした。ただの国外逃亡なら香港や台湾を目指すのが普通だとでも見ていたらしい。ロンドンは地球の反対側だ。

「売ってくれるのか、くれないのか」

南波は苛立《いらだ》った。なにを考えている男なのか読めない。

「少しゆっくりと相談しよう」

龍が言うと五、六人の男たちが中に入ってきて虹人らを取り囲んだ。

13

虹人たちを囲むように男たちが居並んだ。さり気なく懐ろに右手を近付けている。拳銃かナイフでも忍ばせているのだろう。

「どうも穏《おだ》やかじゃねえな」

東は笑いを崩さず男たちに目を動かした。

「いつもこういう商売のやり方かい？」

東は椅子にのんびりと腰掛けてにやにやしている龍海峰に質した。

「金は？」

「用意してきたと言ったはずだ」

南波は龍から目を離さずに言った。

「この町に大金を持ってくる、危ないね。二、三十円のためでも人を殺す連中が居る」

「あんたもそういう人間なのか？」

南波は笑って訊ねた。こういう場合、敵を呑み込んでしまうしか手がない。龍は順に虹人たちを眺めた。だれの顔にも怯えがないと分かると苦笑いして、

「上海の黄延介《こうえんかい》の手下と違うらしい」

男たちに目配せした。男たちの緊張が緩《ゆる》む。

「そいつはだれだ？」

東は訊き返した。

「関係ない。それなら商談に入ろう」

龍は眼鏡《めがね》を外《はず》してハンカチで丁寧に拭った。

「ロンドンは遠い。その金のほうは？」

「あんたに関係ないだろう」

南波もお返しした。

「日本を発《た》つ前に泥棒でもされて、あんた方のポケットから私の用意した旅行券が見付かったら迷惑となる。服や菓子を売るのとは違うよ。私も監獄に入れられる」

龍は冷たい目で南波に応じた。

「船はいつ出る？」

試すように龍は重ねた。

「まだ問い合わせていない。これからだ」

「では、そっちが先だ。船の切符を手に入れてから商談を進めよう。旅行券は出港の二日前に金と引き替えに渡す」

「いくらだ？」

「一人……二百円」

「高い」

南波は首を横に振った。

「一人百円しか払えない」

「それなら諦めるしかない」

龍は手を振って南波を遠ざける仕種《しぐさ》をした。

「私も馬鹿じゃない。あなたたちはただの男と違う。人殺しや泥棒なら日本人でも旅行券を入手できないだろうが、それでもない。だとしたら国事犯ね。金も簡単に調達できる。組織に戻ってそう頼めばいい」

「あいにくとそういう立派な者じゃない」

南波はくすくすと笑った。

「貨物船にでも潜り込んで行くしかない貧しい身だ。第一、組織があるなら仲間の名で旅行券を手に入れることができるだろう」

「………」

「用意してきた金も島村さんが貸してくれたものだ。本当は五百円持ってきたが、相場は一人百円と聞いている。残りは返したい」

南波は正直に告げた。こういう相手には嘘が直ぐに見抜かれる。むしろ手の内をさらすほうが上手く運ぶと見ての判断だった。

「ロンドンになにをしに行く？」

龍は身を軽く乗り出した。

「話したところで信じないと思うがな」

「どんな理由をつけるのか興味があるだけだ」

「幽霊と話をしに行く」

虹人が代わりに応じた。

龍はさすがに耳を疑った。

「ロンドンに幽霊を調べている協会がある。そこの連中たちは幽霊をこの世に招いてあれこれと話をしている。その場に立ち会いたい」

「おまえたち馬鹿か？」

龍は呆れ返った。

「四人の男が本気でそんなことを？」

「われわれの理由なんてどうでもいいだろう。あんたは旅行券を売って儲ける」

南波は話を元に戻した。

「幽霊と会ってどうする？」

龍はまだ続けた。半信半疑の顔だった。

「売るのか、売らないのか？」

「なぜ自分の旅行券が手に入らない？」

龍は混乱している様子で繰り返した。幽霊云々《うんぬん》が嘘ではなさそうだと分かったらしい。それなら国事犯や人殺しとも思えなくなる。すると旅行券を手に入れられないことが不思議になってくる。困惑も当然であろう。

「出直すしかなさそうですね」

南波は虹人に向かって溜め息を吐いた。

「金でカタがつく相手だと思ったのに……ずいぶんと詮索好きのようだ」

「どうせ右から左に手に入るものじゃないさ」

虹人も今日のところは諦めることにした。

「喧嘩《けんか》は強そうに見える」

龍は値踏みする目付きで言った。

「私と賭けをしてみる気はないか？」

「なんの賭けだ？」

南波はドアに戻りかけた足を止めた。

「拳銃を撃ったことはあるかね？」

「ある」

「だと思った。私の勘は鋭い」

龍は机の引き出しを開けてリボルバーを取り出した。南波は龍を見詰めた。

「まだ弾丸は入っていない」

龍は空《から》の弾倉を南波に示して、

「脅《おど》かすためにだけ使っているものだよ」

ぽんと南波に投げ与えた。

「これでどうする?」

握り具合を確かめつつ南波は質した。

「腕自慢の手下が居る。勝負ね」

「人と無意味に撃ち合う気はない」

「殺し合いとは言っていない。いずれ黄と争うために近くの店の地下に射撃場を拵えた。そこで的を撃つ。それならどうだ?」

「なにを賭ける?」

「そちらが勝てば明日にでも旅行券を。こっちが勝てば五百円……では気の毒か。二百円いただく」

虹人たちは顔を見合わせた。二百円は虹人たちの価値観では百万に相当する。

「勝負を受けましょう」

東が真っ先に口にした。南波の腕は充分過ぎるほど知っている。自衛隊に勤務していた当時は射撃でオリンピックの代表の座を争ったことのある男なのだ。その腕を見込まれて総理のＳＰに引き抜かれたほどなのである。中華街の用心棒などに負ける腕ではない。

「いいですか？」

南波は虹人に了解を取った。虹人も頷いた。

「今の言葉に嘘はないな？」

南波は龍に念押しした。


虹人たちは龍に従って移動した。大きな料理屋の裏口から入って、そのまま地下への階段を下りる。広い食糧庫を改造した射撃場がそこには作られていた。鉄の扉を閉ざすと発射音も洩れない。

「普通の的では面白くないね。それに、ここは暗いからよく見えない」

龍は言って中華料理用の杓子《しゃくし》を六本吊るさせた。南波が立っている場所からおよそ二十メートルの距離に過ぎないが、杓子は十円玉程度の大きさにしか見えない。その上、渡した針金に吊るしてあるので左右に揺れている。ときどきそうして練習しているのだろう。

「当たれば金の杓子だから気持ちのいい音を立てるよ。それで命中かどうか分かる」

龍は楽しそうに腹を揺すった。弾倉に六発の弾丸を詰めて順に杓子を狙《ねら》うやり方だ。

「一発だけ試し撃ちをさせてくれ」

南波は龍に頼んだ。拳銃にはそれぞれクセがある。照準を合わせていても微妙に弾道がずれる。龍も許した。南波は龍の手下から弾丸を受け取って一発だけを詰めた。試合の本番でも一発ずつ装塡《そうてん》して撃つつもりである。でないと弾丸の減りによって重さがわずかだが変化する。人間を的にするのであれば問題もないが、小さな杓子となると常におなじ条件にする必要がある。

南波は息を整えて、なにもない壁を狙った。相手をする敵に腕を悟られないためだ。一つの煉《れん》瓦《が》の特徴をしっかりと自分の頭だけに刻み込み、南波はゆっくり引き金を絞った。

心地好い反動が手に残る。

弾丸は見事に南波の狙った煉瓦に命中した。だが、煉瓦の中心からほんの少しばかり右上方に外れている。杓子を狙うときは左下方に銃身を向ければいいことになる。考えていたよりも扱いやすい拳銃だった。南波は自信を持った。近頃はマシンガンに頼ることが多くて拳銃の練習がおろそかになっていたのだ。

「どうかね?」

龍が訊ねた。壁を撃っただけなので龍には南波の腕が分からない。

「いいようだ。はじめよう」

南波は促した。

「どちらからやる?」

「あんたの部下のほうがいいだろう。もし私が先にやって全部外せば勝負が詰まらなくなる」

「なるほど。そのほうがいい」

龍は顎で一人に命じた。まだ若い男だった。男は南波に薄笑いを浮かべて進み出た。南波よりも銃身の長い拳銃を手にしている。

男は両手でしっかりと拳銃を握って狙いを定めた。虹人たちは固唾《かたず》を呑んで見守った。発射音と同時に杓子が弾《はじ》かれた。カンと金属の音が響いた。龍の部下たちが歓声を上げる。男は得意そうに南波を振り向いた。

調子に乗ったらしく男はさほどの間をあけずに残りの五発を撃ち尽くした。的を外したのはわずかに二発であった。

東はがっくりと肩を落とした。

四発をあの小さな的に当てるなど、並の腕ではない。龍が勝負を挑《いど》んだのも当たり前だ。

「六発では詰まらん。十発にしよう。それであんたがもし四発以上を当てたら、私の部下にまた四発を撃たせて勝負を決める」

龍は南波に温情を示した。

「六発でいい。最初に決めたことだ」

南波はあっさりと断わって身構えた。自分の腕を知っている南波は東ほどには動転していなかったが、相手の腕も認めていた。杓子はまだ小さく揺れ続けている。しかし、風の影響ではないから動きが読み取れる。それにタイミングを合わせて南波は指に力を込めた。轟音とともに弾丸が飛んで行く。

東から呻《うめ》きが上がった。

弾丸は杓子をわずかに外れた。

龍の部下たちが陽気な笑いを発した。

南波は一人頷くと次の弾丸を込めた。試し撃ちと今の一発で弾道を完全に読み切ったという自信が南波にはあった。

南波は心を静めて拳銃を持ち上げた。

発射音に杓子の音が重なった。

東は小躍りして純の肩を叩いた。

六発目になるとだれもが無言となった。この一発にすべてが賭けられている。南波は二発目から五発目まで連続して四発を杓子に命中させたのである。これを当てれば勝負に勝つ。外しても引き分け。南波の負けはない。

南波には余裕さえ見られた。

「もういいだろう」

引き金を絞ろうとした瞬間、龍が声をかけた。南波の指が止まった。

「いい、とは？」

「部下たちの口封じをしても噂は砂に染《し》みる水のように直ぐに広まるものだ。得体の知れない日本人に私が負けたとあっては今後が厄介になるね。引き分けでいい。その弾丸を撃たなければ勝負の結果はだれにも分からない。その代わり旅行券は五日以内に用意する。もちろん無料《ただ》で進呈する」

龍は首筋の汗を拭いながら南波に相談した。

「文句はない。あんたの部下もいい腕だ」

南波は拳銃を反対向きにして龍に戻した。

「このまま持っていてくれ」

龍は南波に押し返した。

「もう一つ相談がある」

虹人たちはふたたび龍の事務所が置かれているホテルに戻った。今度は豪華なソファのある応接室だった。若い娘が四人の席にウィスキーのデカンタを運んできた。冷たい水も添《そ》えてある。

「好きにやってくれ。いい勝負だった」

機嫌を取るように龍は笑いを見せた。

「相談とやらを先に聞こう」

警戒を緩めずに南波は質した。

「人殺しの依頼ならお断わりだ。そんな暇はない。旅行券を貰えるだけで充分だ」

「ちゃんと日本人の旅行券を手に入れる」

「ほう」

南波はポケットからたばこを取り出して火をつけた。悪い話ではない。中国人の旅行券だと先々で気を遣《つか》わなければならない。

「ロンドンまでの船の切符も用意する」

「全員の分か?」

南波は眉根を寄せた。できすぎた話だ。

「われわれになにをさせたい?」

「面倒なことじゃない。一緒の船で行く孫娘の身を守って欲しいだけだ」

「一緒の船?」

まだ出港の日取りさえ分かっていない。

「護衛ならあんたの部下にいくらでも居るだろう。悪いが話には乗れんな」

あっさりと南波は袖にした。

「中国人の護衛では目立つ。イギリス行きの船は中国の港にいくつか立ち寄る。港には必ず黄の見張りが居る。それであんたたちのような男を探していた。日本人なら大丈夫」

龍は言いつのった。

「だから腕を試したのか？」

それに龍は大きく頷いた。

「娘夫婦は黄に殺された。孫娘一人が私を頼ってこの日本に逃げてきた。だが私は日本に暮らさせたくない。パリに知り合いが居る。孫娘もパリなら行きたいと言っている。イギリスに着いたらパリまで送って欲しい。決して損する相談じゃないだろう」

「その黄って男が娘さんの命を狙っているのか？」

「孫娘の命より私が狙いだ。人質にできれば私と有利な取り引きができる。孫娘のためなら私も日本を引き揚げるしかない」

「パリなら安全という保証が？」

「少なくても日本の何倍かはね」

南波は得心した。裏はなさそうである。

「孫娘にも日本人の旅行券を見付ける。あんたたちは本物の日本人だから疑われない。孫娘をパリに送り届けてくれたら自由にしていい。私なら喜んで引き受ける仕事だ」

「その娘さんの歳は？」

「十六。だから危ない目に遭わせたくない」

「日本人に化けさせると言うが、言葉は？」

「片言だけだ。船の中では病気で口が利けないことにすれば心配ない」

どうします、という目で南波は虹人を見やった。虹人の心はもう決まっていた。

「連れて行ってやろう。俺たちも助かる」

「われわれは構いませんが……島村さんに迷惑がかかりませんかね。彼も同行する」

「なるほど、それもそうだな」

虹人は頷いた。

「なに、平気でしょう。危ないと思えば彼だけ次の便にすればいいことです。四人分の旅費を払って貰えるんだ。彼も承知する」

東は笑ってその心配を退《しりぞ》けた。

14

龍海峰の申し入れを伝えると島村は唸ったきりしばらく無言となった。

「安請け合いしちまったかな」

東はぼりぼりと頭を掻いてビールを飲んだ。

「旅行券を無料で四人分都合してくれる上にロンドンまでの船賃を持つとなれば……龍海峰の損失はざっと千五百円」

島村の計算を聞いて虹人は苦笑した。分かりやすく自分たちの金銭価値に換算するなら八百万前後といったところだ。

「最低の船賃です。もし二等の切符なら四人で二千五百円以上にもはね上がる。旅行券の損害まで含めれば三千円」

「一人頭四百万も支払ってくれるということか。確かに多過ぎる」

「四百万？」

虹人に島村は訊き返した。

「われわれの感覚では、ということです」

「それに見合うだけの危険が待ち構えているというわけだ」

南波は別に不安も見せずに言った。

「それで孫娘の無事が保証されるんだったら多過ぎるってほどの金でもないでしょう。世の中にゃ誘拐された子供の身代《みのしろ》金に五千万も払う親がいくらでもいますからね。ましてや龍海峰は中華街を仕切る大金持ちだ。屁《へ》でもない金じゃねえのかな」

東の言葉に純も同意した。

「こっちのほうの自信は？」

島村は拳を握って東に質した。

「聞くだけ野暮《やぼ》ってことさ。こう見えても純は喧嘩のプロだ。ごろつき七人を相手にして叩きのめしたこともある。南波さんの射撃はオリンピック級だぜ。俺も二人やそこらなら負けねえ自信がある」

　東は即座に返した。

「相手は上海のやくざたちですよ」

「もっと凄い連中とやり合ってきたよ。本物の戦争を繰り返してきたんだ」

「本物の戦争……」

「やくざの十人や二十人、この世から消えたところで歴史は変わらん。安心してやれる」

「物騒なことを言わんでくれ」

　虹人は声高になりつつある東を制した。賑やかな天麩羅屋《てんぷら》ではあるが、どこにだれの目があるか知れたものではない。

「危ないのは上海と香港《ホンコン》、そしてシンガポールぐらいのもんですよ。そこから先は敵も諦める。寄港しても船に引き籠っていればいい。簡単な仕事だ」

「そんなことなら龍海峰もわれわれに高い金を払わない。船に乗ったという情報が筒抜けになると見ているはずだ。上海で失敗すれば次は香港から人を乗り込ませてくるに違いない。楽観は禁物だ」

　南波は東の気持ちを引き締めた。

「黄延介についてはʼ?」

虹人はまだ心配している島村に質した。

「名前だけ。上海を根城に何百人もの手下を従えているとか。阿片《アヘン》王と呼ばれています」

「何百人もの手下？」

「取り引き相手まで足せば千人以上を動かせるはずです。ただのやくざとは違う」

「何人の手下が居たって、船に乗り込んでくる数は知れてる。ちくしょう、ますます腕が鳴ってきやがった。そいつの鼻をあかしてやる。やくざなんぞに嘗められてたまるか」

「まだなんにもされちゃいない」

虹人は呆れて東を見やった。

「そいつが横浜への進出を狙ってるってことは麻薬を持ち込む気でいるってことだ。ここは龍海峰に頑張って貰わなくちゃ。そのためにも孫娘を安全な場所に移してやらないと」

東は一人で高ぶっていた。

そこに一人の男がのっそりと近寄ってきた。着流しに懐ろ手をしている。

「兄さん、たいそうな機嫌だな」

肩を叩かれて東は振り返った。

「うるせえから帰ってくれや。それとも喧嘩でもしてえのか」

「そっちとは無縁の話だ」

面倒臭そうに東は男の手を払った。

「よせ、帰ろう」

虹人は島村や南波に目配せして腰を上げた。

「そうはいかねえな」

男は次に虹人の前に立ちはだかった。その様子に合わせたごとく奥の席から五人の男たちが立ち上がった。他の客らは怯えた。

「あんたらの話をしていたんじゃない。この男も少し酔っただけだ。店の迷惑になる」

南波は男を睨み付けた。

「店の迷惑はそっちだぜ。ここをだれの縄張りだと思っていやがる」

男は胸元を少し開けて短刀を見せた。

「悪かった。すぐにこの男を連れ出す」

南波は頷いて頭を下げた。

「それで済むのかよ」

男は南波の襟《えり》を摑《つか》んで喚《わめ》いた。

「表に出ろ。そっちで話を付けてやる」

「ただ因縁《いんねん》をつけているだけなのか？」

南波は男の手首を握って襟から外した。男は急所を捩《ね》じられて絶叫した。

「そういうことなら話に乗ろう」

南波は男を引き摺《ず》るようにして外に出た。五人の男たちもばたばたと飛び出す。

「謝っている者に刃物を見せるとは……どうせ話したところで通じる相手でもなさそうだ」

南波は乱暴に男を突き放した。

男たちは南波たちを取り囲んだ。

「俺はちょいと酔ったようだぜ」

東は純の肩を軽く叩いて喧嘩を譲《ゆず》った。

純が一歩前に出ると南波も笑って後退した。

「島村先生に見せてやれ」

東は純を声援した。

「こんなやつらが相手じゃ物足りなかろうが」

「野郎！」

男の一人が純に殴《なぐ》りかかってきた。純も逆に踏み込んで男のみぞおちを一撃した。悲鳴も上げずに男は地面に崩れ落ちた。二人が今度は同時に襲いかかる。純は軽く屈《かが》んで回し蹴りを食らわせた。どちらも顎に決められて後ろに飛ばされた。もう動けない。

残った三人は唖然《あぜん》となった。

一人が懐ろから短刀を抜く。すかさず純は地面を蹴って真正面に立った。短刀を握る手首が純の拳によって払われた。返した純の肘《ひじ》が首筋を襲う。男は横転した。四人を倒すのに一、二分とかかっていない。

二人には明らかに怯えが浮かんだ。

「怪我《けが》をするだけだぞ」

短刀を抜こうとした二人に南波は拳銃を見せた。龍海峰から預かったもので弾丸は込められていない。が、二人は仰天して逃れた。

「警察がくると面倒だ」

南波は皆を促した。

島村は信じられない顔で純を見詰めた。

「だろ。龍海峰の目は確かだよ」

東の言葉に島村は大きく頷いた。

15

三日後。虹人たちはまた横浜に足を運んだ。旅行券が用意できたという知らせを宿に受けてのことである。島村も同行していた。虹人たちは真っ直ぐ龍海峰の関わっているホテルを訪れた。ホールにたむろしている連中も心得ていて案内する。

「浅草で派手にやり合ったそうだね」

部屋に入るなり、正面の椅子に深々と腰を下ろしていた龍海峰が笑った。

「どうしてそれを？」

側のソファに座りながら虹人は質した。

「疑っていたわけじゃないが、手下を東京にやっていた。それで喧嘩のことを」

龍海峰は悪びれずに白状した。

「四人を片付けたのはあんたか？」

龍海峰は東に目を動かした。だが、華奢《きゃしゃ》な体付きの純と聞かされて龍海峰は喜んだ。

「ロンドンから戻ったら私と手を組まないか」

龍海峰は本気で虹人たちに言った。

「考えておこう」

南波は笑いで応じて旅行券の催促《さいそく》をした。

「苦労したよ。出港に間に合わせるためにね」

龍海峰はテーブルに四枚の旅行券を並べた。

「作っている暇がない。本物を高い金で買い取った。歳はちょっと合わないだろうが、日本を出てしまえば大丈夫。東洋人の歳はだれにも分からないからね」

虹人は一枚を手にした。高城総一郎《たかぎそういちろう》という名の後ろに四十二という歳が記入されていた。

「これは南波さん用だな」

「その下に四十五というやつもあります」

東が笑って虹人に示した。となれば四十二歳の男の旅行券は虹人が持つしかない。実際より四歳も上だ。

「平気です。虹人さんは歳より老けてる」

「そんなに若かったのか?」

東の言葉に龍海峰は意外な顔で虹人を見て、

「四十は過ぎていると思った」

「だれよりも老成してるんでね」

東が言うと皆は笑った。

「とにかく」

虹人は笑いを遮って、

「写真が添付されていないのはありがたい。二十歳《はたち》の男が四十二歳になるわけじゃない。なんとかごまかしていけそうだ」

「出港に間に合わせるためと言ったが?」

南波が龍海峰に訊ねた。

「三日後に賀茂丸《かもまる》という欧州航路の船がでる。それを逃せばまた一カ月近く待たないといけない」

「三日後！」

あまりに急な話だ。虹人たちは顔を見合わせた。だが、一カ月後では離れ過ぎている。

「大戦の影響でまだ不定期なままだ。貨物船もほとんど運航していない。見付けられたとしてもかえって危険だ。得体の知れない水夫たちが乗り込んでくる心配がある」

龍海峰に虹人たちは頷いた。

「ロンドンまでどのくらい日数が？」

東は島村を振り向いて質した。

「およそ六十日。のんびりできる」

「のんびりし過ぎだぜ。退屈しそうだ」

「三日に一度はたいていどこかに寄港して石炭を積み込む。そこで一泊や二泊。退屈はしませんよ。何回も経験している」

島村は東に請け合った。

「それに賀茂丸は日本郵船《にほんゆうせん》の自慢の船で、その気になればロンドンまで毎日三食日本食が続けられる。一万トン近い船なので揺れも少ない。貨物船に較《くら》べれば天国だ」

「俺はむしろ洋食のほうが好きだけど……トンカツやカレーは食えるのかい？」

もちろん、と島村は笑った。

「命の洗濯ってやつですね」

「洗濯しなきゃならんほど忙しく動いちゃいねえだろうに」

東は純の脇腹を小突《こつ》いた。

「島村さんはどうする？」

虹人は訊ねた。

「三日後はちょっときついですが、なんとか都合をつけます。旅行券の準備はしてあるので、店の始末をするだけでいい。一ヵ月後では皆さんと合流できるかどうか分からない」

「船の切符のほうは？」

「欧州航路が満員になることはありません。金さえあれば前日にだって買える。この方たちの船の等級は？」

「全員二等を用意した。三等だとどういう連中が乗り込んでくるか分からない」

龍海峰が応じた。

「ますます簡単でしょう。二等は空《す》いている」

島村は虹人に頷いてみせて、

「二等は快適ですよ。大名旅行ができます。洋食ならいつもフルコースですし、酒とたばこは飲み放題。遊戯場もありますしね」

「そいつはいい。酒とたばこで船賃の元を取ってやろう。毎日十円ずつ呑めば二ヵ月で六百円になるぜ」

東は張り切った。皆はどっと笑った。十円も呑むにはウィスキーを十二、三本も空けなければならない計算だ。

「よく考えてみりゃ、生涯で一番贅沢《ぜいたく》な旅になりそうだな。豪華客船でロンドンまで行けるなんて贅沢の極《きわ》みだ。こいつは龍さんに感謝しないと……純、お互い安月給を我慢してきた甲斐《かい》があったってもんだぜ」

「安月給は余計だ」

虹人は苦笑した。

「自宅《うち》に行って明鈴《めいりん》を呼んできなさい」

龍海峰は入り口を固めている手下に命じた。


しばらくして現われた明鈴の凜《りん》とした美しさに虹人たちは思わず目を見張った。でっぷりとした龍海峰の孫娘とはとうてい信じられない。十六ということだったが、ずいぶん大人びても見える。明鈴のほうも虹人たちを眺めて緊張を緩めたらしかった。用心棒と聞かされて、乱暴な男たちを頭に描いていたに違いない。がっしりとした体軀《たいく》の南波と東はともかく、虹人や純はとても用心棒には見えない。日本語があまり上手くはないと聞いていたのに明鈴は流暢な挨拶をした。

「こんなに可愛いお嬢さんをわれわれのような者に預けて心配じゃないのか？」

南波は龍海峰とまた向き合った。手下でもなければ身許の保証すらない自分たちである。

「私は滅多に他人を信用しない。その代わり信用に値する相手はどこまでも大事にする。それでここまでやってきた。それが外れたことはない。金をたくさん持っていたり、大きな会社を経営していることが信用とは違うよ。私はあなた方を信用した。それで十分」

「その信用を裏切りはしない」

南波は腕を差し出した。龍海峰は喜んで南波の手を握った。

「間違いなくこのお嬢さんをパリまで届ける」

「孫娘の旅行券ではあなたの娘ということになるはずだ」

龍海峰の言葉に東は囃《はや》し立てた。

「遠慮は要らない。なにかしでかしたら叱《しか》ってくれ。いたずら好きの孫で困る」

それに明鈴はぺろっと舌を見せた。


「なんか面白い旅になりそうですね」

その戻り道、東はわくわくした気分を抑《おさ》え切れない様子で口にした。

「ロンドンまで食う心配はなくなったし、酒も飲み放題。やくざとの喧嘩も楽しめそうだ。その上、あんな綺麗な女の子まで一緒だなんて……神様ってのは本当に居るんだな。善行を積む若者にいつも救いの手を差し延べる」

「だれが若者なんです?」

純は呆れた。

「美しい女の子を前にすりゃ、男はいつだって若者に戻るのさ」

「もう好きになったんだ」

「ばか野郎。俺は女の子に心なんぞ奪われん。ただ眺めて愛《め》でるだけさ。花を見るようにな」

「なるほどね」

「なにが、なるほどだよ」

東は純の頭をごつんとやった。

「下手なんだから。フラれるのが嫌だから女の子に好きだと言ったことがないんでしょう」

「おまえなぁ……ま、いいか」

東はそのあとの言葉を呑み込んだ。

「いよいよロンドンだぞ」

虹人の心はもうロンドンに飛んでいた。心霊研究協会を訪ねて自分たちが元の世界に戻れる道を探すことが一番の目的には違いないが、そこにはコナン・ドイルが在籍しているのである。あのコナン・ドイルに会えるのだ。それを思うと別の興奮が虹人を襲った。

「やっと行けますね」

南波も感慨深そうに呟《つぶや》いた。


（下巻へつづく）

（この作品『霊の柩』は、平成十三年十二月、小社ノン・ノベルから新書判で刊行されたものです）

祥伝社文庫

上質のエンターテインメントを！　珠玉のエスプリを！

祥伝社文庫は創刊15周年を迎える2000年を機に、ここに新たな宣言をいたします。いつの世にも変わらない価値観、つまり「豊かな心」「深い知恵」「大きな楽しみ」に満ちた作品を厳選し、次代を拓く書下ろし作品を大胆に起用し、読者の皆様の心に響く文庫を目指します。どうぞご意見、ご希望を編集部までお寄せくださるよう、お願いいたします。

2000年1月1日　　祥伝社文庫編集部

霊《たま》の柩《ひつぎ》（上）　心霊日本編《しんれいにつぽんへん》　長編伝奇小説

平成15年4月20日　初版第1刷発行

著者　高《たか》橋《はし》克《かつ》彦《ひこ》

発行者　渡辺起知夫

発行所　祥《しよう》伝《でん》社《しや》

東京都千代田区神田神保町3-6-5
九段尚学ビル　〒101-8701
☎03(3265)2081(販売部)
☎03(3265)2080(編集部)
☎03(3265)3622(業務部)

印刷所　図書印刷

製本所　図書印刷

造本には十分注意しておりますが、万一、落丁、乱丁などの不良品がありましたら、「業務部」あてにお送り下さい。送料小社負担にてお取り替えいたします。

ISBN4-396-33097-9 C0193

祥伝社のホームページ・http://www.shodensha.co.jp/

祥伝社文庫

高橋克彦 **竜の柩《ひつぎ》1 聖邪の顔編**

日本各地に残る龍の痕跡を辿《たど》っていたTVディレクター九鬼虹人《くきこうじん》に、世界的規模を誇る組織の妨害が！

高橋克彦 **竜の柩2 ノアの方舟《はこぶね》編**

インド・トルコに向かった九鬼が、神話・伝説、古代遺跡を探索、辿り着いた驚愕の真相とは！

高橋克彦 **竜の柩3 神の星編**

トルコ・アララト山中に発見された〈龍〉は、四千年の眠りから覚め、神々の星へと九鬼たちを導いた！

高橋克彦 **竜の柩4 約束の地編**

〈龍〉が明かす神々の謀略！ なぜ神々は、極東の地に楽園を求めたのか…前人未踏の大作、ここに完結！

高橋克彦 **偶人《からくり》館の殺人**

からくり人形のコレクターとして著名な加島大治《かしまだいじ》の娘が不審死。発見された奇妙な脅迫文の意味は…？

高橋克彦 **空中鬼**

魔物と人の間にあって、自在に空を飛ぶ鬼の正体は？ 彼らはみな、殺される運命にあるのか？

祥伝社文庫

半村 良　完本 妖星伝1
鬼道の巻・外道の巻

神道とともに発生し、歴史の闇に暗躍する異端の集団、鬼道衆。吉宗退位を機に、跳梁する！　大河伝記巨編第一巻！

半村 良　完本 妖星伝2
神道の巻・黄道の巻

徳川政権の混乱・腐敗を狙い、田沼意次に加担する鬼道衆。大飢饉と百姓一揆の数々に、復活した盟主外道皇帝とは？

半村 良　完本 妖星伝3
終巻 天道の巻・人道の巻・魔道の巻

鬼道衆の思惑どおり退廃に陥った江戸中期の日本。二〇年の歳月をかけ鬼才がたどり着いた人類と宇宙の摂理！

花村萬月　笑う山崎

冷酷無比の極道、特異なカリスマ性を持つ男の、極限の暴力と常軌を逸《いっ》した愛…当代一の奇才が描いた各マスコミ絶賛の問題作！

花村萬月　ぢん・ぢん・ぢん（上）

新宿歌舞伎町でのヒモ修行、浮浪者生活、性の遍歴…家出少年イクオの魂の彷徨を描く超問題作！

花村萬月　ぢん・ぢん・ぢん（下）

ホームレスを卒業したイクオは、ある小説家との出会いから小説を書き始める。超問題作いよいよ佳境へ！